Winterland

Das Buch

»Der Schnee hatte alle Geräusche gedämpft. Es war, wie taub und blind zu sein, hatte er gedacht. Der Winter ist ein körperlicher Zustand, ein kranker Zustand.«
Die Zeit von Eis und Schnee und klirrender Kälte eignet sich offenbar gut für Verbrechen: Als Kommissar Erik Winter den Mord an einer Frau untersucht, die scheinbar keinerlei soziale Kontakte hatte, kommt er einem dunklen Geheimnis aus ihrer Vergangenheit auf die Spur. Inspektor Andreas Berger ermittelt über den gewaltsamen Tod einer Eisläuferin und deckt ein raffiniertes Spiel mit Identitäten auf. Ein kleiner Junge und sein Vater wollen in ihrem beinahe eingeschneiten Häuschen am Waldrand Weihnachten feiern, als sie von brutalen Männern überfallen werden, die sie umzubringen drohen …

Åke Edwardsons Kriminalgeschichten sind spannend, beklemmend, unheimlich – und bestens geeignet, einem langen Winterabend etwas Nervenkitzel zu verleihen.

Der Autor

Åke Edwardson, Jahrgang 1953, lebt mit seiner Frau und zwei Töchtern in Göteborg. Bevor er sich dem Schreiben von Romanen widmete, arbeitete er als erfolgreicher Journalist, u. a. im Auftrag der UNO im Nahen Osten, schrieb Sachbücher und hat an der Universität von Göteborg Creative Writing unterrichtet.

In unserem Hause sind von Åke Edwardson bereits erschienen:

Allem, was gestorben war · Geh aus, mein Herz
Der Himmel auf Erden · In alle Ewigkeit
Der letzte Abend der Saison · Die Schattenfrau
Segel aus Stein · Tanz mit dem Engel
Das vertauschte Gesicht

ÅKE EDWARDSON

Winterland

ROMAN

Aus dem Schwedischen
von Susanne Dahmann

List Taschenbuch

GRANDE

Besuchen Sie uns im Internet:
www.list-taschenbuch.de

Für Rita

Umwelthinweis:
Dieses Buch wurde auf chlor- und säurefreiem Papier gedruckt.

Deutsche Erstausgabe im List Taschenbuch
List ist ein Verlag der Ullstein Buchverlage GmbH, Berlin
1. Auflage Oktober 2005

Titel der schwedischen Originalausgabe: *Winterland*
(Norstedts Förlag, Stockholm)
Umschlagkonzept: HildenDesign, München
Umschlaggestaltung: Hauptmann und Kompanie Werbeagentur, München
Titelabbildung: © zefa
Satz: Pinkuin Satz und Datentechnik, Berlin
Gesetzt aus der Sabon
Druck und Bindearbeiten: Clausen & Bosse, Leck
Printed in Germany
ISBN-13: 978-3-548-68069-9
ISBN-10: 3-548-68069-0

Inhalt

Das Feld

Erik Winter hatte versucht, im Gesicht der Frau eine Antwort zu finden. Eine Antwort worauf? Auf die Frage warum? Nein, noch nicht. Es war etwas anderes. Es war, als ob die Frau mit ihrem letzten Gesichtsausdruck etwas gesagt hätte, das er, Winter, hätte verstehen müssen, das er hätte mitnehmen müssen aus diesem Raum, der so still gewesen war, als wäre er gegen jedes Geräusch von draußen isoliert.

Doch es hatte sich nichts hineingedrängt, jedenfalls nicht auf diese Weise. Es hatte keine Spuren an der Tür oder am Schloss gegeben. Es gab keine Anzeichen von Gewaltanwendung in der Wohnung. So viel wussten sie inzwischen.

Nur eine tote Frau. Ein eigentümlicher Gesichtsausdruck, ein Lächeln fast. Als er sich über die Frau beugte, hatte Kriminalkommissar Erik Winter unwillkürlich an das Lächeln der Mona Lisa denken müssen. Auch das war ein seltsames Gefühl. Winter konnte sich nicht entsinnen, bei seiner Arbeit jemals an die Mona Lisa gedacht zu haben. Er hatte das Bild, das Original, einmal als Jugendlicher im Louvre gesehen, und damals ganz kurz darüber nachgedacht, ob das wirklich ein Lächeln war, was sie da auf den Lippen hatte.

Er dachte an das Gesicht der Frau in diesem Raum, der genauso aussah wie andere Räume, in denen Menschen lebten. Und starben. Die Frau war in diesem Zimmer gestorben, das wussten sie. Sie wussten, dass der Tod überraschend gekommen war, auch für sie selbst. Sie hatte es nicht selbst geplant, so viel glaubten sie zu wissen.

Aber das war ungefähr auch schon alles, was sie wussten.

Winter stand auf, ging zum Plattenspieler, drehte die Vinylschallplatte um und kehrte zum Sessel zurück, während ein Kontrabass durch den Raum rollte. An der Balkontür blieb er stehen und schaute durch die Scheibe, die zum Teil mit Raureif bedeckt war. Draußen war es kalt. Er beugte sich vor und nahm das Whiskyglas, das neben dem Sessel auf dem Tisch stand. Er nahm einen sehr kleinen Schluck von dem 60-prozentigen Glenfarclas, den er ein Jahr zuvor während einer abenteuerlichen Reise nach Schottland gekauft hatte. Der Alkohol war von dem Wasser, das er hineingegossen hatte, sämig geworden und wärmte sofort.

Winter stellte das Glas ab und nahm das Telefon in die Hand. Während er die Nummer eintippte, hörte er, wie die letzte Straßenbahn des Abends oder der Nacht durch das Eis unten am Vasaplatz schrammte. Es war ein einsames Geräusch, das in die Einsamkeit dort unten gehörte. In einer Januarnacht bewegte sich niemand freiwillig auf den Straßen.

Winter hörte auf das Klingeln. Auch das klang einsam. Eine bekannte Stimme antwortete:

»Ja?«

»Du bist doch hoffentlich noch nicht im Bett, Bertil?«

Winter hörte seinen Kollegen Bertil Ringmar grunzen.

»Wo denkst du hin, Erik? Es ist doch erst Viertel vor eins.«

»Genau.«

»Seit Angela und die Mädchen in Marbella sind, verlebst du glückliche Junggesellentage, was?«, fragte Ringmar.

»Eher Nächte«, antwortete Winter. »Die glücklichen Junggesellennächte.«

»Das meinte ich auch.«

»Und, bist du jetzt wach?«, fragte Winter.

»Was willst du?«

»Ihr Gesicht«, sagte Winter. »Das von Charlotte Sander.«

»Was ist damit?«

»Es sah irgendwie ... anders aus«, sagte Winter.

»Das mag daran gelegen haben, dass sie tot war«, erwiderte Ringmar. »Und dass sie das immer noch ist.«

»Wie viele tote Gesichter haben wir beiden schon gesehen, du und ich?«, fragte Winter. »Wir zusammen und jeder für sich?«

»Allzu viele«, erwiderte Ringmar.

»Und fast alle haben etwas gemeinsam«, sagte Winter.

»Woran denkst du?«

»Ich weiß nicht recht, aber da ist immer so eine Leere, so ein Nichts. Als ob man in diesen Gesichtern keine Antworten mehr finden könnte. Alles ist ... weg.«

»So ist es ja auch«, sagte Ringmar.

»Hier nicht.«

»Weißt du, Erik, zu dieser Tageszeit kann ich nicht mehr besonders gut denken, vor allem nicht, wenn ich kurz vorm Einschlafen bin.«

»Bist du immer noch kurz vorm Einschlafen?«

»Können wir nicht morgen darüber reden?«, fragte Ringmar.

»Schlaf du nur«, sagte Winter, »dann denke ich solange.« Er nahm noch einen kleinen Schluck. Der Alkohol wärmte den Körper und regte die Gedanken an.

»Wie ich höre, trinkst du Whisky«, bemerkte Ringmar. »Da hält sich jeder für einen Denker.«

»Du solltest es auch mal probieren.«

»Denken? Oder Whisky trinken?«

»Das gehört zusammen, wie du grade schon richtig bemerkt hast.«

»Verdammt, jetzt bin ich wieder ganz wach«, sagte Ringmar.

Winter hörte Geräusche bei dem Kollegen, raschelnde Bettlaken.

»Ich bitte Birgitta um Entschuldigung, falls ich sie geweckt habe«, sagte Winter.

»Sie ist nicht zu Hause«, sagte Ringmar. »Sie übernachtet bei Moa und hängt Gardinen auf und so. Das Mädchen hat endlich eine Wohnung gefunden.«

»Da kann man ja nur gratulieren«, sagte Winter.

»Allerdings«, stimmte Ringmar zu, »aber dabei ging die Altersvorsorge drauf.«

»Jetzt komme ich nicht mehr mit, Bertil.«

»Wie steht es denn mit den schnellen Gedanken, Herr Kommissar?«

»Du hast ihr eine Wohnung gekauft?«

»Antwort lautet ja.«

»Verstehe.«

»Nee, so was versteht einer wie du nicht«, entgegnete Ringmar. »Ihr werdet niemals die wirtschaftlichen Widrigkeiten für uns hier am unteren Rand der Gesellschaft verstehen.«

»Aha, nun geht es also Klasse gegen Klasse, Bertil.«

»Da kannst du Gift drauf nehmen, du Kapitalistenschwein.«

»Du wirst es schon schaffen, noch eine Rente zusammenzuarbeiten, mein Guter.«

»Haha.«

»Denk doch, wie Moa sich jetzt freut. Denk an ihre Zukunft. Wie sie sich zu einem freien und selbständigen Menschen entwickeln wird.«

»Ein freier und selbständiger Proletarier«, brummte Ringmar. »Es ist heute verdammt hart für eine Fünfundzwanzigjährige.«

»Die Wohnungssituation in der Stadt ist nicht gut.«

»Ich freue mich, dass du meiner Ansicht bist«, sagte Bertil.

»Was ist denn deine Meinung über Mona Lisa?«, fragte Winter.

»Jetzt komme ich nicht mehr mit«, bekannte Ringmar. »Und das, obwohl ich hellwach bin.«

»Das Lächeln der Mona Lisa, Bertil. Ist das ein Lächeln?«

»Ich bin richtig froh, dass du mich mitten in der Nacht angerufen hast, um mir diese Frage zu stellen«, sagte Ringmar.

»Das hat etwas mit Charlotte Sander zu tun«, erwiderte Winter.

»Natürlich.«

»Ich meine es ernst.«

»Das meint der 60-prozentige Glenfarcas auch.«

Winter sah auf die Flasche, die vor ihm stand. Es war noch ziemlich viel drin. Er hatte den Pegel heute Abend um einen Zentimeter gesenkt, vielleicht um zwei. Mit Bertil hatte er ihn schon einmal um erheblich mehr verringert.

»War es ein Lächeln, das Charlotte Sander im Gesicht hatte?«, fragte Winter.

»War es ein Lächeln, das Leonardo in Mona Lisas Gesicht gemalt hat?«, fragte Ringmar zurück, »oder war es Erstaunen?«

»Das ist genau die Frage«, sagte Winter.

»Ich sehe trotzdem den Zusammenhang nicht«, sagte Ringmar.

»Charlottes Gesicht sagt uns etwas darüber, wie sie starb«, sagte Winter. »Und warum.«

Charlotte Sander. Sie hatte allein in einer Wohnung in einem der südlichen Vororte gelebt. Die Häuser waren ungefähr vor vierzig Jahren gebaut worden, und um die Zeit war Charlotte Sander auch geboren worden. Auch Winter war um diese Zeit geboren worden. Das war der Übergang von der alten zur neuen Zeit gewesen. Winter gehörte zur neuen Zeit. So wie Charlotte Sander, doch die gehörte jetzt zur Ewigkeit.

Allein gelebt. Manchmal war ihm, als würde er sich in einer Welt bewegen, die den Einsamen gehörte. Das waren so viele, dass sie fast schon wieder eine eigene Gemeinschaft bildeten. Einen Club, der niemals irgendwelche Versammlungen abhielt. Eine Vereinigung ohne Satzung und ohne Vereinslokal.

Einsame Menschen, die in ihren einsamen Wohnungen ein und aus gingen. Das war auch sein Leben gewesen, allerdings in einer selbst gewählten Einsamkeit. So hatte er es jedenfalls immer gesehen.

Doch als er schließlich angefangen hatte, mit anderen Menschen zusammenzuleben, hatte er begriffen, dass er sich immer selbst betrogen hatte.

Wie war das wohl für Charlotte Sander gewesen? Hatte sie sich auch selbst betrogen? Hatte sie irgendeine Wahl gehabt? Eine Wahl, von der Winter glaubte, dass er selbst sie einmal gehabt hatte?

Er ging über das Feld. Es begrenzte die Siedlung von dreistöckigen Häusern, die wie eine unregelmäßig hohe Mauer gebaut worden waren. Die Häuser waren für die Zukunft gebaut worden, in dem Glauben, dass sich einmal andere Häuser zu der kleinen traurigen Gruppe gesellen würden, um eine eigene Stadt zu bilden oder wenigstens den Teil einer großen Stadt, einen richtigen Teil. Jetzt standen die Bruchbuden nur da wie ein unfertiger Gedanke, der auf dieses verdammte Feld gekippt worden war, über das Winter jetzt lief, nachdem er den Parkplatz überquert hatte, der auf das andere Ende des Feldes gefallen war.

Er sah, wie ein Bus von Norden kam und an der Haltestelle hielt, und wenigstens die lag in der Nähe der Häuser. Der Bus fuhr weiter und verschwand hinter den anderen Feldern. Winter konnte keine Geräusche hören, abgesehen vom Wind, der plötzlich zusammen mit dem Bus von Norden gekommen zu sein schien. Aber der Wind blieb, Winter konnte sehen, wie das gefrorene Gras auf dem Feld sich zu neigen begann, erst nach Süden, dann nach Westen. Er knöpfte seinen Mantel zu, um sich gegen den Januarwind zu schützen. Es war Ende des Monats, der Wind heulte, und es war kalt, aber es lag kein Schnee, und das war die schlimmste Kälte. Dies war die schlimmste Zeit des Jahres, weiter vom Sommer konnte man nicht entfernt sein, ganz gleich, wie man nun zurück- oder vorrechnete. Manchmal dachte er, es war wie ein Leben, in dem es weder Vergangenheit noch Zukunft gab. Es gab nur den verdammten Wind vom Eismeer und das Warten auf bessere Zeiten.

Worauf hatte Charlotte Sander gewartet?

Auf wen hatte sie gewartet?

Winter stand vor dem Eingang des Hauses. Auf der Lampe über der Tür stand »2B«, genauer gesagt, hatte es dort einmal gestanden, doch die schwarze Farbe war zur Hälfte abgeblättert. Nein, eigentlich sogar ganz. Wer hierher finden wollte, der musste schon wissen, was dort für eine Hausnummer gestanden hatte.

Wie oft war Charlotte durch diese Tür ein und aus gegangen?

Wie viele Male hatte sie das allein getan?

Sie war jetzt zwei Tage tot, und sie hatten daran gearbeitet, alle Leute zu finden, die sie in ihrem Leben gekannt hatte. Diese Arbeit war sehr niederdrückend, auf gewisse Weise aber auch zufrieden stellend gewesen. Niederdrückend, weil sie nur so wenige Menschen gekannt hatte, und Winter hatte an die Einsamkeit gedacht, als er das einzelne Blatt in der Hand hielt, auf dem alle ihre Bekannten standen. Zufrieden stellend natürlich, weil es nur so wenige gewesen waren, die man hatte befragen müssen.

Aber es könnte ja noch mehr geben.

Er öffnete die Außentür mit Charlottes Schlüssel. Wie immer fühlte es sich so an, als würde er einbrechen, nicht in eine Wohnung, sondern in das Leben eines anderen Menschen. Und wie immer geschah das, als der andere Mensch schon tot war. Er hatte keine Lust, fremde Türen mit den Schlüsseln anderer Leute aufzuschließen, aber er machte es doch ständig, jahrein, jahraus, er ging Treppen hinauf, die immer kalt waren, aber nach den Jahreszeiten rochen. Er schloss neue Türen auf und betrat Wohnungen, die immer noch nach Leben rochen, aber jetzt tot waren, verbraucht, von Schweigen erfüllt.

Winter rief vom Handy aus an, während er Charlotte Sanders Telefon betrachtete. Es war rot, eine grelle Farbe.

»Hier Ringmar.«

»Hallo Bertil. Ich stehe in der Wohnung von Charlotte. Gibt es Neuigkeiten über die Telefongespräche?«

»Die Telefonzelle liegt ungefähr zwei Kilometer von der Stelle entfernt, wo du stehst. Es gibt noch so eine halb fertige Satellitenstadt in der Nähe.« Neben Ringmar sprach jemand. »Ein paar von unseren Leuten sind auf dem Weg dorthin.«

»Wieso zum Teufel hat es so lange gedauert, die zu finden?«

»Irgendetwas stimmte mit den Bezeichnungen nicht«, sagte Ringmar. »Mit den neuen Kartentelefonen scheint allerlei durcheinander geraten zu sein.«

Diese verdammten Karten, dachte Winter.

»Und das neue Computersystem hat dann den Rest erledigt«, fügte Ringmar hinzu.

Diese verdammten Computersysteme, dachte Winter. Er hob den Blick und sah das Feld und die halb fertige Satellitenstadt in der Nähe. Das schwarze Gras hing schlaff zu Boden. Er konnte die Silhouetten der Häuser auf der anderen Seite erkennen. Mitten zwischen ihnen stand diese Telefonzelle, die er nicht sehen konnte. Von dort hatte jemand – jemand, den sie noch nicht kannten – das rote Telefon angerufen, und das war ein paar Stunden vor Charlottes Tod gewesen.

Das eine musste nicht unbedingt etwas mit dem anderen zu tun haben.

Es gab nur diesen einen Anruf von der Telefonzelle zu dem roten Telefon.

Er dauerte dreißig Sekunden.

Ungefähr so lange, wie man braucht, um den Weg von dort nach hier zu erklären, dachte Winter, der den Blick immer noch auf das Feld vor dem Haus und auf die grauen Silhouetten auf der anderen Seite des Feldes gerichtet hatte.

Es ist 2B. Die Farbe ist ab, aber es ist der zweite Eingang von links.

Wie lang konnte es dauern, über das Feld zu gehen? Wenn die Häuser dort hinten nicht eine Fata Morgana waren, dann vielleicht zwanzig Minuten, eine halbe Stunde?

Er sah sich im Zimmer um.

Hatte es Spuren vom Feld in der Wohnung gegeben? Das schwarze Gras, Halme, die von der Kälte zusammenklebten?

»Was sagt Beier?«, fragte Winter. Ringmar war immer noch am anderen Ende der Telefonleitung.

»Worüber?«

»Über was auch immer, verdammt noch mal«, rief Winter und sah den schicken Chef der Spurensicherung vor sich, schicker als Winter es je gewesen war, selbst zu den Zeiten, als er am allerschicksten gewesen war. Schick und ängstlich. Ein scheißängstlicher junger Kommissar, der in Baldessarini-Anzügen versuchte, sich vor dem Abgrund zu schützen. Winter hatte auch seine Panzerhemden von Harvie & Hudson jeden Morgen gebügelt, und erst einige Zeit später hatte er begriffen, dass er die falsche Sorte Panzer trug.

»Bist du sauer, Erik?«

»Ich bin ungeduldig.«

»Das ist Beier auch«, sagte Ringmar.

»Sag ihm doch bitte, dass wir nach Gras suchen sollten«, erwiderte Winter.

»Gras?«

»Hier ist ein Feld vor der Tür, und die Telefonzelle, von der wir sprechen, liegt auf der anderen Seite des Feldes«, erklärte Winter. »Der Anrufer kann direkt über das Feld gegangen sein.«

»Okay.«

»Soweit ich erkennen kann, gibt es da keinen Weg«, sagte Winter.

»Vielleicht irgendeinen Pfad«, meinte Ringmar.

Es gab einen Pfad, schwarz wie das Gras ringsumher, und noch schwärzer, als der Januartag bereits in Dämmerung überging.

Winter stand am Anfang des Pfades, genau dort, wo der asphaltierte Weg angrenzte. Der Pfad war einen halben Meter breit und war wohl genauso alt wie die Häuser auf beiden Seiten des Feldes. Es war nie ein Weg angelegt worden, die entsprechenden Gedanken und Pläne hatten niemals ausreichend Gestalt angenommen. Die Menschen hatten sich ihren Weg zwischen den Häusergrüppchen selbst trampeln müssen. Das war doch wie im Mittelalter.

Winter setzte sich in Bewegung, es ging hinauf und dann wieder hinunter, und einige Augenblicke lang sah er um sich herum nichts anderes als Feld. Ein seltsames Gefühl beschlich ihn, als wäre er allein in der Prärie, Tausende von Kilometern von der nächsten Siedlung entfernt.

Er ging hinauf und sah plötzlich die Häuser auf der anderen Seite, die Lichter, die in einigen Fenstern angegangen waren, jetzt, da es fast schon Abend geworden war. Er ging weiter über das Feld. Der Wind hatte hier einen anderen Ton, als wenn er an den Häusern vorbeistrich. Er hörte das Rascheln des gefrorenen Grases.

War Charlotte hier gegangen? Hatte sie jemanden besucht, der in diesen heruntergekommenen Häusern lebte? Jemanden, der zum Telefonieren in die Telefonzelle ging? Oder es zumindest dieses eine einzige Mal getan hatte?

Plötzlich sah er das Auto mit der Aufschrift, ungefähr hundert Meter entfernt neben einer Telefonzelle geparkt. Er sah zwei Kollegen in Uniform, die fast genauso schwarz wirkten wie das Gras um ihn herum.

Er wandte sich um. Jetzt war Charlottes Haus zu einer Silhouette geworden. Dort war in keinem Fenster Licht.

Er hörte ein Auto und wandte sich wieder um. Zwei Leute von der Spurensicherung aus der Polizeizentrale stiegen aus und standen zusammen mit den uniformierten Polizeibeamten um die Telefonzelle.

Winter ging zu ihnen.

»Woher kommen Sie denn?«, fragte einer der Leute von der Spurensicherung.

Winter machte eine Geste zu dem Feld.

»Der Mann, der aus der Kälte kam«, sagte der andere.

»Passen Sie gut auf damit«, meinte Winter und nickte in Richtung auf die Telefonzelle.

»Wir passen immer gut auf«, sagte der eine Techniker.

»Was suchen wir denn?«, fragte der andere.

»Einen Mörder«, antwortete Winter.

»Glauben Sie, dass er hier war?«

Winter antwortete nicht. Er wandte sich um und schaute über das Feld. Nun war auf der anderen Seite Licht zu sehen. Es wirkte, als wäre der Weg dorthin jetzt kürzer, da die Dunkelheit sich gesenkt hatte und dieses Licht leuchtete.

»Glauben Sie, dass er hier war, Winter?«, wiederholte der Techniker.

Winter konnte die Gesichter der anderen nicht mehr unterscheiden.

»Ja«, antwortete er. »Er hat telefoniert, und dann ging er zu ihr nach Hause.«

Sie wussten, dass es ein Mann gewesen war. Nur ein Mann konnte einer Frau die Verletzungen zufügen, die sie an Charlotte festgestellt hatten.

»Sie war sofort tot«, hatte die Gerichtsmedizinerin gesagt, eine Frau, der Winter noch nie zuvor begegnet war, und an deren Namen er sich nun auch nicht mehr erinnerte. »Innerhalb weniger Sekunden.«

»Gott sei Dank«, hatte Winters Kollegin, die Kriminalinspektorin Aneta Djanali gesagt.

»Warum sieht sie so friedlich aus?«, hatte Winter mehr zu sich selbst gesagt. »Oder ist es etwas anderes?«

»Fast wie ein Lächeln«, hatte Aneta Djanali gesagt.

Winter war den Pfad nicht zurückgelaufen.

»Wir sperren das Feld ab«, sagte er zu den Leuten von der Spurensicherung.

Einer von ihnen murmelte etwas.

»Was gibt's?«, fragte Winter mit scharfer Stimme.

»Nichts, Chef. Nichts.«

»Na, immer mit der Ruhe«, sagte der andere.

Aber er wollte keine Ruhe, nicht jetzt. Es gab viel zu viele Leute, die zur falschen Zeit mit Ruhe kamen, und die Stress machten, wenn es darauf ankam, lockerzulassen. So wie jetzt. Er versuchte, sich zu entspannen, als er wieder im Dunkeln in Charlottes Wohnung stand und zu dem schwachen Licht auf der anderen Seite des Feldes hinüberschaute. Und als er den Wind hörte und sich vorzustellen versuchte, was hier drinnen vor zwei Tagen geschehen war, oder warum es geschehen war. Dieses verdammte Warum, auf das man nur so selten eine Antwort bekam, und das doch als Einziges zu einer Lösung führte. Oder zu einem Teil der Lösung. Was auch immer eine Lösung war. Er hatte Fälle gelöst, Rätsel, alle Antworten gefunden, Ermittlungen durchgeführt, die als Musterbeispiele auf der Polize<ihochschule verwendet werden konnten und vielleicht sogar schon auf dem Lehrplan standen. Doch in einigen Fällen war er mit all seiner Geschicklichkeit gescheitert. Er hatte Operationen erfolgreich durchgeführt, bei denen der Patient gestorben war.

Solche Dinge hatten ihn zweifeln lassen, manchmal an allem. An den Menschen.

Er sah sich in der dunklen Wohnung um, die vom Licht der Winternacht draußen wie verrußt schien. Hier hatte ein Mensch gelebt. Hier war er einem anderen Menschen begegnet. Eins plus eins. Einen Moment lang waren sie zwei geworden, und dann wieder nur eins. Eins plus eins gibt eins.

Winter sah wie blind aus dem Fenster. Vielleicht war er jetzt da draußen. Vielleicht hatte er Winter über das Feld laufen sehen, hatte ihn zurückkommen und wieder durch die Tür gehen sehen.

Es war nicht ungewöhnlich, dass Mörder zurückkehrten. Sie suchten noch etwas, etwas mehr.

Vielleicht war das ein Warum.

Winter trat näher ans Fenster, von der Wand weg.

Fünfzig Meter weiter rechts stand eine Straßenlaterne. Sie warf ein blaues Licht über den Platz vor dem Haus, das jedoch nicht weit reichte.

Am Rand des Feldes stand eine Gestalt, in Winters Blickfeld weit draußen nach links.

Das war kein Baum, da gab es keine Bäume.

Die Gestalt bewegte sich.

Das konnte irgendjemand sein.

Winter stürzte die Treppen hinunter.

Er eilte über den Platz vor dem Haus.

Dort war niemand. Er horchte auf Schritte, hörte aber keine. Sah keine Gestalt draußen auf dem Feld, das jetzt wie ein schwarzes Meer wirkte. Das Einzige, was er hörte, war der Wind.

Er blickte wieder zum Haus. In der Wohnung über der von Charlotte brannte Licht, ebenso in einigen Fenstern über den anderen Eingängen. Sie hatten alle verhört, die in diesen stummen Häusern wohnten. Keiner wusste etwas. Sie konnten sich nicht einmal an Charlotte Sander erinnern. Man musste es ihnen glauben, sie hatten gefragt und gefragt.

Es war, als hätte es sie nie gegeben.

Winter kehrte in die dunkle Wohnung zurück. Er stellte sich ans Fenster, so dass man ihn nicht sehen konnte, doch da draußen bewegte sich nichts, nicht einmal der Wind wehte über das Feld. Er sah keinen Menschen. Dann beschloss er, die Stehlampe am Sofa anzuschalten. Das Licht verstärkte die Farben im Raum. Charlottes rotes Telefon leuchtete auf dem Sofatisch wie eine Fackel.

Und plötzlich klingelte es.

Er hatte sich umgedreht und eine schnelle SMS an die Leitzentrale geschickt, dann war er zum Telefon gegangen und hatte mitten im fünften Klingeln den Hörer abgenommen. Die einzigen Fingerabdrücke, die es darauf gegeben hatte, waren die von Charlotte gewesen.

»Hallo? Hallo?«

Er hörte das Sausen des Windes in den Leitungen, jetzt etwas deutlicher und gröber. In einer Pause hörte er etwas anderes.

»Wer ist da?«, fragte er. »Wer ruft an?«

Dann wieder die schwere Stille.

Wieder ein Atmen.

Ja. Ein Atmen.

Dann war es weg. Nur noch der Wind war da.

Winters Handy klingelte. Während er ranging, hielt er immer noch Charlottes Telefonhörer an sein rechtes Ohr.

»Es ist weg«, sagte der Kommissar vom Dienst.

»Ich hab es gehört.«

»Wir hätten, na ja, Sie wissen ja, etwas mehr Zeit gebraucht.«

»Ich will hier heute Abend und heute Nacht jemanden haben, der auf das Telefon aufpasst«, sagte Winter.

Als er nach Hause kam, war der Abend immer noch jung. Die Dunkelheit hielt sie alle zum Besten, die Dunkelheit und die Erschöpfung.

Auch in seiner Wohnung war es dunkel. Er machte das Licht über dem Herd an und blieb am Küchentisch sitzen, das Fenster in den Abend geöffnet, der plötzlich klar und kalt geworden war. Er schauderte, stand auf, ging ins große Zimmer, das zum Vasaplatz hinausging, und goss sich einen Ardbeg ein. Jetzt wollte er nicht an etwas Sechzigprozentigem nippen, heute wollte er einen ordentlichen Schluck nehmen. Der Whisky schmeckte, wie das Feld vor Charlottes Wohnung schmecken musste, salziger Wind und schwarzes Gras und Torf, Rauch, Pfeffer und Teer. Winter schauderte wieder, als das alles in seine Eingeweide fiel. Gleich würde die Wärme kommen, innerhalb weniger Sekunden. Er setzte sich und kickte die Schuhe von den Füßen. Wenn ich nach Hause komme, trinke ich als Allererstes einen Whisky, hatte er sich vorgenommen. Und dann ziehe ich die Schuhe aus.

Er lehnte sich zurück und schloss die Augen. So war es früher gewesen, als er noch allein lebte, vor Angela und vor Elsa und der kleinen Lilly. Er war nach Hause gekommen und hatte in der Stille gesessen, und die Stille hatte ihn umschlossen. Am Ende hatte er sie nicht mehr bemerkt, sie war immer da, war ein Teil seiner selbst gewesen. Erst als andere Menschen in der Wohnung waren, hatte er bemerkt, dass die Stille fort war. Hatte er sie gern gemocht? Hätte er sie behalten wollen? Wollte er wieder dorthin? Nein. Nein, nein. Doch wenn er hier so saß, dann begrüßte er das Gefühl der Einsamkeit, die einsame Stille. Gerade jetzt am Abend brauchte er das. Er wollte darin denken, trinken und vielleicht hören.

Das Klingeln seines Handys durchbrach die Stille.

»Was glaubst du, wer das gewesen sein könnte?«, fragte Ringmar.

Winter antwortete nicht, er atmete nur.

»Jemand, der wusste, dass sie tot ist, oder jemand, der das nicht wusste?«, meinte Ringmar.

»Hm.«

»Also, wer ist es?«

»Jemand, der mich dort hineingehen sah«, sagte Winter.

»Hast du jemanden gesehen?«

»Vielleicht. Ja. Nein. Ich weiß nicht.«

»Verstehe«, meinte Ringmar, und Winter konnte sein Lächeln hören.

»Er wollte was von mir«, sagte Winter nach einer kleinen Weile.

»Was denn?«

»Er ... er wollte mir sagen, dass er wusste, dass ich da bin.«

»Sprechen wir hier von dem Mörder?«, fragte Ringmar.

»Von wem denn sonst, Bertil?«

»Es gibt eine Sache mit unserer Charlotte, die mich nicht loslässt«, sagte Ringmar.

»Was denn?«

»Man hat den Eindruck, dass sie der einsamste Mensch auf der ganzen Welt war. Keine Eltern, keine Geschwister, keine Verwandten, soweit wir wissen. Keine Arbeit. Nachbarn, die sich kaum an sie erinnern. Oder besser gesagt gar nicht erinnern. Und keine Freunde.«

»Soweit wir wissen«, fügte Winter hinzu.

»Aber einen Bekannten hatte sie«, meinte Ringmar. »Oder einen Freund.«

»Der in den Stunden, bevor sie starb, bei ihr anrief. Oder direkt vorher.«

»Der vielleicht noch mehr tat«, fügte Ringmar hinzu.

Winter antwortete nicht.

»Wer solche Freunde hat, braucht keine Feinde mehr«, bemerkte Ringmar.

»Eine Binsenweisheit.«

»Passt hier aber gut«, sagte Ringmar.

»Aber du hast Recht«, fuhr Winter fort. »Warum wird ein Mensch ermordet, der niemanden kennt?«

»Versuchte sie vielleicht, Leute kennen zu lernen?«, fragte Ringmar.

»Das wissen wir noch nicht«, meinte Winter.

Sie taten, was sie konnten, um Charlottes Leben zu rekonstruieren. Hatte sie mit irgendjemand Kontakt aufgenommen? Wann? Wie? War sie kurz davor, Kontakt aufzunehmen? War irgendwo eine Kontaktanzeige geplant? Oder war bereits eine erschienen?

»Es hat etwas mit der Vergangenheit zu tun«, sagte Ringmar.

Ja. Ging es nicht immer um die Vergangenheit? Winter fuhr sich mit der Hand übers Gesicht. Die Vergangenheit warf ihre Schatten auf die Zukunft. Man konnte ihr nicht entkommen. Niemand. Man musste ernten, was man gesät hatte. Auch das war eine Binsenweisheit. Aber die passte in diesem Fall vielleicht nicht.

Was war es, dem Charlotte Sander nicht hatte entkommen können?

Der Abend sank herab. Auf dem Vasaplatz erstarben die Stimmen. Die Straßenbahnen ratterten nur noch in größeren Abständen vorbei. Es gab immer noch keinen Schnee. Ein schwarzer Winter war das. Der Schnee brachte wenigstens Licht und andere Laute. Alles klang anders, wenn Schnee lag.

Im Schnee Spuren zu entdecken war leichter.

In gefrorenem Gras war es schwerer.

Das Telefon klingelte.

Als er abnahm, dachte er an das Klingeln zu Hause bei Charlotte. Er hatte eine Geheimnummer. Er wusste, wer anrief.

»Jetzt sag nicht, dass die Sonne scheint«, sagte er.
»Sie ist grade untergegangen«, erwiderte Angela.
»Ha!«
»Was machst du, Erik?«
»Denke an Schnee.«
»Gibt es schon welchen?«
»Nein, noch nicht. Wie ist es bei euch?«
»Auch heute kein Schnee«, sagte Angela.
»Wie geht es den Mädchen?
»Lilly hat heute die Füße ins Mittelmeer gehalten.«
»Nächste Woche bin ich dran.«

Er war auf dem Weg. In der nächsten Woche würde er am Strand von Puerto Banus stehen und dann mit Elsa auf dem einen Arm und mit Lilly auf dem anderen ins Wasser steigen.

»Deine Mutter hat umgebaut«, sagte Angela. »Ein größerer Patio.«

»Ist das dasselbe wie eine Terrasse?«

»Keine Ahnung«, meinte Angela.

»Hat sie alles selbst gemauert?«

Angela lachte. Der Gedanke war absurd. Winter sah das weiße kleine Haus vor sich, und das Licht oben in Nueva Andalucía. Das Haus befand sich in einer Art skandinavischem Überwinterungsghetto, wie auf einer isolierten und geschützten Insel, aber das Licht war gut, und der Wind, und der Himmel war weit.

»Angela?«

»Ja?«

»Wenn du einsam wärest, der einsamste Mensch der Welt, was würdest du dann machen?«

Um drei Uhr morgens war Winter wieder in Charlottes Wohnung. Warum? Wartete er auf einen neuen Anruf auf dem roten Telefon? Wartete er auf eine Gestalt da unten auf dem Feld, auf dem Weg dorthin?

Er wusste es nicht. Während er auf eine deutliche Antwort wartete, ging er sehr langsam die wenigen Schubladen durch, die Charlotte hatte, und alle Regalbretter in den Schränken der Wohnung. Diese Arbeit hatten zwar die Leute von der Spurensicherung schon geleistet, aber das spielte keine Rolle.

Er leuchtete mit der Taschenlampe hinter das Porzellan in der Küche.

Er fühlte über alle Fußbodenleisten.

Nach fünfundvierzig Minuten fand er den dünnen Stapel Briefe, oder den Haufen steifer Papiere, die wie Briefe aussahen, ohne Kuvert. Eine niedrige Schwelle hatte sich bewegt, als er vorsichtig den Fuß darauf gesetzt hatte. Die Briefe lagen fest zusammengerollt wie eine Spule in der Furche.

Die Briefe waren ihr Leben, Charlottes Leben. Die beiden ersten waren von einem Kind geschrieben. »Hallo, Tante und Onkel …« Hinter ihren Namen hatte sie ihr Alter geschrieben: »Charlotte 10«. Beide Briefe waren an »Tante und Onkel« gerichtet. Winter kannte die Tante und den Onkel nicht, noch nicht.

Der nächste Brief war zwanzig Jahre später verfasst, er war datiert. Winter fand das erstaunlich, so als wäre das für ihn dorthin geschrieben worden, als hätte Charlotte gewusst, dass dieser Brief in einer Ermittlung gebraucht werden würde. Aber warum hatte sie ihn dann versteckt? Oder hatte das jemand anders getan?

Winter las. Er begann mit dem letzten Satz: »Ich will nicht, dass du mir schreibst.« Im Brief stand kein Name.

Er fand keine Briefe an Charlotte. In seiner Hand hielt er nur die Briefe von ihr.

Er hielt sie hoch.

Sie sahen nicht wie Kopien aus, wenn sie nicht alles von Hand kopiert hatte.

Hatte sie an sich selbst Briefe geschrieben? Nein. Aber sie wollte ihre Worte an jemand anders bewahren. So musste es sein.

»Es ist ihr jemand gefolgt«, sagte Ringmar.

»Durch die Tür? Die Treppen hinauf?«

Winter stand in seinem Büro und sah aus dem Fenster. Auch vor seinem Fenster gab es Gras, aber das war dicht und gehorsam und kurz, ein Streifen Gras hinunter zum Fluss Fattighusån, der im Vormittagslicht unbeweglich dalag. Die Häuser auf der anderen Seite waren Neubauten, die auf dem alten Armenhausfriedhof standen. Eine Straße glitt auf der anderen Seite des Kanals nach Westen. Sie schien es nicht eilig zu haben.

»Er hat die Tür festgehalten, ehe sie zuschlug«, sagte Ringmar. »Klassischer Fall.«

»Und wie ist er dann in die Wohnung gekommen?«, fragte Winter.

»Geklingelt«, meinte Ringmar mit dem Anflug eines Lächelns. »Auch das ein klassischer Fall.«

»An der Tür ist ein Spion«, gab Winter zu bedenken. »Sie hätte wohl kaum einem Fremden aufgemacht.«

»Vielleicht war er kein Fremder«, sagte Ringmar.

»Dann fällt deine Theorie aber in sich zusammen«, sagte Winter.

»Ja, das tut sie«, sagte Ringmar und lächelte wieder sein leichtes Lächeln. Es war wie der Januartag draußen, wie etwas, was es kaum gab. Ringmars Lächeln schaffte es kaum bis auf seine Lippen.

»Diese Briefe, die sie als Kind geschrieben hat«, begann

Winter und machte eine Geste zum Schreibtisch hin, »wenn sie sie denn geschrieben hat. Die hat sie ja aus einem Ferienlager geschrieben.«

»Was sagen Beiers Leute?«, fragte Ringmar.

»Wozu?«

»Ob es ein Kind war, das die Briefe geschrieben hat?«

»Sie sind mit der Altersbestimmung des Papiers und der Tinte noch nicht fertig. Das ist schwierig. Sie sagen, es sei noch nicht genug Zeit vergangen. Und was das Alter des Briefschreibers angeht, so habe ich gerade einen Handschriftenexperten darangesetzt.«

»Genügt da nicht eine Grundschullehrerin?«

»Sie ist Grundschullehrerin«, sagte Winter und merkte, dass er jetzt auch ein wenig lächelte. »Auch.«

»Du sagst, sie habe aus einem Ferienlager geschrieben?«

»Ja.«

Winter wandte sich vom Fenster ab, ging zum Schreibtisch und nahm eines der Papiere in die Hand, die Kopien der Briefe waren, die gerade von der Spurensicherung untersucht wurden.

»Du hast sie doch selbst gelesen«, sagte er und sah auf. »Es klingt doch wie aus einem Ferienlager.«

»Könnte auch ein Kinderheim gewesen sein«, gab Ringmar zu bedenken.

»Ja.«

»Oder eine reine Phantasie.«

»Wenn sie als Kind in einem Ferienlager war, dann werden wir es schon rauskriegen«, sagte Winter.

»Eine Abwechslung zum Kinderheim«, sagte Ringmar, diesmal ohne Lächeln. »Wer sind denn die Tante und der Onkel?«

»Die Einzigen, an die wir uns hätten wenden können, sind tot«, sagte Winter. »Die Adoptiveltern.«

»Wer ist es, der ihr nicht mehr schreiben soll?«, fragte Ringmar.

Es gab ein Ferienlager. Es lag an einem See. Das Kinderheim mietete sich zweihundertfünfzig Kilometer südöstlich von Göteborg entfernt in ein Ferienlager ein. Den Unterlagen nach war Charlotte zwei Sommer in Folge dort gewesen.

Winter und Ringmar waren schweigend in Winters Auto dorthin gefahren. Sie hatten *Sketches of Spain* angehört und in eine gefrorene Landschaft gestarrt, die von der verbrannten Erde des Südens weit entfernt war.

Als sie sich dem Hochland näherten, fiel Schnee. Es schien der erste Schnee zu sein, aber der Schneefall hatte schon aufgehört, ehe er es geschafft hatte, auf der Erde Spuren zu hinterlassen.

Jetzt fuhren sie über einen Waldweg, der grobe Spurrillen von Traktorenreifen aufwies. Auch die Spurrillen waren gefroren, und die Unebenheiten ließen das Auto wie ein Schiff schlingern.

Dann öffnete sich eine Waldlichtung, und sie sahen einen See, an dem ein zwei Stockwerke hohes Holzhaus stand, flankiert von zwei langen Gebäuden, die wie Baracken aussahen. Draußen auf dem See war das Wasser nicht gefroren, eine langsame und schwere Bewegung, wie von Stahl. Zum Ufer hin hatte sich Eis gebildet, so regungslos, als wäre es vertäut. Ein paar Ahornbäume breiteten ihre toten Äste zum Lederhimmel aus.

Winter parkte auf dem Hofplatz vor dem großen Gebäude. Sie stiegen aus. Winter glaubte, vom See her ein Geräusch wie von Flügeln zu hören.

An einem Gestell auf dem gefrorenen Gras am Ufer schwang langsam eine Schaukel. Daneben stand eine Rutsche, deren blanke Rinne wie Eis glänzte. Ein altertümlich aussehendes Karussell stand still, die meiste Farbe war in Wind und Wetter abgeblättert.

»Die sind inzwischen verboten«, sagte Ringmar und nickte zu dem Karussell hin.

»Wieso das denn?«, fragte Winter.

»Die Kinder können mit einem Schal oder so hängen bleiben und unter die Platte gezogen werden«, sagte Ringmar und ging hin und versuchte, das Karussell in Gang zu bringen. Es bewegte sich nicht, denn es war auch am Boden festgefroren. »Es sind da wohl ein paar Unfälle passiert. Aber das Karussell hat wirklich Spaß gemacht. Da kriegte man ein unglaubliches Tempo drauf.«

»Das konnte ich nie ausprobieren«, sagte Winter.

»Tut mir Leid für dich«, entgegnete Ringmar. »Das ist eben die Strafe der späten Geburt.« Er ließ das kalte Metall los. »Aber so ist dir wenigstens die Kotzerei erspart geblieben. Nach fünfzig Runden haben wir alle gespuckt.«

»Hoffentlich nicht während der Fahrt.«

Ringmar antwortete nicht.

»Vielleicht sind sie deshalb verboten worden«, meinte Winter.

Ringmar antwortete immer noch nicht. Er machte eine Kopfbewegung zu etwas hinter Winter.

»Diese Tür da steht offen«, sagte er.

Winter wandte sich um. Eine der Glastüren zum Hauptgebäude schien angelehnt zu sein, es war etwas wie ein dunkler Pfeiler vor der Tür, oder vielleicht auch eine optische Täuschung, aus all den unterschiedlichen Grautönen in der Landschaft um sie herum.

»Ist da jemand?«, fragte Ringmar.

Sie standen in einem Saal, dessen Fußboden glänzte wie von einer Eisschicht überzogen. Das graue Licht fiel durch drei

Fenster herein, die vom Boden bis zum Dach reichten. Winter konnte den See sehen, das offene Wasser draußen, und davor das Eis.

»Ich nehme mal an, das hier ist der Speisesaal«, sagte Ringmar.

»Bist du mal in einem Ferienlager gewesen?«, fragte Winter

»Nein. Weder als richtiger Gast noch als zufälliger Besucher.«

»Gast? Glaubst du, die Kinder fühlten sich als Gäste?«

»Einige von ihnen kamen vielleicht aus noch schlimmeren Umständen«, sagte Ringmar.

»Bestimmt hängen dahinten ein paar Fotos«, sagte Winter und zeigte auf die gegenüberliegende Wand.

Ringmar konnte eine Reihe von Fotografien sehen, die auf einer Pinnwand arrangiert waren.

Sie gingen hinüber.

»Ganz schön viele Gäste«, meinte Winter.

Es waren fünf Fotos. Jedes zeigte eine große Gruppe Kinder, die vor einem Baum standen. Hinter ihnen war der See. Winter erkannte den Baum und den See. Er trat näher und studierte gründlich die Gesichter auf jedem Foto, die Gesichter der Mädchen. Ringmar tat es ihm gleich.

»Suchen Sie jemand?«

Sie wandten sich um.

Die Stimme, die plötzlich in der Stille zu hören war, hatte sie zusammenfahren lassen.

Ein älterer Mann kam langsam durch den Saal auf sie zu. Seine Turnschuhe gaben keinen Laut von sich.

»Wer sind Sie?«, fragte er.

Jonas Björk sah auf ihre Ausweise und nickte, als sie ihm die Plastikkarten hinhielten.

»So etwas besitze ich nicht, Sie müssen also schon glauben, dass ich hier der Verwalter bin«, sagte er, »oder war.«

»Was machen Sie jetzt hier?«, fragte Ringmar so freundlich wie möglich.

»Ich habe nicht viel anderes zu tun«, sagte Björk. »Ich komme nur aus alter Gewohnheit immer wieder hierher.«

»Haben Sie lange hier gearbeitet?«, fragte Winter.

»Solange das Ferienlager in Betrieb war«, sagte Björk. »Ich war von Anfang bis Ende dabei.«

Er machte mit seiner behandschuhten Hand eine Bewegung zu den Bildern an der Wand.

»Und gibt es etwas Bestimmtes, wonach Sie suchen?«

»Ein Mädchen namens Charlotte Sander«, sagte Winter.

Björk drehte sich zur Wand und betrachtete die Fotos.

»Sander ... das ist ein ungewöhnlicher Name. Könnte nicht sagen, dass ich mich an jemand erinnere ...« Er verstummte und studierte weiterhin die Bilder. »Das eine oder andere Kind erkennt man doch wieder.«

»Wer ist die Frau?«, fragte Winter und zeigte auf eine Frau in mittlerem Alter, die am äußeren Rand der Kindergruppen stand. Sie stand immer am selben Platz. Und sie lächelte auf keinem der Bilder.

»Das ist Tante Wilhelmsson«, sagte Björk. »Sie war die Erzieherin hier.«

»Die ganze Zeit?«

»Ja. Die ganzen zehn Jahre.« Björk nickte in Richtung auf Tante Wilhelmssons Gesicht. »Dann wurde sie krank und das Ferienlager wurde geschlossen.« Er sah zu Winter hoch. »Es gab wohl niemanden, der das weiterführen wollte.«

»Gab es keinen Onkel?«, fragte Winter.

»Wie?«

»Keinen Onkel Wilhelmsson. Sie haben sie doch Tante genannt.«

»Alle nannten sie Tante«, sagte Björk.

»Gab es jemanden, den Sie Onkel genannt haben?«

»Nein. Sie war nicht verheiratet. Vielleicht war sie auch Witwe. Ich habe nie danach gefragt.«

»Was für eine Krankheit war es?«

»Wie?«

»Sie haben gesagt, Tante Wilhelmsson sei krank geworden. Was ist denn passiert?«

»Ich weiß nicht. Nach der letzten Saison kam sie einfach nicht zurück. Ich weiß nicht, was mit ihr passiert ist.« Björk machte eine ausladende Geste zu den schwarzweißen Fotografien an der Wand. Die Bilder waren im Sommer aufgenommen worden. Alle Kinder trugen Sommerkleider. »Niemand ist zurückgekommen.«

»Wer ist das da?«, fragte Ringmar und tippte mit dem Finger auf den blonden Kopf eines jüngeren Mannes. Er war vielleicht zwanzig oder ein paar Jahre älter. Die Frisur ließ ihn älter aussehen. Er stand von der Frau aus gesehen auf der anderen Seite der Kindergruppe. Die beiden Erwachsenen waren zwei Köpfe größer als die Kinder. »Er ist nur auf diesem Foto dabei.«

»Das ist Sivert«, sagte Björk, und Winter bemerkte eine Veränderung in der Stimme des älteren Mannes. »Sivert war der Junge der Tante.«

»Junge? Meinen Sie, ihr Sohn?«

»Ja.«

»Warum ist er hier mit dabei?«, fragte Winter und wies auf die Fotografie.

»Er war manchmal dabei und half aus«, sagte Björk gedehnt.

»Jeden Sommer?«

»Nee, wohl mehr gegen Ende.« Björk nahm die Kappe ab, fuhr sich durch das schüttere Haar und setzte die Kappe wieder auf. »Es waren wohl die letzten beiden Jahre oder so.«

»Wann ist die Ferienkolonie geschlossen worden?«, fragte Winter. »Welches war die letzte Saison?«

Björk dachte nach und nannte dann eine Jahreszahl.

»In dem Jahr war das Mädchen hier«, sagte Winter. »Charlotte Sander.« Er wandte sich wieder den Fotos zu. »Dann müsste sie hier mit drauf sein.«

Er studierte erneut die Bilder, Gesicht um Gesicht, konnte aber keines finden, das ihn an das der toten Frau erinnerte.

»Charlotte ...«, sagte Björk, der neben Winter ganz dicht an den Fotos stand. »Charlotte Sander ...« In einer plötzlichen Bewegung wandte er sich Winter zu. »Mein Gott.«

»Was ist denn?«, fragte Winter.

»Sie war ja mit in dem Boot«, sagte Björk, »als es geschah. Sie war das!«

»Das Boot?«, fragte Ringmar.

»Was ist da geschehen?«, hakte Winter nach.

»Sander. Ich erinnere mich. Ich weiß noch, wie ich dachte, dass sie das Boot über den Sand gezogen haben. Dass es sozusagen dasselbe Wort war.«

Er wandte sich wieder den Bildern zu und betrachtete sie intensiv mit seinen kurzsichtigen Augen.

»Da ist sie«, sagte er und streckte einen Finger aus, mit dem er dann fast ein kleines Mädchengesicht berührte.

»Ist das Charlotte?«, fragte Winter. Er sah ein Gesicht, ein junges Gesicht mit einem schwachen Lächeln. Plötzlich spürte er, wie es ihm kalt über die Kopfhaut kroch. War das ein Lächeln im Gesicht des Mädchens? Warum hatte er das nicht vorher gesehen? »Ist sie das?« Er fragte wieder, obwohl er die Antwort schon wusste.

»Das ist sie«, sagte Björk und zog den Finger wieder weg. »Und da ist das Mädchen, das ertrunken ist. Sie stehen genau nebeneinander. Dass ich sie nicht vorher gesehen habe.«

»Das ertrunken ist?«, echote Ringmar.

»Sie waren mit dem Boot draußen«, erklärte Björk. »Weit draußen auf dem See. Es war Abend, aber es war immer noch hell. Es waren diese beiden Mädchen. Die beiden und Sivert.«

»Sivert? Der Sohn?«

»Er ist mit ihnen rausgerudert.«

»Und was ist da draußen geschehen?«, fragte Winter. Er spürte immer noch das Schaudern. Er wusste, dass er Björk so leichthin und gleichzeitig so schnell wie möglich dazu bringen musste, zu erzählen.

»Keiner weiß es«, sagte Björk. »Das andere Mädchen, es hieß Lena, sprang ins Wasser, um zu baden, das hat Sivert gesagt, und offenbar ging sie unter wie ein Stein.« Er schaute zu dem Foto. Winter und Ringmar sahen das Mädchen an. Es sah leicht aus, leicht und fröhlich. »Man fand sie am nächsten Tag. Mit Draggen über den Grund.«

»Hätte Sivert sie nicht retten können?«, fragte Ringmar.

»Offenbar nicht«, erwiderte Björk. Winter konnte die Veränderung in seiner Stimme hören.

»Und was sagte Charlotte?«, fragte Ringmar. »Sie war doch dabei.«

»Das weiß ich nicht«, sagte Björk und wandte das Gesicht ab.

»Wann ist das passiert?«

»Wann? Na, wann wohl?« Björk sah zu Ringmar und dann wieder zu der Fotografie. »Das war wohl im Juli.«

»In welchem Jahr?«

»Es war das letzte Jahr. Der letzte Sommer. Zwei Wochen nach dem Unglück haben sie geschlossen und die Tante wurde krank, und niemand kam je zurück.«

»Was machte Sivert, wenn er hier war?«, fragte Winter. »Hat er irgendetwas gearbeitet? Hat er bei etwas geholfen?«

Björk antwortete nicht. Er hatte den Fotos den Rücken zugewandt, als wolle er vergessen, was er gesehen hatte.

Winter wiederholte seine Frage.

»Er war keine Hilfe«, sagte Björk.

»Ach so?«

»Er hat nur Schaden angerichtet.«

»Wobei?«

»Bei den Mädchen«, sagte Björk. »Er hat den Mädchen geschadet.«

»Wie das?«

»Er ... er ...« Björk schienen die Worte zu fehlen.

»Herr Björk?«

»Ich habe versucht, mit der Tante zu reden, aber sie hat nicht zugehört. Sie wollte nicht zuhören.«

»Was wollten Sie ihr sagen?«

»Dass er .... dass er ihnen Böses wollte.«

»Böses? Auf welche Weise?«

»Ich weiß nicht. Böses eben.«

»Haben die Kinder Ihnen das erzählt?«

»Ich hatte so meinen Verdacht.«

»Trotzdem durfte er mit zwei Mädchen auf den See hinausrudern?«

»Ich war zu dem Zeitpunkt nicht da«, sagte Björk.

»Aber hinterher doch«, sagte Winter. »Was haben Sie hinterher gesagt? Nach dem Unfall. Was haben Sie der Polizei berichtet?«

»Der Polizei?«

»Es muss doch eine Ermittlung gegeben haben.«

»Ja, schon. Aber ich, ich wusste ja nichts. Ich hatte doch keine Beweise, oder wie man das nennt. Die Tante hat mir auch nicht geglaubt.« Er sah Winter an. »Und nachts war ich ja nicht hier.« Er schien eine Geste zum Fenster zu machen, Richtung See. »Und da draußen war ich auch nicht mit dabei.« Er sah zum See hinaus. »Ich habe das bereut. Viele Male.«

»Was bereut?«, fragte Ringmar.

»Dass ich niemals etwas gesagt habe. Zu keinem anderen als zur Tante.«

Tante Wilhelmsson hieß Rosa Wilhelmsson, und als Winter die Unterlagen bekam, war sie schon dreißig Jahre tot. Dasselbe Jahr, dachte er, dasselbe Jahr, in dem die Kolonie für immer geschlossen wurde. Er las den Bericht gründlich durch. Sie war am neunundzwanzigsten August gestorben, zwei Wochen, nachdem die Kolonie geschlossen worden war.

Sie war ertrunken.

Dem Bericht zufolge war sie allein gewesen, als sie in einem See ertrank, der weit von dem entfernt lag, an dem Winter zwei Tage zuvor gestanden hatte.

Im Bericht stand nichts über irgendeine Krankheit.

Es stand da auch nichts über ihren Sohn, Sivert. Nichts, das irgendetwas erklärt hätte.

Sivert selbst konnte nichts erklären, jedenfalls im Moment noch nicht. Ihn gab es noch nicht.

Sie hatten einen Sivert Wilhelmsson in einer Wohnung in den nördlichen Vororten gefunden. Dort gab es, wie im Süden, Felder um die Häuser. Die Häuser waren vor ungefähr vierzig Jahren gebaut worden, in der Hoffnung, dass sie einmal eine Stadt bilden würden, eine richtige Stadt.

Als sie Wilhelmssons Wohnung betreten hatten, hatte Winter den Geruch von Eingeschlossensein und Leere verspürt. Hier war wochen- oder sogar monatelang niemand gewesen. Winter wusste, dass sie Grashalme da drinnen finden würden, von Feldern sowohl im Norden als auch im Süden.

Auf einer antiken Anrichte hatte eine Fotografie gestanden, die er wiedererkannte.

»Er könnte die Stadt verlassen haben«, meinte Ringmar.

Sie saßen zur Abwechslung mal in Ringmars Zimmer. Winter musste eine Stunde lang nicht auf den Fattighusån schauen.

»Vielleicht aber erzählt der alte Björk auch irgendwelchen Mist«, sagte Ringmar. »Vielleicht ist er selbst etwas verwirrt.«

»Selbst?«

»Sivert Wilhelmsson ist ja wohl eine verwirrte Seele.«

»Björk ist nicht verwirrt.«

Winter glaubte das nicht. Er hatte den Bericht über das ertrunkene Mädchen gelesen. Am Ende wurde es als Unfall bezeichnet. Sivert Wilhelmsson wurde nicht belangt.

Charlotte Sander wurde ebenfalls nicht belangt. Belangt wofür? Was hatte sie gesehen? Hatte sie selbst etwas getan? Nein.

Sie wurde freigelassen wie der Wind. Es gab niemanden, der sie gehalten hätte. Ihr Leben war wie der Wind gewesen. Aber das Einzige, was er wirklich von ihr wusste, stand in ihrem Gesicht.

»Hat er sie all die Jahre am Haken gehabt? Wilhelmsson?«, fragte Ringmar.

Winter antwortete nicht. Er dachte immer noch an ihr Gesicht.

»Auf jeden Fall wusste sie irgendetwas«, sagte Ringmar. »Sie hat etwas gesehen.«

»Schließlich war sie mit im Boot«, meinte Winter.

»Sie hat gesehen, wie er das andere Mädchen, Lena, über Bord warf.«

Winter antwortete nicht.

»Warum ist er dann nicht auch über Charlotte hergefallen?«, fragte Ringmar.

»Vielleicht hat er das ja getan«, meinte Winter.

»Nein«, entgegnete Ringmar. »So nicht. Ein ertrunkenes Kind kann man vielleicht erklären oder als Unfall deklarieren, aber zwei?«

»Warum hat er es getan?«, fragte Winter.

»Er hatte ihr etwas angetan. Und das hätte sie erzählt.«

»Wem?«

»Der Leiterin. Seiner Mutter.«

»Hätte das etwas ausgemacht?«

»Ich weiß es nicht«, sagte Ringmar.

Winter dachte nach. Er dachte an einen See, See und Eis. Er sah ein Boot. Dann sah er noch ein Boot.

»Vielleicht hatte sie es ja schon getan«, sagte er. »Es der Tante Wilhelmsson erzählt.«

Ringmar nickte.

»Vielleicht hatten sie beide es ja schon getan«, fuhr Winter fort.

»Mein Gott«, sagte Ringmar, »da graust es einem ja.«

»Der Sohn ist mit den Mädchen auf eine Bootstour gegangen.«

Ringmars Gesicht war versteinert und weiß.

»Hatten sie jemand anders erzählt, dass sie bedroht wurden? Oder irgendwelchen Übergriffen ausgesetzt waren?«, machte Winter weiter.

»Dem alten Björk«, erwiderte Ringmar.

»Damals war er nicht alt«, sagte Winter.

Jonas Björk wartete auf sie. Er hielt sich unten am Baum mit den dicken Ästen auf, die sich zum Ufer hinstreckten. Da hatten alle Kinder gesessen, Saison um Saison. Jetzt waren sie alle erwachsen, manche von ihnen lebten nicht mehr.

Ein paar Details, hatte Winter am Telefon gesagt. Es dauert nicht lange.

»Vergiss nicht, dass er es war, der von dem Unfall erzählt hat«, hatte Ringmar im Auto gesagt. »Und er hat auf Sivert gezeigt.«

»Nach ihm hätten wir sowieso gefragt«, hatte Winter gesagt. »Er war schließlich auf dem Foto. Und die Sache mit dem Bootsunfall hätten wir auch so schnell rausgekriegt.«

Jetzt stieß sich Björk von der Birke ab, an die er sich gelehnt hatte.

»Was sind denn das für Details, die Sie wissen wollen?«, fragte er.

»Wo waren Sie an dem Abend, als das Bootsunglück geschah?«, fragte Winter.

»Ähm ... ich war wohl zu Hause.«

»Und wo war zu Hause?«

»Das war im Dorf.«

»Ist das immer noch so?«

»Jetzt verstehe ich Sie nicht.«

»Wohnen Sie immer noch am selben Ort wie damals?«

»Äh ... ja.«

»Bringen Sie uns hin«, sagte Winter.

»Nein, das geht ...«

»Bringen Sie uns hin!«

Nach einer Stunde hatten sie drei Fotos gefunden. Es wäre noch schneller gegangen, wenn sie am anderen Ende angefangen hätten zu suchen.

Auf dem einen Foto stand Tante Wilhelmsson vor einem

Gebäude. Winter erkannte es wieder. Sie war allein. Kein Lächeln auf ihrem Gesicht.

Auf dem anderen Foto stand sie zusammen mit ihrem Sohn. Keiner von ihnen lächelte. Sivert war hier ungefähr genauso alt wie auf dem Bild mit den Kindern.

Auf dem dritten Foto stand Jonas Björk zusammen mit einem Jungen, der ungefähr zehn Jahre alt war.

»Das ist doch normal, dass man ein paar Sachen aufhebt«, sagte Björk.

»Ach ja?«, fragte Winter.

Björk antwortete nicht.

»Sie haben es so eingerichtet, dass Sie einander nah sein konnten«, sagte Winter.

»Was meinen Sie damit?« Plötzlich sah Björk älter aus. Älter und taub.

»Auf eine ganz natürliche Weise«, fuhr Winter fort, ohne sich um die Taubheit von Björk zu scheren. »Sie waren keine Familie mehr, aber Sie kamen voneinander nicht los.«

»Was meinen Sie damit?«, wiederholte Björk.

»Oder hat er vielleicht nie erfahren, dass Sie sein Vater waren?«, fragte Winter.

Ringmar sah zu Winter. Darüber hatten sie nicht gesprochen.

»Hat sie es ihm nie erzählt?«, fuhr Winter fort. »Seine Mutter, meine ich?«

Zunächst antwortete Björk nicht.

»Sie hat es mir erzählt«, sagte er dann. »Siv. Sie hieß Siv.«

Siv und Sivert, dachte Winter. Die beiden gehörten zusammen.

»Was hat sie erzählt?«, fragte er.

»Von den Mädchen. Was er mit den Mädchen machte. Nachts.«

»Und was haben Sie getan?«

»Ich. Nichts. Ich habe nichts getan«, sagte Björk und brach plötzlich in Tränen aus. »Ich habe nichts getan.« Er sah zu Winter auf. »Aber sie. Sie haben etwas getan.«

»Sie haben die Sache mit dem Bootsunfall geplant«, sagte Winter.

»Das Mädchen wollte es erzählen«, sagte Björk. »Es hätte bei der Behörde etwas erzählen können.«

»Warum kam Charlotte davon?«, fragte Winter.

»Ich bin rausgefahren«, sagte Björk. »Wir hatten noch ein Boot. Ich bin rechtzeitig rausgekommen.«

»Was geschah mit Tante Wilhelmsson?«, fragte Ringmar.

»Sie kam nicht ungeschoren davon«, setzte Winter hinzu.

»Ich war nicht da«, sagte Björk. »Ich wollte nie wieder etwas mit ihnen zu tun haben.«

»Sie haben geschwiegen«, sagte Winter. »Sie haben für sie geschwiegen.«

»Was hätte ich denn tun sollen? Was hätte ich sagen sollen? Wer hätte mir geglaubt?«

»Ihr Sohn hat sich mit dem Schweigen nicht zufrieden gegeben«, sagte Winter. »Er wollte mehr.«

»Nein«, sagte Björk. »Sie wollte es selbst so. Siv ging selbst in den See. Sie konnte es nicht mehr aushalten. Sivert hatte nichts damit zu tun.«

»Wo ist Sivert jetzt?«, fragte Winter.

»Ich weiß es nicht.« Er sah Winter in die Augen. »Ich weiß es wirklich nicht.«

»Sie kam auch nicht davon«, sagte Winter wieder. »Charlotte. Er hat sie nicht davonkommen lassen.«

Björk antwortete nicht.

»Warum?«, fragte Winter. »Warum konnte er sie nicht davonkommen lassen? Nach so vielen Jahren?«

»Es kam ... ein Brief«, sagte Björk.

Winter wartete. Björk war dabei zu erzählen, die Worte waren auf dem Weg.

»Der Brief kam hierher. Ich habe ihn nachgeschickt. Das hätte ich nicht tun sollen. Es war Wahnsinn.«

»Haben Sie den Brief gelesen?«

»Nein, nein.«

»Wussten Sie, von wem er war?«

Björk antwortete nicht. Winter wiederholte seine Frage.

»Ich wusste es«, sagte Björk. »Es stand kein Absender darauf, aber ich wusste es trotzdem.« Er schluchzte. »Sivert fühlte sich niemals frei. Nicht, solange sie noch da war.«

Frei. Seine Freiheit hatte viel zu lange gewährt, dreißig Jahre zu lange. Winter dachte an Charlottes Gesicht, und wie es ausgesehen hatte, als er es zum ersten Mal sah. Ihr letzter Gesichtsausdruck, der ihm vielleicht etwas zu sagen hatte. Jetzt wusste er, dass auf diesem Gesicht kein Lächeln gewesen war.

Eiszeit

Schlimmer konnte es nicht mehr kommen. Ich dachte, was auch immer jetzt kommt, es kann nur besser sein. Nicht besser, nein ... vielleicht heller? Nein, auch das nicht. Ich vermochte das rechte Wort nicht zu finden. Es gab einfach keines. Es war, als wolle man die verschiedenen Vorstufen der Hölle graduell unterscheiden.

Die Frau lag im Graben hinter dem Müllcontainer, am südlichen Ende des Parkplatzes. Wir konnten nicht sofort sagen, ob die Tat dort verübt worden war, wo sie lag, oder ob sie hierher gebracht worden war, nachdem man sie ermordet hatte.

Ihren Kopf fanden wir nicht.

Es waren auch noch ein paar andere Dinge ... mit ihrem Körper gemacht worden.

Sie trug keine Kleider. Neben der Leiche lag eine Handtasche. Ich kam als Erster dort an. Als ich mich über die Tasche beugte, verspürte ich einen Geruch, den ich nicht einordnen konnte. Kam er mir bekannt vor? Vielleicht. Doch er war nur eine Zehntelsekunde da, dann war er fort und kehrte nicht zurück. Ich sah mich um, konnte aber nichts entdecken, was die Quelle für diesen Geruch sein mochte. Und da hatte ich ihn auch schon vergessen.

Die Frau war seit zwei bis drei Stunden tot. Unser Gerichtsmediziner war sich sicher, und wir glaubten ihm. Ungefähr dreißig. Vielleicht etwas jünger.

»Was meinen Sie, Berger?«, meinte Kommissar Munter, mein Chef, auf der Rückfahrt.

Ich versuchte, bei der Eisglätte so vorsichtig wie möglich zu fahren. Es war der achte Januar. Es war Schnee gefallen, der durch die Kälte gefroren war, und die Räumfahrzeuge hatten ihn nicht in den Griff bekommen, was jedoch absolut normal war. In Schweden war man auf Schneefall einfach nicht eingerichtet. Der Schnee hätte ebenso gut über Spanien niederrieseln können. Die Verwunderung wäre die gleiche gewesen: Schnee? Hier?

»Scheußlich«, antwortete ich.

»Es wird nicht leicht werden, Reifenspuren zu finden«, meinte Munter. Er saß neben mir, die Mütze tief ins Gesicht gezogen, und sah wieder einmal wie der absolute Widerspruch zu seinem Namen aus. Im Mund hatte er eine nicht angezündete Zigarette, an der er ziehen würde, bis sie durchgefeuchtet war, und dann würde er sie wegwerfen und sich eine neue zwischen die Lippen stecken. Das war seine Methode, mit dem Rauchen aufzuhören. So ging das nun schon seit lange vor Weihnachten. Auf diese Weise verbrauchte er genauso viele Zigaretten wie vorher, aber immerhin rauchte er nicht.

»Der Schnee ist einfach zu fest gefroren«, fuhr er fort. »Wie eine verdammte Eisbahn.«

Auf der Gegenfahrbahn war ein gigantischer Sattelschlepper in den Graben gerutscht. Ein Teil der Zugmaschine stand noch auf der Straße, dahinter hatte sich eine kilometerlange Schlange gebildet. Es war Sonntagabend, und die Leute wollten nach dem Hockeyspiel nach Hause, doch jetzt kamen sie nicht weit.

»Das war jetzt wirklich das Furchtbarste, was ich jemals gesehen habe, und dabei dachte ich doch, ich hätte schon alles gesehen«, meinte Munter. Damit meinte er die ermordete Frau.

»Das habe ich auch gedacht«, erwiderte ich.

»Einen Dreck haben Sie gesehen, Berger«, sagte Munter und seine feuchte und kalte Zigarette wippte ihm im Mund. Im Auto roch es nach nassem Tabak. An den Geruch hatte ich mich schon gewöhnt.

»Ich meine, das war das Schlimmste, was ich je gesehen habe. Bisher.«

Er brummte etwas Unverständliches. In der Stadt brüllten die Räumfahrzeuge wie verrückt gewordene Kühe und schienen völlig orientierungslos herumzufahren. Seit dem Dreikönigstag hatte es geschneit, und erst gestern hatte es aufgehört. Natürlich war das eine Herausforderung, aber die Räumarbeiten hätten eigentlich schon weiter fortgeschritten sein müssen.

»Annie Lundberg«, sagte mein Chef und bewegte sich auf seinem Sitz. Sein Profil wurde von den Straßenlaternen angeleuchtet. »Wir haben hier ihren Führerschein, der sauber und ordentlich in ihrer unberührten Brieftasche in ihrer unberührten Handtasche steckte. Wir haben ein Foto von einem hübschen Mädchen, das am 8.1.1975 geboren ist, aber wir können die Leiche trotzdem nicht identifizieren.«

»Das ist ja heute«, sagte ich.

»Was?«

»Sie hat heute Geburtstag«, wiederholte ich.

»Hm.«

»Sechsundzwanzig Jahre«, fuhr ich fort.

»Da könnte ein Zusammenhang bestehen«, sagte Munter. »Wie steht es, Inspektor Berger, glauben Sie, dass da ein Zusammenhang besteht?«

»Ich glaube gar nichts«, erwiderte ich.

»Gut so.«

Im Polizeipräsidium kontrollierten wir als Erstes, ob unser Computermann es geschafft hatte, die Vermisstenmeldungen der letzten Tage durchzugehen. Wir hatten ihn schon vom Fundort aus angerufen.

Das Ergebnis schien fast zu gut, um für die Ermittlungen von Nutzen zu sein: Die sechsundzwanzigjährige Annie Lundberg war vor mehreren Stunden an diesem Sonntag von ihrem Freund als vermisst gemeldet worden. Die Daten schienen auf die Tote zu passen, wenngleich wir natürlich nichts über die Haarfarbe sagen konnten.

Alles, was wir jetzt tun mussten, war, den Freund ins Leichenschauhaus kommen zu lassen, um die Leiche zu identifizieren.

»Selbst wenn sie keinen Kopf mehr hat, müsste ein Freund doch seine Freundin wiedererkennen können«, meinte Munter.

»Da möchte ich aber nicht mit ihm tauschen«, sagte ich.

»Sie legen irgendetwas dorthin, wo der Kopf sein müsste, und decken es ab«, sagte Munter.

»Wir müssen aber vorher etwas dazu sagen«, gab ich zu bedenken.

»Ja, das müssen wir wohl«, stimmte Munter mir zu. »Sonst fragt er sich womöglich, warum ihr Kopf sich plötzlich in einen Fußball verwandelt hat.«

Der Freund entpuppte sich als Freundin. Sogar Munter sah erstaunt aus, obwohl er doch wissen sollte, dass das heutzutage nichts Ungewöhnliches war. Sie stellte sich als Birgitta Sonesson vor, war ungefähr dreißig Jahre alt, vielleicht etwas jünger, und hatte eine dicke blonde Haarmähne.

»Hier entlang bitte«, sagte der Gerichtsmediziner.

Sie sah die Leiche an, ich hatte ihr schon vorher von dem Kopf erzählt.

»Das ist nicht Annie«, sagte sie fast augenblicklich. »Das ist sie nicht.«

»Sind Sie ganz sicher?«, fragte Munter.

»Annie hatte eine Tätowierung ... auf dem Bauch«, sagte Birgitta Sonesson und wies auf den nackten Körper auf der Stahlpritsche. »Genau da, direkt unter dem Nabel.«

Sie schaute wieder Munter an, dann mich. »Mir gefiel das nicht. Dass sie sich hat tätowieren lassen. Ich habe sie gebeten, es nicht zu tun. Aber sie hat es trotzdem gemacht.« Birgitta Sonesson begann heftig zu weinen, Munter machte eine Kopfbewegung, und der Gerichtsmediziner ging mit ihr hinaus. Sie weint, als läge hier wirklich ihre Geliebte, dachte ich.

»Was stellte die Tätowierung denn dar?«, fragte Munter draußen.

»Einen kleinen Vogel«, antwortete sie. »Ich glaube, eine Schwalbe.«

Wir saßen in Munters Zimmer. Die Zigarette in seinem Mund wippte auf und ab, als er redete.

»Wir haben eine Vermisste, deren Papiere bei einer Ermordeten abgelegt wurden«, sagte Munter. »Und wir haben eine Ermordete ohne Identität.«

Natürlich hatten wir Birgitta Sonessons Angaben überprüft.

»Verdammt«, fluchte Munter, »und die Zähne helfen uns auch nicht gerade weiter.«

In der Regel versuchten wir, unbekannte Tote über das Gebiss zu identifizieren.

»Also müssen wir alle Vermisstenmeldungen noch einmal durchgehen«, sagte Munter.

Wir gingen sie alle durch, einschließlich der neuen, die gerade erst reingekommen waren. Zwei oder drei stimmten in etwa mit der Leiche überein, und wieder gingen wir mit vor Angst bebenden Angehörigen ins Leichenschauhaus, doch jedes Mal konnten sie es erleichtert verlassen. Und ich dachte jedes Mal, den Nächsten muss hier jemand anders übernehmen.

»Irgendeine Form von Sport muss sie getrieben haben«, sagte der Gerichtsmediziner. »Die Muskelmasse vor allem in den Beinen weist darauf hin, dass sie hart trainiert hat, und zwar erst kürzlich. Aber sie hat auch Gewichte gehoben.«

»Was hat sie denn trainiert?«, hatte Munter gefragt.

Der Arzt hatte mit den Schultern gezuckt.

»Na, kommen Sie schon.«

»Ich würde auf irgendeine Art von Leichtathletik tippen«, meinte der Arzt. »Vielleicht Laufen. Oder Weitsprung. Ich weiß nicht. Vielleicht sollten wir mal mit einem Physiologen reden.«

»Chiropraktiker?«, hatte Munter gefragt.

Darauf hatte der Arzt nicht geantwortet. Das ging ihm an die Berufsehre.

»Sie haben gesagt, sie hätte kürzlich noch trainiert«, bemerkte ich. »Wie kurz vor ihrem Tod?«

»Na ja, es könnte sein, dass sie ab und zu mal eine Trainingsrunde eingelegt hat, aber ich wage zu behaupten, dass sie ihre aktive Karriere bereits hinter sich hatte.«

»Wie lange schon?«, fragte Munter. »Kann man so etwas messen?«

»Ja«, antwortete der Arzt.

»Dann würden wir vielleicht herausfinden, welchen Sport sie ausgeübt hat«, meinte Munter.

Während wir auf die Ergebnisse der Untersuchungen in der Gerichtsmedizin warteten, nahmen wir mit allen Sportverbänden im ganzen Land Kontakt auf, und zwar nicht nur mit denen für Leichtathletik. Wir baten um die Verzeichnisse von allen Aktiven der vergangenen zehn Jahre, was entsetzlich viel Papier ergab. Es gab einfach furchtbar viele Sportarten. Von manchen hatte ich noch nie gehört. Wir sahen ein, dass das zu viel Arbeit war.

»Ich hoffe bei Gott, dass es Leichtathletik ist«, meinte Munter. »Das ist ein Sport, der im Rückgang begriffen ist. Da gibt es nicht mehr so viele Aktive.«

»Wenn es überhaupt so eine Sportart ist«, gab ich zu bedenken. »Sie könnte ja auch ganz einfach nur trainiert haben. Krafttraining.«

»Wir sind doch im Fitness-Studio in der Stadt gewesen«, entgegnete Munter.

»Sie könnte doch ganz für sich allein trainiert haben«, meinte ich. »Vielleicht hat sie das schon immer getan.«

Ein weiteres Problem, das sich uns stellte, war, dass der Körper, der unter dem kalten blauen Licht des Leichenschauhauses lag, besondere Kennzeichen vermissen ließ. Es war ein normaler, gut trainierter Körper. Und ich musste immer wieder denken, wie fürchterlich nichts sagend ein Menschenkörper ohne Kopf war.

Mit einer großen und schrecklichen Ausnahme: Der Mörder hatte ein Stück Haut aus der linken Wade der Frau geschnitten.

»Das war sicher eine Tätowierung«, sagte Munter und sah mich an.

»Vielleicht«, meinte ich.

Munter hatte seine Zigarette ausgewechselt und die verbrauchte in eine Nierenschale gelegt, die er mit hereingebracht hatte.

»Und wo zum Teufel ist denn jetzt Annie Lundberg?«, fragte er und ließ die Zigarette aus dem Mund direkt in das Schälchen fallen.

Wir hatten landesweit Alarm geschlagen, aber es kam nichts. Es war einfach unbegreiflich, warum Annie Lundbergs Tasche neben der Toten gelegen hatte. Das hatte der Mörder offenbar bezweckt. Warum? Wollte er uns etwas sagen? Etwas über Annie Lundberg? Oder etwas über die unidentifizierte Tote?

Würde Annie Lundberg das nächste Opfer werden?

War sie es bereits?

Wir waren Annies ganzes Leben und alle ihre Bekanntschaften durchgegangen, aber immer noch keinem Sportler begegnet. Außerdem gab es noch frühere Kommilitonen von der Hochschule, die wir aufsuchen mussten. Und dann wussten wir noch gar nichts über Freunde oder … Freundinnen. Birgitta Sonesson hatte gesagt, Annie Lundberg sei bisexuell. Vielleicht hatte sie ja mehrere Partner gehabt. Oder war das ein Vorurteil?

Für ihre Eltern war die Bisexualität ihrer Tochter offenbar etwas ganz Neues. Das sagten sie zumindest, als wir gezwungen waren, sie zu fragen.

»Hat das etwas mit ihrem Verschwinden zu tun?«, hatte ihr Vater gefragt. Das war eine sehr gute Frage. Hatte das etwas mit dem Mord an der unbekannten Frau zu tun?

Wir versuchten, in unterschiedliche Richtungen zu denken. Hin und wieder musste ich über den besonderen Charakter dieser Ermittlungen nachgrübeln: Um eine vermisste Person zu finden, musste man ein vermisstes Gesicht finden.

Wir hatten einen Namen und hatten doch keinen. Wir hatten einen Namen ohne Körper und einen Körper ohne Namen.

Dann konzentrierten wir uns auf den Inhalt der Tasche, die Annie Lundberg gehört hatte, das hatte Birgitta Sonesson zumindest einmal bestätigt, und sie hatte auch so gut sie konnte den Inhalt identifiziert.

In der Tasche hatte ein kleines Adressbuch gelegen, das auf der Innenseite des Deckels Annie Lundbergs Namen trug. Das hatten wir Birgitta Sonesson noch nicht gezeigt und auch noch nicht erzählt.

Eine unserer Hypothesen lautete, dass die ermordete Frau unter den Bekannten von Annie Lundberg zu finden sein musste. Da irgendwo war die Ermordete. Gleichzeitig war ich natürlich sehr misstrauisch, weil Annies Tasche und ihr Führerschein am Tatort gelegen hatten. Wies das nicht in eine völlig andere Richtung? Wie dachte der Mörder? So herum oder so herum? Wenn ich das tue, dann denken sie dies, oder denken sie es eher, wenn ich dies tue – ungefähr wie wenn ein Fußballspieler beim Elfmeter einem Torwart gegenübersteht, der weiß, dass er, der Spieler, immer in die linke Ecke zu schießen pflegt, und der deshalb meint, dass der Torwart auch weiß, dass er, der Spieler, annimmt, dass er, der Torwart, weiß, wie es immer läuft, und dass er sich deshalb auf die andere Ecke konzentriert, aber weil er weiß, dass der Torwart weiß, dass er weiß, landet der Ball vielleicht doch wieder in derselben Ecke, vielleicht auch nicht …

Das war wahrscheinlich viel zu kompliziert gedacht. Vermutlich hatten wir es »nur« mit einem geisteskranken Mörder zu tun, der sich seiner Taten nicht einmal bewusst war.

Und ich konnte nicht sagen, welche der Möglichkeiten die erschreckendere war.

Die Untersuchungen gingen nur schleppend voran.

»Was zum Teufel hat er nur mit ihrem Kopf vor?«, hatte Munter mehr als einmal ausgerufen.

Oder mit ihrem Gesicht, hatte ich gedacht. Ging es mehr um das Gesicht selbst? Bedeutete es dem Mörder etwas? Ist es das, was er nicht … loslassen will? Niemals loslassen will?

Ging es darum, eine Identität zu verbergen? Wessen Identität?

Nachts träumte ich. Von Gesichtern, die über weiße und kalte Felder hinwegflogen. Köpfe rollen wie Fußbälle, schwarz und weiß. Es waren keine schönen Träume.

Die Tage vergingen. Es war immer noch kalt, aber es schneite nicht mehr. Am Sonntag machte ich mich auf zum Freizeitgelände am Rande der Stadt, um eine Runde Langlaufen zu gehen. Ich spürte, wie untrainiert mein Körper war, und musste an den muskulösen, aber entstellten Körper auf der Stahlpritsche denken. Ich hatte keinen Grund zu klagen und tat es auch nicht. Stattdessen fuhr ich noch eine Runde und verspürte eine Mischung aus Übelkeit und Blutgeschmack, als ich die Ziellinie erreichte, die ich mir gesteckt hatte.

Dann saß ich lange in der Sauna und dachte über Paarbeziehungen nach. Ich hatte selbst bis vor kurzem mit jemandem zusammengelebt. Für mich war die Entwicklung von Zweisamkeit zu Einsamkeit gegangen, und ich lebte jetzt allein.

Es hatte nicht funktioniert, zu zweit zu sein, zumindest nicht für mich und die Frau, die ich jetzt zu vergessen versuchte. Das Skifahren hatte geholfen, nicht aber die Sauna. Da saß man einfach zu still.

Als ich über den Parkplatz zum Auto ging, hörte ich ein Pfeifen und Rufe, die sich wie Zeitangaben anhörten.

Es waren tatsächlich Zeitangaben. Ich ging nach rechts über einen kleinen Hügel und sah dort auf der anderen Seite des Walls, der von dem vielen Schnee, den man daraufgehäuft hatte, noch höher geworden war, die Eislaufbahn liegen.

Die Schlittschuhläufer liefen in ihrer charakteristischen Haltung, die wie eine Pantomime über das Leiden wirkte, im Kreis. Ich fand schon immer, dass diese Sportart etwas Mittelalterliches an sich hatte, die Eisschnellläufer sahen aus wie Menschen auf mittelalterlichen Gemälden. Und dann das Leiden. Und die Tatsache, dass die Sportart in diesem Land ausgestorben zu sein schien, und man das Gefühl hatte, als hätte sie ihre Blütezeit im Mittelalter gehabt.

Dort unten stand ein Mann mit einer Trillerpfeife und rief Zeiten. Fünf Läufer fuhren ihre Runden, scheinbar ohne das Tempo zu steigern oder zu vermindern. Das war kein Wettkampf, auch wenn das gut möglich gewesen wäre – hier war sowieso nicht mit Publikum zu rechnen. Und auf den niedrigen Bänken aus Holz, die sicherlich irgendwann im Spätmittelalter hier errichtet worden waren, saßen demnach auch keine Zuschauer. Aber die Läufer blieben manchmal stehen, das konnte ich jetzt sehen, und besprachen sich mit dem Trainer, ehe sie weiterliefen.

Ich ging näher heran. Es war immer etwas Besonderes dabei, gerade Eisschnellläufer in ihren Anzügen zu sehen, diese vom Trikot in gewisser Weise bloßgelegte muskulöse Kraft, vor allem in den Beinen, und der enorme Schwung beim Abstoß …

Mein Blick blieb an einer der Läuferinnen hängen, die für eine Sekunde angehalten hatte, aber nun weiterfuhr. Vielleicht hatte sie mich angeschaut, ich zumindest hatte lange genug hingeschaut, um zu erkennen, dass sich unter dem Anzug ein weiblicher Körper befand.

Ich dachte an die muskulösen Oberschenkel der ermordeten Frau. Ihr Körper, der sich hartem Training unterworfen hatte. Die Ärzte wussten es immer noch nicht genau zeitlich einzuordnen.

Ihre kräftigen Oberschenkelmuskel. Ich sah die Eisschnellläuferin in großen, kräftigen Bewegungen über das Eis gleiten. Der Trainer rief etwas, das ich nicht hörte. Als die Frau das nächste Mal vorbeikam, gab sie ein Zeichen, und der Mann rief wieder etwas. Das nächste Mal blieb sie mit kleinen abgehackten Bewegungen auf den grotesk langen Schlittschuhen stehen. Ich sah ihren Rücken. Sie führte die Hand zur Kapuze des Anzugs, die wie auf den Kopf geleimt schien, und zog sie herunter. Ich sah das dicke blonde Haar über ihrem Hinterkopf und den Schultern fast explodieren. Sie drehte sich um und sagte wieder etwas zu dem Trainer. Es war Birgitta Sonesson.

»Hat sie Sie gesehen?«, fragte Munter. Wir saßen in meinem Zimmer. Er hatte seinen freien Sonntag unterbrochen. »Hatte sowieso grad keinen guten Roman, den ich lesen könnte«, sagte er, als er kam, und lachte eines seiner seltsamen Lachen, die nichts mit Freude zu tun hatten. Munter hatte als Erwachsener noch nie Belletristik gelesen.

»Ich weiß nicht. Vielleicht. Aber ich glaube nicht, dass sie mich mit der Mütze erkannt hat.«

»Nein«, meinte Munter, »nicht einmal ich erkenne Sie.«

»Was meinen Sie?«

»Eisschnelllauf? Das klingt perfekt. Und noch mehr im Aussterben begriffen als Leichtathletik.«

»Perfekt«, sagte der Gerichtsmediziner. »Stimmt exakt mit den Muskelgruppen überein.«

»Dann ist es ja gut, dass wir Ihnen das jetzt gesagt haben«, frotzelte Munter.

»Wir waren fast so weit«, entgegnete der Arzt säuerlich. »Und wir arbeiten schließlich nicht mit Zufällen.«

»Wenn wir auf Sie gewartet hätten, dann hätten wir erst etwas erfahren, wenn Schweden das nächste Mal olympisches Gold im Eisschnelllauf holt, also niemals. Gut, dass unser Andreas hier so aufmerksam war.«

»Deshalb müssen Sie nicht gleich unverschämt werden, Munter.«

»Jetzt hören Sie mal auf«, ermahnte ich die beiden. »Wir benötigen alle Hilfe, die wir kriegen können, um diesen Fall zu lösen.«

»Und wie geht es jetzt weiter, Inspektor Berger?«, fragte Munter, als wir wieder in seinem Zimmer saßen. »Können wir von der Hypothese ausgehen, dass die ermordete Frau Mitglied im Eislaufclub war oder ist?«

»Noch nicht«, sagte ich.

»Gut. Und es ist nur gut, dass wir noch nicht dazu gekommen sind, dort anzufragen.« Munter tauschte seine Zigarette und besah sich gedankenverloren die neue. »Hätten wir es überhaupt je geschafft, uns bis zu einem kleinen beschissenen Eislaufclub am äußersten Rand der Sportwelt durchzuarbeiten?«

»Wir müssen uns fragen, ob Birgitta Sonesson etwas vor uns verbirgt«, meinte ich.

»Ja.«

»Wir haben sie bisher nur nach der Freundin gefragt«, sagte ich. »Nach der Geliebten. Annie.« Ich sah zu Munter, der die Augen schloss. »Wir haben sie nicht nach möglichen

Verbindungen zwischen Annie und der Ermordeten gefragt, weil es einfach nichts gab, wonach man hätte fragen können.«

»Abgesehen von Training und Sport«, gab Munter zu bedenken.

»Und damit werden wir ja morgen gleich anfangen«, entgegnete ich, »in der zweiten Runde.«

Wir hatten mit Birgitta Sonesson gewartet, um erst die Namen und Adressen in Annie Lundbergs Adressbuch zu überprüfen. Das hatte nichts Neues ergeben.

»Also los«, meinte Munter, »auf zur zweiten Runde.«

»Nein, Schlittschuhe waren nichts für Annie«, sagte Birgitta Sonesson. »Ich glaube, sie war nicht einmal bei einem Training dabei.« Sie machte eine Bewegung mit einem Bein. »Das war nicht ihr Sport.«

»Was war denn ihr Sport?«, fragte ich.

»Sie ist viel gelaufen«, antwortete Birgitta Sonesson. »Und dann machte sie ein wenig allgemeines Krafttraining.«

Ich merkte, dass Birgitta Sonesson über Annie in der Vergangenheit sprach, so als ob jede Hoffnung vergebens sei. Ich sah zu Munter, doch er zeigte keine Regung.

»Sie versuchen sich ja wirklich in Form zu halten«, sagte er stattdessen, »Sie und Ihre Freundin.«

»Natürlich«, erwiderte sie.

»Hatte sie Umgang mit Leuten, die dort trainierten?«, fragte Munter.

Wir saßen in der gemeinsamen Wohnung von Birgitta Sonesson und Annie Lundberg. »Das Pärchen«, wie Munter es nannte, als wir dorthin fuhren. Ich sah mich nach weiteren Fotos von Annie um, konnte aber keine entdecken. Vielleicht war der Schmerz für Birgitta Sonesson zu groß. Sie war vielleicht bereits überzeugt davon, dass Annie tot war.

Das Wohnzimmer war gemütlich, ich saß auf einem schönen Sofa. Von dort aus konnte ich den Schnee auf den Ästen der Bäume sehen. Es war schon bald Februar, und man hatte den Eindruck, als hätte die Kälte noch einmal angezogen. Noch eine Runde, und noch eine. Ich sah Birgitta Sonesson vor mir, wie sie Runde um Runde im selben Tempo drehte. Sehr viel Eiszeit. Der Vorteil in so einem kleinen Club musste ja wohl sein, dass alle viel Eiszeit zur Verfügung hatten und man sich nicht um die Trainingseinheiten streiten musste.

»Hatte sie Umgang mit irgendwelchen Leuten aus dem Club?«, fragte Munter erneut.

»Nein«, antwortete Birgitta Sonesson.

»Sie kannte also keinen von ihnen?«

»Nicht dass ich wüsste.«

»Seit wann sind Sie in dem Club?«

»Seit, ähm, seit vier Jahren. Vielleicht fünf.«

»Das ist ein etwas ungewöhnlicher Sport«, meinte Munter.

»Für mich nicht«, erwiderte sie.

»Wir müssen mit allen Kontakt aufnehmen, die im Club sind«, sagte Munter. »Können Sie uns dabei helfen?«

»Natürlich.« Ich merkte, wie sie zögerte. »Darf ich fragen warum?«

Wir erhielten eine Liste über alle Mitglieder, aktive und passive.

»Wenn man einen Wettkampf sieht, dann ist es nicht immer leicht, die Aktiven von den Passiven zu unterscheiden«, meinte Munter und betrachtete die Namen.

»Wann sehen Sie denn einen Wettkampf?«, fragte ich.

»Niemals«, antwortete er auf diese selbstverständlich unlogische Weise, an die ich mich zu gewöhnen begonnen hatte.

»Haben Sie bemerkt, dass sie von ihrer Freundin in der Vergangenheit gesprochen hat?«, fragte ich.

»Ja«, antwortete Munter, »sie hat anscheinend die Hoffnung aufgegeben.«

»Aber zum Training geht sie trotzdem«, sagte ich. »So verzweifelt ist sie dann wohl doch nicht.«

»Vielleicht ist das das Einzige, was sie noch aufrichtet«, sagte Munter. »Für diese Leute ist Training wie eine Droge. Endorphine. Ohne Training geht alles völlig den Bach runter. Training hat ja mit Trauer nichts zu tun.« Er sah auf. »Ein Heroinabhängiger hört ja auch nicht mit der Scheiße auf, nur weil Tante Emma gestorben ist, oder?«

»Nun ist Annie Lundberg für Birgitta Sonesson wohl kaum eine Tante Emma«, warf ich ein.

»Sie wissen schon, was ich meine, Berger.«

Ich war mir da nicht so sicher, aber ich ließ das Thema ruhen und wandte mich wieder den Listen zu.

Es war ein kleiner Club, und wir hatten schon bald alle Aktiven durch. Soweit wir feststellen konnten, hatten sie alle noch ihren Kopf auf den Schultern. Fehlte irgendeine Person, die früher einmal Mitglied war? Nein.

Wir arbeiteten uns durch die Aufzeichnungen über die passiven Mitglieder und ließen sie alle links liegen, weil sie alle noch lebten.

Wir suchten nach früheren Mitgliedern. Wir führten viele Telefongespräche und hatten fast keine zusätzlichen Leute zu unserer Unterstützung.

Wir fanden keine Frau, die einmal Mitglied in diesem Club gewesen und jetzt verschwunden war. Es fehlte niemand.

Langsam hatte ich das Gefühl, dass wir auf der falschen Spur waren, auf der völlig falschen Spur. Und dass ich uns in gewisser Weise in die Sackgasse gesteuert hatte, als ich Birgitta Sonesson beim Eislaufen sah. Ich hätte niemals auf dieses verdammte Pfeifen hören sollen, als ich mit meinen Skiern auf der Schulter aus der Trainingsanlage kam.

Wir hatten keinen Mörder, und jetzt verschwand langsam auch noch das Opfer. Manchmal war es, als hätte die ermordete Frau niemals existiert, aber für einen physischen Beweis ihrer Existenz musste ich nur in das kalte und einsame Leichenschauhaus gehen. Ihr Körper war da. Wo war ihr Kopf?

Und noch einmal: Wo war Annie Lundberg?

Wir saßen in meinem Zimmer und sahen aus dem Fenster: Die Kälte kroch über Bäume und Büsche und erfüllte die Luft mit einem schweren Rauch. Die Temperatur war noch weiter gesunken. Heute Morgen hatte ich kaum das Auto in Gang bekommen.

»Bald ist es wie in Sibirien«, meinte Munter. »Wenn man durch so verdammt kalte Luft geht, dann hinterlässt man Abdrücke.«

»Werden Trainingseinheiten eigentlich gefilmt?«, fragte ich.

»Wie?«

»Werden Trainingseinheiten gefilmt?«, wiederholte ich. »Gehört es zu den modernen Trainingsmethoden, solche Einheiten zu filmen?«

»Keine Ahnung«, sagte Munter. »Aber ich weiß, was Sie meinen.«

»Ich werde mit dem Sekretär im Club sprechen«, meinte ich.

»Aber es gibt doch niemanden, nach dem wir suchen könnten«, sagte Munter. »Wir sind schließlich alle denkbaren Kandidaten durchgegangen.«

»Trotzdem«, sagte ich.

Ich fuhr zur Eislaufbahn hinaus. Es war, als würde man durch Eis fahren, ein kristallklarer Widerstand in der Luft. Ich überprüfte im Rückspiegel, ob mein Auto Abdrücke in der Luft hinterließ.

Mit dem Sekretär des Clubs, der dort das Mädchen für alles war, hatte ich schon gesprochen. Er war ein seriöser Mann, der trotz allem an die Zukunft glaubte.

»Ja, etwas haben wir wahrscheinlich«, antwortete er auf meine Frage. »Das müsste aus dem vergangenen Jahr sein, glaube ich.«

»Wo sind die Filme?«

»Die habe ich zu Hause«, sagte er. »An einem geheimen Ort aufbewahrt, wie man so schön sagt. Ich nehme es mit dem Eigentum des Clubs sehr genau. Hier im Büro gab es kürzlich einen Einbruch, da hat jemand rumgewühlt. Es war fast, als wären die Leute auf der Suche nach diesen Filmrollen gewesen, ganz seltsam. Sie gingen geradewegs auf die Kiste los.« Er sah ein wenig empört aus. »Als hätte ich gespürt, dass hier jemand einbrechen würde.«

Auf meine Anfrage hin arrangierte er sogleich eine Privatvorführung bei sich zu Hause, wo er das dunkelblaue Rollo im Wohnzimmer herunterzog. Die weiße Landschaft draußen schien trotzdem noch herein, aber man konnte die Filmsequenzen der Eisschnellläufer, die unablässig im Kreis fuhren, dennoch gut erkennen. Unter normalen Umständen wäre das ungefähr so interessant gewesen, wie der Farbe auf einer Wand beim Trocknen zuzusehen, doch ich versuchte Gesichtszüge zu erkennen und vor allem die Physiognomie der Körper in den anonymen Anzügen.

Plötzlich sah man ein Gesicht aus der Nähe, ein Lächeln. Das Gesicht sagte etwas zu dem Fotografen, was man aber nicht verstehen konnte.

»Wer hat den Film aufgenommen?«, fragte ich.

»Das war unser Trainer.«

Das Gesicht auf dem Bild gehörte einer Frau zwischen fünfundzwanzig und dreißig Jahren, und ich kannte sie nicht. Ich stand auf und merkte, wie mir eine Gänsehaut über den Rücken lief.

»Wer ist das?«, fragte ich.

»Das ist Birgitta Sonesson«, erwiderte er.

»Wie bitte?«

»Birgitta Sonesson.«

»Birgitta Sonesson?«, fragte ich. »Das ist doch nicht Birgitta Sonesson!«

Er sah mich mit einem eigentümlichen Blick an.

»Das kann sie nicht sein«, sagte ich. »Ich weiß doch, wer Birgitta Sonesson ist.«

»Ja, ich auch«, beharrte er und zeigte auf die Frau.

»Ich habe sie auf dem Eis gesehen«, sagte ich. »Und ich habe sie auch vorher schon gesehen.« Jetzt sah ich in das Gesicht der fremden Frau und dann wieder zu dem Sekretär. Ich erzählte ihm von meinem ersten Besuch, als ich Skilaufen gewesen war.

»An dem Tag war ich nicht hier«, sagte er.

»Aber, wenn das hier Birgitta Sonesson ist«, sagte ich zögernd und nickte dem Frauengesicht zu, das in die Kamera lächelte, »wer ist dann die Frau, die sich Birgitta Sonesson nennt?«

»Annie Lundberg«, sagte Munter. »Mein Gott.«

»Wir haben sie nie den Eltern gegenübergestellt.«

»Mein Gott.«

»Schnell.«

»Warten Sie, Berger! Sie wird nirgendwohin fahren. Und wenn sie es tut, dann werden wir sie finden.« Er wies mit der Zigarette im Mund auf mich. »Sie müssen mir erst Ihre Theorie erklären.«

»Theorie? Reicht nicht das, was auf der Hand liegt? Das, was man sehen kann.«

»Jetzt lassen Sie mal hören«, sagte Munter und ließ die Zigarette jetzt zur Abwechslung mal im Mund kreisen, Runde um Runde. Das sah ziemlich bescheuert aus, aber für Menschen, die mit dem Rauchen aufhören, ist nichts unnormal oder wird von anderen als unnormal betrachtet.

»Sie hat die Freundin und vielleicht auch Geliebte ermordet«, sagte ich. »Das Motiv ist uns nun gerade mal egal, ob sie nun einsam war oder wie die Sache vonstatten ging. Wir gehen mal von dem Mord aus, okay? Annie Lundberg will Birgitta Sonesson ermorden und tut es auch. Dann zerstört sie alle Möglichkeiten der Identifikation und lässt uns in dem Glauben, dass wahrscheinlich auch irgendjemand Annie Lundberg ermordet hat! Oder sie wenigstens entführt hat.«

»Mhm«, nickte Munter.

»Annie Lundberg verschwindet von der Erdoberfläche. Jetzt gibt es nur noch Birgitta Sonesson. Die eigentlich ermordet worden ist. Die eigentlich Annie Lundberg ist.« Ich sah zu Munter. »Verstehen Sie?«

»Ich weiß nicht recht«, antwortete er.

»Annie Lundberg hat behauptet, sie sei Birgitta Sonesson, und hat uns gesagt, bei der Leiche würde es sich nicht um Annie Lundberg handeln«, sagte ich. »Das war verdammt geschickt.«

»Wäre es nicht besser gewesen, wenn sie gesagt hätte, dass es Annie sei?«, fragte Munter. »So bekloppt, wie wir ihr vorkommen müssen, wären wir darauf wahrscheinlich reingefallen.«

»Wir waren nicht bekloppt«, sagte ich. »Wir haben nur nicht gesehen. Alles war vollkommen logisch. Ein Weg in die Glaubwürdigkeit war, sie nicht als Annie zu identifizieren.«

»Die Tätowierung«, sagte Munter.

»Sehen Sie? Sehr geschickt. Und wenn wir sie jetzt hierher zitieren, dann werden wir die Tätowierung auf ihrem eigenen Bauch finden.«

Plötzlich dachte ich daran, wie wir mit Annie Lundberg vor der Leiche von Birgitta Sonesson gestanden hatten. Wir hatten geglaubt, dass sie vor einem fremden Körper stand, und doch hatte ich gedacht, dass sie weinte, als würde dort wirklich ihre Geliebte liegen.

Und so war es auch gewesen.

»Aber hat sie das allein bewerkstelligt?«, fragte Munter.

Ich sah ihn an.

»Ich habe Ihnen etwas vorenthalten«, sagte ich. »Und mir selbst auch.«

Er fragte nicht, sondern wartete.

»Als wir die Leiche fanden«, sagte ich. »Ich war zuerst dort, und als ich mich vorbeugte, verspürte ich einen bestimmten Geruch. Es währte nur einen ganz kurzen Augenblick, und dann war der Geruch verschwunden. Nur eine Zehntelsekunde.«

»Und?«

»Heute habe ich ihn wieder gerochen. Draußen bei der Eislaufanlage. Im Auto des Trainers.«

»Des Trainers?« Munter wiederholte meine Worte und sah fast aus, als würde er die Lippen bewegen, während ich sprach.

»Als wir den Trainer damals verhört haben, hat er nicht viel gesagt, und das haben wir doch auch akzeptiert, nicht wahr? Es gab ja nicht unbedingt viel zu sagen. Damals. Aber nachdem ich die Filme zu Hause bei dem Sekretär angesehen hatte, bin ich noch einmal zur Trainingsanlage zurückgefahren, und nachdem ich das Auto abgestellt hatte und gerade hineinging, kam der Trainer heraus. Und als ich wieder herauskam, war er da. Und ich sagte, mein Auto würde nicht anspringen, und ob ich vielleicht mit in die Stadt fahren könne.«

»In die Stadt«, echote Munter.

»Und ich erkannte den Geruch wieder«, sagte ich.

»Es war wirklich derselbe Geruch?«, fragte Munter, der alles begriff.

»Ja. Der musste sich in der Leiche festgesetzt haben, während sie in seinem Auto lag. Da gibt es gar keinen Zweifel, Kommissar. Das ist der Geruch.«

»Das hält nicht als Beweis«, meinte Munter.

»Das weiß ich. Aber ich bin ganz sicher.«

»Haben Sie etwas zu ihm gesagt?«

»Nein, natürlich nicht. Er ließ mich raus und sagte, er würde noch weiter fahren. Und raten Sie mal wohin.«

»Zu Annie Lundberg. Die wir als Birgitta Sonesson kennen«, sagte Munter.

»Genau.«

»Was war das denn für ein Geruch?«, fragte er.

»Von einem Wunderbaum«, erwiderte ich.

»Tannenbaum?«

»Nein, Wunderbaum. Diese grünen kleinen Pappbäumchen, die man am Rückspiegel festmachen kann und die dann im ganzen Wagen einen Wohlgeruch verbreiten.«

»Mein Gott«, sagte Munter.

»Und dieser Geruch ist anhaltend«, sagte ich.

Wir nahmen die Eisschnellläuferin und ihren Trainer sechsmal sechs Stunden ins Verhör, und natürlich lachten sie uns nur ins Gesicht.

Ich begriff, dass das Ganze eine Eifersuchtsgeschichte gewesen war, die einfach furchtbar schief gegangen war.

Vielleicht hätte Annie Lundberg noch länger mit ihrer Lüge leben können, und sie und Birgitta Sonesson wären für immer für uns verschwunden gewesen.

In ihrer Wohnung fanden wir Beweise dafür, dass sie Vorbereitungen dafür getroffen hatte, sich ins Ausland abzusetzen, offenbar für immer, und offenbar zusammen mit dem Herrn Trainer.

Den Kopf fanden wir, nachdem wir eine Weile das Eis aufgehackt hatten. Wir hätten ja auch warten können, bis es taute, doch ich hatte den Verdacht, dass der Winter lang und kalt werden würde.

Schnee

Ich konnte die Fichten sehen: eine dunkle Silhouette gegen die Nacht, die zum Horizont hin, dort, wo die Stadt lag, heller wurde. Ungefähr einen Kilometer weiter nördlich ging der Zug. Das Pfeifen der Züge war wie der Schrei wilder Tiere, die über das Feld sprangen.

Ich konnte stundenlang am Fenster sitzen, so wie ich jetzt saß, mit dem offenen Kamin als einziger Lichtquelle hinter mir. Nach einer Weile pflegte ich aufzustehen und noch ein Holzscheit nachzulegen. Dann setzte ich mich wieder ans Fenster und sah auf den Schnee hinaus, der in der Nacht glänzte.

So ging es alle Abende, bis ich müde wurde und mich schlafen legte, während das Feuer herunterbrannte.

Das Haus, in dem wir wohnten, war einsam gelegen. Zum nächsten Nachbarn waren es fast fünf Kilometer. Es gab noch ein paar Sommerhäuser in der Nähe, aber dort hatten sie keine Elektrizität, und deshalb übernachtete im Winter auch niemand dort.

Es war ein früher Winter. Der Schnee war gekommen, um zu bleiben.

Übermorgen war Weihnachten. Ich empfand keine Freude darüber. Ich empfand über gar nichts Freude. Meine Mutter war im Herbst gestorben, und mein Vater und ich hatten die Wohnung in der Stadt verlassen und waren hierher gezogen. Es war der Entschluss meines Vaters gewesen, aber ich hatte nichts dagegen. Er hatte gesagt, er hielte es in der Wohnung einfach nicht mehr aus, mit all den Erinnerungen ständig vor Augen, und jede Stunde zu Hause sei die Hölle. Ein Bekannter von uns hatte dieses Haus im Wald; es stand zufällig leer, hatte aber Elektrizität und einen Herd und einen Kühlschrank.

Einen Kilometer den Weg hinunter war eine Schulbushaltestelle, und mein Vater versuchte, tagsüber zu Hause zu schreiben, aber ich war sicher, dass er nicht viel zustande brachte. Er schrieb irgendwelche Werbung, und ich verstand nicht, wie er über die verschiedenen Dinge, die die Leute kaufen sollten, positiv schreiben sollte, wenn doch vor nur zwei Monaten all das Schreckliche geschehen war.

Meine Mutter hatte wie alle anderen gelebt, und dann war sie gestorben. Von einer Stunde auf die andere war es passiert, sie war für uns nicht mehr da. Ich wusste, dass sie es … selbst getan hatte. Dass sie nicht mehr leben wollte. Aber ich wusste nicht warum. Ich begriff wohl, dass es mit meinem Vater zu tun haben musste, aber nicht wie, und ich würde niemals fragen.

In der Schule saß ich meist da und träumte oder tat, was ich konnte, um an gar nichts denken zu müssen.

Wir versuchten, uns mit dem Essen irgendwie zu behelfen. Wenn jemand gefragt hätte, was wir gerade gegessen hatten, hätten wir uns nicht erinnern können. Aber es fragte niemand. Die Leute, die wir kannten, wussten, dass wir allein sein wollten. Das war irgendwie schön. Manchmal klingelte das Telefon und mein Vater ging ran, und ich konnte seine Stimme hören, wie wenn im angrenzenden Zimmer ein Radio läuft, ganz leise, ohne dass man einzelne Worte verstehen konnte. Nur ein Laut, wie ein lang gezogenes murmelndes Signal. Damals war unser Leben wie dieses Signal.

Nachts konnte ich daliegen und auf Geräusche horchen, wenn mein Vater nach dem Abendessen in der Küche in seinem Zimmer im zweiten Stock zu Bett gegangen war. Ich wusste, dass er wieder angefangen hatte zu trinken, aber er versuchte, es bei ein paar Bier jeden Abend oder ein paar Glas Whisky, wenn ich schlafen gegangen war, bewenden zu lassen. Der Geruch des Whiskys zog durchs ganze Haus, von der Küche, in der mein Vater saß, durch die geschlossene Tür in das Zimmer, in dem ich schlief. Ich nannte es niemals »mein Zimmer«. Es gab dort nichts, was ich hätte mitnehmen wollen, wenn wir wieder in die Stadt zurückkehrten.

Das Haus lag am Ende der Straße. Dahinter gab es nur den Wald. Es hatte zwei Tage lang kräftig geschneit, und der Bauer, der sich um die Straße kümmerte, war zweimal täglich mit dem Schneepflug gefahren. An diesem Abend war er sehr früh dran gewesen und bis vors Haus gefahren. Mein Vater war rausgegangen und hatte das Auto umgeparkt, so dass der Bauer vor dem Haus mit dem Pflug einen kleinen Kreis beschreiben konnte.

Vor einer Stunde dann hatte der Schnee aufgehört, vom schwarzen Himmel zu fallen. Ich hatte gesehen, wie es langsam immer weniger geworden war, bis der Wind keine Flocken mehr hatte, die er draußen vor dem Fenster herumjagen konnte. Jetzt hörte ich meinen Vater in der Küche eine Flasche Bier öffnen.

»Zeit, ins Bett zu gehen, Kalle.« Ich hörte, wie er das Bier ins Glas goss. »Es ist schon nach zehn.«

»Nur noch ein bisschen«, antwortete ich.

Er schurrte mit dem Stuhl über den Boden. Ich erriet, dass er sich über den Tisch beugte, um aus dem Küchenfenster sehen zu können.

»Es hat wohl aufgehört zu schneien.«

Ich antwortete nicht. Ich dachte plötzlich an Weihnachtsgeschenke, und dass ich meinem Vater noch nichts gekauft hatte. Ich wusste nicht, ob er etwas für mich besorgt hatte. Vielleicht die Schlittschuhe, die ich mir gewünscht hatte. Aber das war vor dem Tod meiner Mutter gewesen. Jetzt bedeutete es nichts mehr. Ich dachte nicht an Eishockey. Ich wollte nicht mehr dabei sein und spielen. Vielleicht würde es nächstes Jahr anders sein, aber ich war mir da nicht so sicher.

Am Abend vor Weihnachten wollten wir rausgehen und auf dem Land des Bauern einen Weihnachtsbaum schlagen, das hatte man uns erlaubt. Einen Christbaumständer hatten wir von zu Hause mitgebracht. Wir hatten auf dem Dachboden auch nach der Beleuchtung gesucht, aber nach kurzer Zeit aufgegeben und in einem Eisenwarenladen in der Stadt eine neue Lichterkette und ein paar bunte Kugeln gekauft. Ich wusste nicht, ob wir den Tannenbaum schmücken würden, nicht einmal, ob wir es schaffen würden, ihn im Wald zu schlagen.

»Verdammt, jetzt fängt es wieder an«, war die Stimme meines Vaters aus der Küche zu hören. »So was habe ich noch nie gesehen.« Ich hörte, wie er vom Stuhl aufstand, das Schurren der Stuhlbeine auf dem Fußboden. »Noch so eine Nacht, und wir kommen hier nicht mehr weg.« Jetzt hörte ich seine Stimme im Wohnzimmer, wo ich saß. Ich wandte meinen Blick zur Tür, wo er stand. »Ivar kann ja schließlich nicht mehr räumen, wenn dieser Wahnsinn noch eine Nacht weitergeht.«

»Nein.«

»Dann sitzen wir hier fest«, sagte er. »Aber das ist vielleicht gerade gut.« Er sah mich an. »Hier sind wir sicher.« Er wiederholte: »Hier sind wir sicher.«

Ich wusste nicht, was er damit meinte. Ich dachte noch, dass ich ihn fragen sollte, aber da war er schon wieder aus dem Zimmer. Das Geräusch von Bier, das da draußen eingegossen wurde.

Jetzt war ich müde. Das Weiß vor dem Fenster verschmolz mit dem Schwarz. Schon bald würde man nicht mehr sehen, wo die Straße verlief und wo der Graben, die Grenze zum Feld und zum Wald, begann.

»Ich gehe jetzt schlafen«, rief ich.

»Mhm.« Er murmelte noch irgendwas in der Küche, aber ich verstand es nicht. Es war, als würde er telefonieren, und genau in dem Moment klingelte das Telefon in seinem Schlafzimmer. Ich hörte wieder das Schurren des Stuhles, wie er aufstand und ins Zimmer ging und mit einem »Ja?« das Telefon aufnahm. Ich trat näher, um zuzuhören. Er sagte: »Du solltest nicht vor Weihnachten anrufen«, und dann war es still. Dann: »Damit habe ich nichts zu tun, verdammt ... mit dem, was hinterher passiert ist«, und dann schien er wieder zuzuhören, kurz, und dann sagte er: »Das sollen die nur wagen«, und ein »Ja, ja, ja« und ein »Nein« und dann warf er den Hörer mit einem lauten Knall auf die Gabel.

Er besaß auch ein Handy, und das hatte ein paar Mal geklingelt, aber jetzt schon lange nicht mehr. Ich dachte, dass er es wohl abgeschaltet hatte. Vorher, als er in seinem Zimmer war, hatte ich das Telefon auf dem Küchentisch liegen sehen. Ich hatte es in die Hand genommen und gesehen, dass es abgeschaltet war. Plötzlich hatte es in meiner Tasche gesteckt. Es war so klein. Kaum größer als ein Schweizermesser.

Ich ging in sein Schlafzimmer.

»Wer war das?«

Er drehte sich um. »Hast du da gestanden und zugehört?«

Ich zuckte mit den Schultern.

»Hast du heimlich zugehört?«

»Ich bin nur vorbeigegangen. Wer hat da angerufen?«

»Es war nur jemand vom … Büro.«

»So spät?«

»Wir haben keine Bürozeiten, Kalle.« Er erhob sich vom Bett. »Die nehmen da keine Rücksicht.«

»Warum hast du vorhin gesagt, dass wir hier sicher sind?«

»Was?«

»Vorhin hast du gesagt, dass es nichts machen würde, wenn wir hier im Schnee festsitzen würden. Dass wir hier sicher wären. Ich meine nur …«

»Das geht dich nichts an. Und die Zeit der Überraschungen ist vielleicht noch nicht vorbei.«

»Aber das …«

»Das geht dich nichts an!!«, sagte er, jetzt mit einer Stimme, die ich lange nicht gehört hatte. Die Stimme war aus der Zeit vor dem Tod meiner Mutter.

»Ich gehe jetzt schlafen«, sagte ich und ging.

»Kalle …«

»Ja?« Ich drehte mich um.

»Gute Nacht, Kalle. Hör nicht auf das, was ich rede. Es ist nur … ja, du weißt schon.«

»Ja.«

»Dann gute Nacht«, sagte er.

»Gute Nacht.«

»Morgen kochen wir den Weihnachtsschinken.«

»Ja.«

Ich lag wach und horchte auf Geräusche draußen, und plötzlich hörte ich vorm Haus Stimmen. Das war kein Traum. Ich hatte kein Auto gehört, aber jetzt sagte jemand etwas. Das war eine Stimme.

In der Diele wurde Glas zerschlagen. Eine Stimme, die grob war, ein Fluch. Jemand anders sagte: »Hast du dich geschnitten?«, und eine Antwort, die ich nicht verstehen konnte.

Ich begann am ganzen Körper zu zittern. Ich konnte es nicht kontrollieren, die Hände zitterten unter der Decke, mir blieb die Luft weg, meine Füße …

»Wester, Besuch!«

Jemand rief in der Diele unseren Nachnamen. Ich hörte das Geräusch grober Stiefel auf dem Holzfußboden, durch die Küche und dann in das Zimmer, das am nächsten lag. Das Schlafzimmer meines Vaters. Und dann wieder diese Stimme, die schrie: »Besser, du hältst schön still«, und dann ein schreckliches Geräusch von Schlägen auf einen Körper. Noch mehr Stiefel über den Fußboden. Ein Schrei, der von meinem Vater stammen konnte.

Draußen wurde das Licht eingeschaltet und drang durch die Ritzen in meiner Tür.

Ich kroch unters Bett. Doch sofort änderte ich meinen Beschluss, kroch wieder heraus und lief zum Schrank, der ganz oben ein breites Regalbrett hatte, wo ich schon einmal gesessen hatte. Setzte man sich ganz nach hinten, war man vom Boden aus nicht zu sehen.

Der Schrank war hoch, und nur ein Kind konnte hinauf auf das Regalbrett klettern. Man musste sich an den Wänden abstützen, und ich wollte mich gerade hochhieven, als mir meine Kleider einfielen, die neben dem Bett lagen. Ich lief zurück und zog die Unterhose und den Pullover und die Hosen über den Schlafanzug, stopfte die Strümpfe in die Tasche, schüttelte das Kissen aus, zog die Decke über das

Bett und lief zurück und schloss die Schranktür hinter mir, und da hörte ich, als ich auf das Regalbrett kletterte, wie die Tür zu meinem Zimmer aufgeschlagen wurde. Das Brett war mindestens drei Meter hoch angebracht. Der Schrank reichte bis in das zweite Stockwerk des Hauses hinauf. Ich spürte das Telefon in der Tasche, als ich am Absatz zum Regal die Beine an die Wand presste.

»Wo ist der Junge?«

Ich konnte die Stimmen durch die Schranktür deutlich hören.

Jetzt war ich oben, legte mich nach hinten, versuchte, eins mit der Wand zu werden.

»Er übernachtet bei ... einem Kumpel.« Das war die Stimme meines Vaters.

»Es hat doch jemand in dem Bett gelegen.«

»Das war gestern. Er ist heute Morgen gefahren.«

»Nie im Leben. Das Bett ist nicht gemacht.«

»Er macht nie sein Bett«, sagte mein Vater. Das stimmte.

Jetzt hörte ich Schritte.

»Unter dem Bett ist er auf jeden Fall nicht.«

»Ist das Bett warm?«

»Tja ... ich weiß nicht.« Kurzes Schweigen. »Hier im Zimmer ist es so verdammt kalt, dass ich das nicht spüren kann.«

»Was ist das da?«

»Was denn?«

»Die Tür da! Wohin führt sie?«

»Das ist ein Schrank.« Wieder die Stimme meines Vaters.

»Mach sie auf, Jock.«

Wieder Schritte. Ich drückte mich noch fester an die Wand. Die Tür wurde aufgestoßen, und das Licht fiel herein, doch wo ich lag, war Schatten. Ich wusste, dass das schmale Regal so hoch angebracht war, dass man es nicht sehen konnte, wenn man da unten stand. In dem Schatten, den das Licht von unten warf, sah es aus wie ein Teil der Wand.

»Hier ist niemand.«

»Kann ich mal sehen?« Geräusche von Schritten. »Nichts, gar nichts.« Da unten das Klappern von ein paar leeren Bügeln. »Nur ein Haufen Mist.« Kurze Stille. Ich wusste, dass er nach oben schaute. Ich hielt den Atem an. »Okay.« Die Tür wurde zugeschlagen. Wieder die Stimme, jetzt durch das Holz noch undeutlicher: »Dann müssen wir wohl anrufen und bei dem Kumpel nachfragen. Wann kommt denn der Junge nach Hause?«

»Morgen. Weihnachten.«

»Morgen ist nicht Weihnachten.«

»Es ist nach zwölf, also stimmt es, Steve.« Die andere Stimme. Der, der am Bett gestanden hatte.

»Also ist jetzt der Tag vor Weihnachten, Wester.«

Keine Antwort.

»Hörst du, was ich sage?«

»Ja.«

»Vielleicht können wir unsere Weihnachtsgeschenke ja etwas früher bekommen.«

»Ich habe sie nicht.«

»Was sagst du?«

»Ich habe nichts davon.«

»Das ist doch nicht wirklich wahr, oder?«

»Hier ist nichts.«

»Ach, wirklich?«

»Ich weiß nicht, warum ihr glaubt, dass ich ... es an mich genommen hätte. Habt ihr mit Berger geredet?«

»Ja.« Plötzlich ein raues Lachen, fast wie ein Schrei, der durch die Schranktür laut zu hören war. »Wir haben ... mit Berger geredet. Er hat gesagt, wir sollten es mal mit dir versuchen.«

»Ich glaube, das war so ziemlich das Letzte, was er gesagt hat.« Die andere Stimme. Wieder das Lachen.

»Berger hatte es«, sagte mein Vater. »Wenn er … tot ist, dann habt ihr einen großen Fehler gemacht.«

»Da wäre es doch schade, wenn wir noch einen machten, oder?«

»Das verstehe ich nicht«, sagte mein Vater, und dann hörte ich Schritte und wieder das schreckliche Geräusch von Schlägen auf einen Körper und das Stöhnen meines Vaters, und dann hörte ich, wie alle Stimmen und Schläge und Schreie miteinander verwoben und dann abgeschnitten wurden, als alle durch die Tür zum Schlafzimmer verschwanden.

Kurz darauf hörte ich im oberen Stockwerk Schritte. Vielleicht suchten sie da weiter nach mir.

Ich versuchte, meine Augen an die Dunkelheit zu gewöhnen, und ich hielt das ausgeschaltete Handy vor mich hin. Ich wusste nicht, ob ich wagen würde, es einzuschalten. Vielleicht würde das kleine Piepen durch die Decke in der anderen Etage zu hören sein, oder durch die Wand zur Küche. Ich musste warten. Vielleicht würden sie rausgehen. Wegfahren. Uns in Ruhe lassen. Ich überlegte, was mein Vater wohl mit ihnen zu schaffen haben könnte, aber ich hörte auf, darüber nachzudenken, als mein Körper anfing wehzutun. Ich bewegte mich vorsichtig, damit meine Beine nicht einschliefen und taub wurden.

Da hörte ich leise Stimmen aus der Küche. Es war nicht möglich zu hören, was geredet wurde. Ich fragte mich, wie lange ich wohl noch hier sitzen würde und darauf warten, dass sie mit einer Taschenlampe zurückkamen, hochleuchteten und das Brett entdeckten. Sie würden meinen Vater zwingen, diesen Kumpel anzurufen, bei dem ich angeblich war. Wenn er sich weigerte, dann würden sie etwas Schlimmes machen … noch Schlimmeres, als sie schon gemacht hatten.

Ich hielt das Handy in der Hand und versuchte, auf den Einschaltknopf zu drücken, damit die Zahlen leuchten und ich irgendeine Nummer würde anrufen können. Eine Notrufnummer. Oder ich könnte einen meiner Freunde anrufen. Meine Hände zitterten. Ich schwitzte und konnte nicht richtig zupacken, das Telefon war glitschig in meiner Hand. Ich setzte mich auf und ließ die Beine über die Kante des Bretts hängen, und als mir das Telefon aus der Hand rutschte, fiel es direkt in Richtung Boden. Ich hörte es aufschlagen, aber das Geräusch war nicht sehr laut. Das Telefon musste auf den Stiefeln gelandet sein, die da unten standen. Ich hatte wieder aufgehört zu atmen und horchte auf Laute aus der Küche. Es klang, als würde jemand reden. Hatten sie das Geräusch gehört?

Ich wartete lange, und dann schob ich mich über die Kante, klemmte mich an der Wand fest und kletterte herunter. Ich tastete nach dem Telefon und fühlte es in einem der Stiefel. Ich stopfte es in mei…

Die Tür wurde aufgerissen. Ich spürte ein starkes Licht in den Augen, das schmerzte. Ich konnte nicht sehen.

»Das war ein guter Trick, Jungchen. Aber du solltest lernen, etwas leiser zu sein.«

Ich war immer noch blind. Eine Hand packte mich am Arm.

»Jetzt raus mit dir.« Ich wurde ins Zimmer gezerrt. »Da haben wir also die ganze Familie versammelt.« Wieder Lachen. »So soll es sein, wenn Weihnachten ist.«

Ich wurde durchs Zimmer gestoßen, in die kleine Diele hinaus und dann in die Küche. Mein Vater saß am Tisch. Sein Gesicht war blutig. Ein Mann stand neben dem Tisch. Er trug eine schwarze Strickmütze auf dem Kopf und eine Lederjacke, die braun aussah. Er hatte einen Schnauzbart. Der Mann, der mich in die Küche geschubst hatte, trug keinen Schnauzbart.

Seine Haare waren hell und lang. Er roch nach Alkohol. Beide Männer waren ungefähr so alt wie mein Vater.

»Die ganze Mannschaft beisammen«, sagte der Blonde. Der Dunkle sagte nichts. Er betrachtete mich mit seltsamen Augen, die durchsichtig wirkten, als ob er blind sei. Die Augen waren hellblau und blass, wie Wasser in einem gefärbten Glas. Ich hatte die ganze Zeit Angst gehabt, doch als er mich ansah, bekam ich schreckliche Angst. Ich glaubte, dass sie uns töten würden, und als ich daran dachte, fing ich an zu weinen. Das hier war kein Traum. Ich begriff, dass in dieser Nacht etwas Schreckliches passieren würde.

»Setz dich hierher«, sagte der mit der Mütze und den Augen. Er zeigte auf den Stuhl neben sich. Ich blieb stehen. Der andere gab mir einen Stoß in Richtung Tisch, ich verlor die Balance, fiel auf den Tisch und schlug mir das Kinn an. Mein Vater stand auf, und der Blonde, der hinter mir stand, machte einen Schritt zur Seite und schlug meinen Vater ins Gesicht mit … mit einem Gewehr oder einer langen Pistole, die ich vorbeisausen sah, als ich zu Boden fiel.

»Hinsetzen, Wester.« Er beugte sich über mich. »Hoch mit dir, Kerl.« Er zog an mir. »Hoch mit dir, und setz dich an den Tisch.« Er sah zu dem anderen. »Hast du mal in den Kühlschrank geguckt? Ich habe Hunger.«

Der mit der Mütze durchquerte die Küche und öffnete die Kühlschranktür.

»Ein roher Schinken«, sagte er nach einer kleinen Weile. Er nahm irgendetwas in die Hand, das ich nicht sehen konnte, weil die Tür vom Kühlschrank im Weg war. »Halb aufgetautes Hackfleisch.« Er sah zu dem anderen hinüber. »Hier sollte es ein Weihnachtsessen geben.«

Der Blonde sah meinen Vater an. Dann schaute er aus dem Fenster, wo der Schnee in dichten Flocken fiel. Er sah auf seine Armbanduhr und dann wieder zu meinem Vater.

»Was heißt hier sollte?«, meinte er. »Heraus mit den guten Sachen.«

»Was?«, fragte der Mützenmann.

»Hol den Schinken und das Hackfleisch raus, dann kann Wester hier ein Weihnachtsessen kochen.«

»Es dauert aber doch Stunden, einen Schinken zu kochen. Der ist nicht sonderlich groß, aber es wird trotzdem Stunden dauern.«

Der andere sah wieder aus dem Fenster. »Wir werden auf jeden Fall bis morgen bleiben.«

Es war drei Uhr früh. Ich war nicht müde. Die Furcht hielt mich wach. Es war, als würde man auf einem Messer sitzen. Eine falsche Bewegung, und ich würde mich daran schneiden.

Mein Vater stand am Herd. Der Schinken garte in dem großen Topf. Mein Vater hatte Zwiebeln geschnitten und mit in Milch eingeweichtem Weißbrot, mit dem Hackfleisch, einem Ei und schwarzem Pfeffer und Salz vermischt. Er hatte Fleischbällchen gerollt und wollte gerade anfangen, sie zu braten. Ich hatte versucht, aufzustehen und zum Herd zu gehen, damit ich ihm auf irgendeine Weise das Handy geben könnte, aber ich war gezwungen, weiter am Tisch zu sitzen. Sie hatten mir Fragen nach einer großen Geldtasche gestellt, aber ich wusste nichts, und das kapierten sie vielleicht auch. Nach einer Menge Fragen ließen sie mich in Ruhe. Sie fragten meinen Vater auch nichts mehr, und das war vielleicht das Schrecklichste.

Mein Vater briet die Fleischbällchen. Ich hatte Angst, aber ich merkte doch, dass es gut roch.

»Du bist ja eine richtige Hausfrau, Wester. Da macht es ja gar nichts, dass deine Frau verreist ist, oder?« Ich sah meinen Vater an, aber er erwiderte meinen Blick nicht. Was hatte er über meine Mutter gesagt? Wussten die nicht … was geschehen war?

Der Blonde lächelte und sah zum Herd. »Was macht denn der Schinken so?«

»Der ist fertig«, sagte mein Vater und zog den Topf von der Platte.

»Verdammt noch mal!« Der Blonde sah zu dem anderen. »Du musst den Topf nehmen und den Schinken rausholen, damit der verdammte Kerl nicht das Kochwasser über uns schüttet!« Er sah wieder zu meinem Vater. »Weg vom Herd, Wester!« Er machte eine Bewegung mit seiner Waffe. Mein Vater stellte sich ein wenig abseits vom Herd. Die Fleischbällchen zischten in der Pfanne.

Wir hörten einen Traktor in der Nähe. Der Blonde zuckte zusammen. Das Traktorengeräusch kam näher.

»Wer um Himmels willen ist denn das?« Der Blonde sah zu meinem Vater. »Antworte, verdammt noch mal!«

Mein Vater zuckte die Achseln. »Das muss der Bauer sein, der versucht, die Straße zu räumen.«

»Um diese Zeit?«

»Es ist ja fast Morgen. Er unternimmt wohl einen neuen Versuch, die Straße offen zu halten.«

»Kommt er bis hierher rauf?«

»Die Straße geht nun mal bis hierher. Sie endet hier.«

»Bleibt er dann stehen?«

»Was meinst du?«

»Bleibt er dann stehen und redet Scheiße?«

»Manchmal.«

»Diesmal nicht«, sagte der Mützenmann, und ich hörte, wie er hinter meinem Rücken mit seiner Waffe hantierte.

»Nun bleib mal ganz ruhig, Jock«, sagte der Blonde. Er sah zu dem anderen hinüber. »Hast du mich gehört?«

»Ja, ja. Aber das gilt auch für dich.«

Ich konnte jetzt die Scheinwerfer von dem Traktor sehen, wie Spitzen aus Licht durch all den Schnee, der wie eine weiße Wand in einem schwarzen Raum wirkte. Vielleicht sah ich auch die Silhouette von Ivar dahinter. Er war nicht alt, obwohl er einen Namen hatte, den Alte trugen. Ivar war in Ordnung. Er redete nicht viel. Er blieb niemals stehen, wenn er hierher kam, auch wenn mein Vater das gesagt hatte. Ivar wusste, wie es um uns stand, mit meiner Mutter und allem.

Er musste doch das Licht von der Küche sehen. Vielleicht wunderte er sich. Ich betete zu Gott, dass er stehen bleiben würde. Der Traktor brummte und bollerte beim Wenden, und ich konnte hören, wie Ivar da draußen die Handbremse zog, und den kleinen Bums, als er aus dem Führerhäuschen sprang.

»Verdammte Scheiße«, sagte der Mützenmann.

»Ganz ruhig«, sagte der Blonde. »Wir sind nur ein paar Freunde, die zu Besuch sind, nicht wahr, Wester?« Er sah zu meinem Vater. »Nicht wahr, Wester?«

»Ja«, sagte mein Vater und schaute mich an.

»Jock hat die Pistole am Kopf des Jungen«, sagte der Blonde.

Mein Vater nickte. Ich spürte, wie etwas Kaltes gegen meinen Kopf gedrückt wurde. Ivar klopfte an die Tür. Mein Vater sah zu dem Blonden hinüber.

»Geh und mach auf«, sagte der. »Ich bin direkt hinter dir.«

Von da, wo ich saß, konnte ich die Tür sehen, und jetzt machte mein Vater auf. Ich erkannte eine Gestalt da draußen, von den Scheinwerfern des Traktors erleuchtet. Ich spürte einen eiskalten Windzug.

»Ja ... hallo«, sagte Ivar.

»Hallo«, sagte mein Vater.

»Ja … ich dachte, ich versuche, die Straße offen zu halten. Bestimmt hört es bald auf zu schneien.«

»Das ist gut«, sagte mein Vater. »Aber komm doch rein.«

Ivar betrat die Diele. Er behielt die Mütze auf. Ich konnte sehen, dass er den Blonden anschaute, der direkt hinter meinem Vater stand.

»Jaa … ein Stück die Straße rauf steht ein Auto …«

»Das gehört uns«, sagte der Blonde. »Wir sind nicht weitergekommen.« Er schaute meinen Vater an. »Wir hatten gedacht, wir würden es schaffen, bevor es wieder anfängt.« Er sah zu Ivar. »Aber wir mussten das letzte Stück laufen.«

»Aha …«, meinte Ivar. Ich konnte sehen, dass er den Geruch vom Essen auf dem Herd wahrnahm. »Da wird das Weihnachtsessen gekocht, nicht wahr?«

»Ja«, sagte der Blonde. »Wir sind einfach schon dabei … um alles rechtzeitig zu schaffen.«

»Aha …«

»Ich wollte meine Frau überraschen«, sagte mein Vater. Er stand mit dem Rücken zu mir, aber ich konnte erkennen, dass Ivar erstaunt guckte, aber nichts sagte.

»Meine Frau kommt ja von dieser Reise an Weihnachten zurück, und ich denke, da werden wir alles fertig haben.« Ich konnte sehen, wie mein Vater aus dem Augenwinkel zu dem Blonden schaute. »Ivar hat zusätzlich gearbeitet, um die Straße frei zu halten.«

»Das ist gut«, sagte der Blonde.

»Jaa …«, sagte Ivar. »Dann mache ich mich mal wieder auf.« Er rückte seine Mütze zurecht und ging raus. Ich wusste, dass er mich gesehen hatte. Aber ich wusste nicht, ob er meinen Gesichtsausdruck bemerkt hatte.

Als er auf der Treppe stand, schoss der Blonde ihn in den Bauch, und ich sah das Erstaunen in Ivars Gesicht, ehe er aus der Tür verschwand, ehe sein Körper rückwärts aufschlug.

Der Blonde schoss wieder und stieß dann meinen Vater auf die Treppe, und ich hörte noch einen Schuss, und ich zitterte ganz furchtbar, und es war, als würde der Mützenmann hinter mir auch zittern, mit seiner Pistole in der Hand. Ich glaubte, er würde mich auch erschießen.

Mir war klar, was jetzt passieren würde. Wie das alles enden würde.

Sie kamen wieder zurück, in die Küche. Das Gesicht meines Vaters war weiß wie der Schnee draußen, noch weißer. Es war, als hätte er es mit Schnee abgerieben, und der Schnee wäre geblieben.

»Verdammte Scheiße«, sagte der Mützenmann.

»Ich habe ihm nicht getraut«, sagte der Blonde.

»Wenn einer die Schüsse gehört hat, verdammt.«

»Der Zug fuhr gerade vorbei. Und bis zum nächsten Haus ist es weit.«

»Liegt er da draußen?«

»Im Traktor.«

»Im Traktor?«

»Ja, wir müssen den nachher wegfahren.«

»Okay.«

»Was ist jetzt mit dem Essen?«, fragte der Blonde und sah zu meinem Vater. »Die Fleischbällchen sehen aus, als wären sie fertig.« Er sah den anderen an. »Jock, du kannst jetzt den Schinken rausheben und ihn auf eine Platte legen.«

»Sollte der nicht noch … gegrillt werden, oder wie das heißt?«

»Das lassen wir jetzt bleiben. Hol ihn einfach raus.«

Mein Vater stand wie versteinert da.

»Setz dich, Wester.«

Mein Vater setzte sich an den Tisch.

»Nun brauchen wir nur noch etwas Besteck«, meinte der Blonde.

Die Augen waren in seinem Kopf verschwunden. Er war geisteskrank. Geisteskrank. Das waren Männer, die keine Gefühle besaßen. Oder vielleicht hatten sie da doch irgendwas in ihren Köpfen, an das aber niemand herankam.

Die waren zu allem fähig.

Ich spürte das Handy, das in meiner Hose lag, am Penis, der sich wie eine getrocknete Zwetschge anfühlte. Das Telefon rieb an den Hoden. Ich wusste, dass es eine Rettung für uns sein konnte, oder ein Rettungsversuch.

»Ich muss aufs Klo«, sagte ich. Ich hatte vorher nicht gewagt zu fragen. Jetzt war es nötig, aus mehreren Gründen.

»Hast du seine Taschen kontrolliert?«, fragte der Blonde.

»Ja«, sagte der Mützenmann.

»Dann okay.«

Auf dem Klo holte ich das Handy heraus. Der Mützenmann stand draußen, aber ich hörte dann, wie er wieder Richtung Küche ging, und ich nahm an, dass er da stand oder saß und die Toilettentür am anderen Ende der Diele beobachtete. Er hatte kontrolliert, dass es in der Toilette kein Fenster gab, durch das ich mich hätte rausschleichen können.

Ich pinkelte und versuchte gleichzeitig nachzudenken ... Nach zwei Minuten spülte ich und machte den Wasserhahn über dem Waschbecken an und drückte auf den Einschaltknopf des Handys. Ich hatte gelernt, wie man Mitteilungen schrieb und verschickte. Ich schrieb die Worte und schickte sie ab und machte das Telefon aus und drehte gleichzeitig den Wasserhahn zu. Vielleicht fanden sie, dass ich das Wasser ganz schön lange laufen ließ, aber ich glaubte nicht, dass sie das Drücken der Knöpfe gehört hatten.

Ich stand da mit dem Handy in der Hand. Ich wagte nicht, es wieder mit reinzunehmen, sondern legte es ganz unten in den Papierkorb, der unter dem Waschbecken stand.

Der Mützenmann stand vor der Tür. Wir gingen in die Küche zurück. Der Blonde saß schon am Tisch und aß Fleischbällchen und ein Käsebrot. Auf einer Platte aus Edelstahl dampfte der Schinken. Er sah aus wie ein abgehauener Kopf.

Mein Vater saß am Tisch, den Blick zu Boden gerichtet. Der Mützenmann setzte sich und schob die Fleischbällchen von der Pfanne auf einen Teller.

Jetzt konnte ich nur noch warten, aber es würde nicht mehr lange dauern. Ich hoffte, dass wir gerettet waren, wusste aber nicht, wie das vor sich gehen könnte. Ich nahm zwei Fleischbällchen. Es hatte aufgehört zu schneien. Es war immer noch Nacht, oder früher Morgen. Ich versuchte zu essen, aber es ging nicht. Sie fingen wieder an, meinem Vater Fragen zu stellen. Der Blonde stand plötzlich auf und drückte seine Waffe an den Kopf meines Vaters. Ich schrie, und mein Schrei war so laut, dass er fast das Geräusch von einem Auto übertönte, das sich vom Hügel im Westen her näherte, auf der Straße, die Ivar ein paar Minuten, ehe er ermordet wurde, befahrbar gemacht hatte.

Der Blonde fuhr herum wie ein Tier. Der Mützenmann rannte zum falschen Fenster.

»Das andere Fenster, du Idiot!«

Der Mützenmann rannte in das Zimmer, wo die Feuerstelle im Kamin kalt und schwarz geworden war.

»Ein Auto!«, schrie er und drehte sich zu uns um.

»Personenwagen?«, fragte der Blonde.

»Ich sehe nur die Scheinwerfer, verdammt.« Er sah wieder hinaus. »Was sollen wir tun?«

»Immer mit der Ruhe«, sagte der Blonde und drehte seine Waffe zur Tür.

»So wie du das letzte Mal, oder was?«

»Schnauze, Jock.«

Ich hörte, wie das Auto vor der Tür bremste, vielleicht im Schnee etwas rutschte. Es musste neben dem Traktor stehen geblieben sein. Saß Ivar im Traktor, da hingesetzt ... warum um Himmels willen war das Auto bis zur Tür gefahren? Begriff er nicht, was das hier drinnen für Leute waren? Hatte er meine Nachricht auf dem Handy nicht verstanden?

Draußen rief jemand.

»Verdammte Sch...«, sagte der Blonde.

»Er ruft dich, Steffe!«, sagte der Mützenmann.

»Ich höre es.«

»Das ist ja Bolander«, sagte der Mützenmann.

»Der sollte doch zu Hause warten«, sagte der Blonde. »Was macht der denn hier?«

Der, der gekommen war, pochte an die Tür. Ich verspürte eine heftige und plötzliche Übelkeit, wie eine sich windende Schlange im Magen.

Ich hatte ihm eine Nachricht geschickt, ihm, von dem ich wusste, dass er der Freund meines Vaters war. Mats Bolander war, soweit ich wusste, der Einzige gewesen, mit dem sich mein Vater getroffen hatte, seit meine Mutter tot war. Sie hatten eine kurze Reise zusammen unternommen, »um ein wenig nachzudenken«, wie mein Vater es ausgedrückt hatte.

Ich hatte nichts kapiert.

»Ich komme jetzt rein«, hörte man draußen vor der Tür. »Immer schön easy. Ich habe Neuigkeiten.« Es ruckte an der Tür.

»Die ist doch zugeschlossen«, sagte der Mützenmann.

Der Blonde ging in die Diele und drehte den Schlüssel herum, der in der Tür steckte. Mats Bolander kam herein, nach der Dunkelheit draußen musste er im Licht blinzeln.

Mein Vater verbarg den Kopf in den Händen. Er sah aus, als wüsste er, dass jetzt alles vorbei war.

»Was machst du denn hier, verdammt noch mal?«, fragte der Blonde.

»Der Junge hat eine Nachricht geschickt«, sagte Bolander und zeigte auf mich.

»Was?«

»Der Junge hat ein Handy und er hat mir eine Nachricht geschickt«, sagte Bolander und hielt zum Beweis für das, was er gerade gesagt hatte, sein eigenes Telefon hoch.

»An dich? Eine Nachricht?«

»Genau, du Idiot. Da habt ihr aber Glück gehabt, oder?« Er stellte sich vor den Blonden, ganz nah vor sein Gesicht. Sie waren gleich groß. »Was macht ihr hier eigentlich? Da draußen liegt ein Typ halb im Traktor. Und hier sitzt Wester mit dem Jungen und futtert«, sagte er und schaute in die Küche. Mein Vater saß immer noch mit dem Kopf in den Händen da. »Warum habt ihr sie nicht erschossen? Hast du nicht begriffen, dass der Typ da draußen tot ist? Wir haben keine Zeit zu verlieren.«

»Was … was redest du da?«

»Erschieß sie.«

»Wir wissen doch nichts … noch nichts.«

»Da muss man doch nur die Hütte durchsuchen. Das Geld muss ja hier irgendwo sein.«

»Wir haben gesucht.«

»Nicht richtig. Erschieß sie, verdammt noch mal«, sagte Bolander und griff nach der Waffe des Blonden, aber der Blonde wollte sie nicht loslassen, er sagte: »Dann mache ich es selbst«, und ich schloss so fest die Augen, dass es in meinem Kopf grellrot wurde, und ich hoffte und hoffte und hoffte, und genau da, als ich zwei schwere Schritte von der Diele her hörte und das Rote in meinem Kopf fast schwarz wurde, genau da hörte ich ein Grummeln wie aus dem Weltraum, und es wurde lauter und lauter, und die Rotorblätter durchschnitten die Luft wie brüllende Eishacken, und es klang, als würde der Helikopter auf dem Dach der Hütte landen, wie ein Schlitten vom Nordpol, und das bedeutete, dass mein anderer Wunsch auf dem Handy angekommen und erfüllt worden war, und ich öffnete die Augen, als die freundliche Lautsprecherstimme da oben über Böse und Gute zu scheppern begann.

Zu Hause

Als er den halben Heimweg zurückgelegt hatte, begann es zu schneien. Die Autobahn vom Flugplatz her wirkte verlassen. Der Taxifahrer schaltete die Scheibenwischer ein. Alles war schwarz und weiß. Aus dem Radio kam Musik: Weihnachtslieder. Am Rückspiegel hing ein Weihnachtszwerg, der sich im Takt mit den Wischerblättern bewegte, als würde er zur Musik tanzen. So waschen wir unsere Hände. Er schaute auf seine Hände, die weiß und schwarz leuchteten. Er hielt die eine hoch. Sie war mehr braun als weiß, das wusste er. Er bemerkte den Blick des Fahrers im Rückspiegel.

»Als wir losflogen, waren es siebenundzwanzig Grad«, sagte er.

»Ja, Wahnsinn!«, rief der Fahrer aus.

»Siebenundzwanzig«, wiederholte er und sah, wie sich die weiße und schwarze Landschaft draußen wie ein Schatten vorbeiwand.

»Wo waren Sie?«, fragte der Fahrer.

»Auf den Kanaren.«

»Ja, Wahnsinn.«

»Grandioses Wetter, die ganze Woche. Keine einzige Wolke.«

»Ja, Wahnsinn.«

»Genau die richtige Zeit, um mal weg zu sein«, sagte er und machte eine Bewegung in Dunkelheit und Kälte.

»Ja, verdammte Hacke«, kommentierte der Fahrer.

Der Mann auf dem Rücksitz holte noch mal sein Handy heraus, wählte dieselbe Nummer und wartete wieder, dass jemand ranging. Was nicht geschah. Es war gleich das Erste gewesen, was er gemacht hatte, als er sich ins Taxi gesetzt hatte, anrufen. Dann hatte er wie zu sich selbst, aber doch laut genug, dass der Taxifahrer es hören konnte, gesagt: »Warum geht sie nicht ran?«

Das Auto hielt in zweiter Reihe vor der Tür. Es schneite immer noch, dicke Flocken. Er reichte seine Mastercard nach vorn und unterschrieb den Beleg.

»Frohe Weihnachten schon mal«, sagte der Taxifahrer, als er die Reisetasche herausgeholt und den Kofferraum zugemacht hatte.

»Haben Sie die ganze Nacht Dienst?«, fragte der Mann.

»Ja, verdammte Hacke«, sagte der Fahrer.

»Na, dann Ihnen auch frohe Weihnachten.«

»Bedanke mich«, erwiderte der Fahrer und fuhr davon.

Frohe Weihnachten, dachte der Mann bei sich. Heute Abend ist es noch eine Woche bis Heiligabend, und um diese Jahreszeit gibt es nur brave Kinder. Er sah auf die Uhr, es war halb neun. Dann blickte er an der Fassade des siebenstöckigen Hauses hoch. In den meisten Fenstern war Licht, ein orangefarbenes Licht, das zu Weihnachten gehörte. Er sah sich auf der Straße um. Das Taxi war fort, nichts rührte sich. Es waren keine Menschen unterwegs. Alle waren hinter den leuchtenden Fenstern.

Er dachte wieder an sie, rief diesmal aber nicht vom Handy aus an.

Er drückte auf die Türklingel, öffnete aber gleichzeitig mit seinem Schlüssel. Dann rief er:

»Susanne! Ich bin wieder zu Hause. Hallo? Hallo?«

Seine Stimme hallte durchs Treppenhaus. Ehe er die Tür hinter sich schloss, schaute er sich um.

Dann stand er im Flur. Er setzte die Reisetasche ab, schaltete das Deckenlicht ein und musste die Augen zusammenkneifen, weil es so grell war. Er zog seinen Mantel aus und hängte ihn auf einen Bügel. Dann entledigte er sich seiner Schuhe, ohne sie jedoch erst aufzuschnüren. Er ging durch den Flur in die Küche. Auf dem Tisch standen ein Teller und ein Glas. Beide leer, sauber. Kein Besteck. Die Spüle war leer, sauber. Auf der Arbeitsplatte, die in einem Winkel zur Spüle angebracht war, lag eine Tüte mit irgendetwas drin. Er ging hin und sah, dass es Kartoffeln waren. Daneben lag ein Schneidebrett. Auf dem Schneidebrett ein Kartoffelschäler.

Überall war es sehr still, so still, dass er das Summen vom Kompressor des Kühlschranks wie ein dumpfes Atmen hören konnte. Er rief laut: »Susanne? Susanne!«

Wieder im Flur bemerkte er jetzt das rote Blinklicht des Anrufbeantworters. Er ging zum Flurtischchen und drückte den Knopf und hörte seine eigene Stimme:

»Hallo, ich bin's bloß. Es ist jetzt einen Tag vorher, also vor der Heimreise, und die Sonne scheint überhaupt niemals unterzugehen. Aber jetzt ist sie doch schon mal rot. Ich wünschte, du wärst hier. Ähm, du kannst ja mal anrufen, wenn es nicht zu spät ist.«

Nachricht zwei:

»Hallo, jetzt ist also der Abreisetag da. Es ist, warte mal, halb neun, und ich bin auf dem Weg zum Flugplatz. Ruf doch mal an, wenn es geht. Nehme mal an, dass du gestern Nacht eine Extraschicht einlegen musstest. Ich rufe noch mal kurz durch, wenn ich weiß, wann der Flieger geht. Ob es Verspätung gibt oder so.«

Nachricht drei:

»Hallo, noch mal, wir gehen jetzt ins Flugzeug. Scheint keine Verspätung zu geben. Ich rufe an, wenn ich gelandet bin.«

Nachricht vier:

»Warum geht sie nicht ran?«

Seine eigene Stimme, eine Stunde alt, vom Rücksitz des Taxis.

Er wandte sich vom Anrufbeantworter ab, ging über den Flur und ins Schlafzimmer.

Sie lag unter der Decke.

Er ging um das Bett herum. Es war unmöglich, ihren Augen auszuweichen, die direkt in die Ewigkeit starrten.

Kriminalkommissar Erik Winter folgte ihrem Blick ins Nirgendwo und Nichts. Er hatte sich dicht bei dem Gesicht der Frau hingehockt.

Er hatte schon viele strangulierte Menschen gesehen, und er erkannte einen solchen Fall, wenn er ihn vor sich hatte. Sicher würde Pia Eriksson Fröberg, die Gerichtsmedizinerin, nachher die Todesursache bestätigen, in einem Untersuchungsraum, der heller erleuchtet sein würde als dieses Schlafzimmer, das in diesem Moment, ehe die Spurensicherung und die Ärzte es erfüllten, fast friedlich wirkte.

Aber jetzt war er allein hier, das geschah auf seine ausdrückliche Anweisung.

Es war immer noch vor Mitternacht. Minuten nach dem Alarm war er durch sanften Schneefall hierher gefahren. Angela hatte nicht gefragt, warum er mitten in der Nacht losfuhr. Sie war Ärztin, sie wusste, was Bereitschaftsdienst bedeutete. Auch kurz vor Weihnachten konnten Menschen ernsthaft erkranken.

Und sie konnten auch ermordet werden, dachte er, als er das Gesicht der Frau und ihre Gestalt unter der Decke betrachtete.

Er nahm eine Bewegung hinter sich wahr und drehte sich um. In der Tür stand Kommissar Bertil Ringmar.

»Sollen wir ihren Mann in die Skånegatan fahren, oder willst du ihn hier gleich verhören?«, fragte Ringmar.

»In meinem Zimmer«, erwiderte Winter.

Sein Zimmer: Bürostuhl, Besucherstuhl, Schreibtisch, Aktenschrank, Waschbecken, auf dem Fußboden vor dem Fenster ein CD-Spieler. Es war still, keine Glöckchen, die klingelten, kein Fuchs, der über das Eis strich.

Keine stille Nacht.

Winter fuhr sich übers Gesicht und sah den Mann an, der ihm gegenübersaß. Er hieß Anders Balker. Sein Gesicht war sonnenverbrannt, aber unter der Bräune blass, was die Haut seltsam durchsichtig machte. Der Name seiner Frau war Susanne Balker.

»Mein Gott«, sagte Anders Balker zum dritten oder vierten Mal.

»Wann haben Sie das letzte Mal mit ihr gesprochen?«, fragte Winter.

»Ähm, ich denke, das war am Donnerstag«, antwortete Balker.

Winter schaute in den Kalender, der aufgeschlagen auf dem Schreibtisch lag.

»Zwei Tage, ehe Sie nach Hause gefahren sind?«

»Äh, ja.«

»Zwei Tage vorher«, wiederholte Winter.

»Ich habe später auch noch versucht anzurufen«, erklärte

Balker, »danach.« Er rutschte auf dem Stuhl herum. »Ich habe Nachrichten hinterlassen.«

»Wir haben das Band gehört«, sagte Winter.

»Ja.«

»Hat es Sie beunruhigt, dass sie nicht ranging?«

»Ähm, ja klar. Ich habe ja wieder angerufen.«

»Gab es niemand anders, mit dem Sie Kontakt aufnehmen konnten?«

Der Mann antwortete nicht. Er sah auf den Schreibtisch herab, als würde er Winters Kalender studieren.

»Gab es niemanden, den Sie hätten anrufen können?«, wiederholte Winter.

»Nein.« Balker sah auf. »Ich habe niemanden.«

»War das schon öfter so?«, fragte Winter.

»Was denn?«

»Dass Ihre Frau, Susanne, nichts von sich hat hören lassen, wenn Sie versucht haben, mit ihr Kontakt aufzunehmen.«

»Nein«, antwortete Balker. »Das hat es noch nie gegeben.«

»Was denn?«

»Dass ich allein weggefahren bin. So lange.«

»Warum diesmal?«, fragte Winter.

Balker antwortete nicht. Winter war nicht sicher, ob der Mann ihn verstand. Vielleicht konnte das gar nicht gehen, so lange Zeit mit einem Mann zu sprechen, der grade erst seine Frau ermordet im gemeinsamen Zuhause gefunden hatte. Vielleicht hätte er zusammenbrechen müssen, sich über den Schreibtisch werfen, über Winter, über den verdammten Kalender, der für Susanne Balker überhaupt keine Bedeutung mehr hatte.

Ich würde das tun, dachte Winter. Wenn es mir passieren würde. Würde mich völlig verlieren. Ich wäre ein lebendiger Toter, wenn mir das passieren würde.

Daran muss ich denken, wenn ich hier sitze und meine Fragen stelle. Aber sie müssen gestellt werden.

»Warum sind Sie eine Woche vor Weihnachten in Urlaub gefahren?«, fragte er wieder.

»Das war kein Urlaub«, antwortete Balker.

»Was denn?«

Balker antwortete nicht.

»Was für eine Reise war das?«, wiederholte Winter.

»Ich. Ich trinke«, sagte Balker. Er sah Winter jetzt an. »Ich bin, was man einen Quartalssäufer nennt.« Er sah auf seine Hände herab. »Manchmal muss ich einfach wegfahren.« Er sah wieder auf. »So war es auch diesmal.«

»Sie mussten eine Woche wegfahren, um zu trinken«, sagte Winter. »Habe ich das richtig verstanden?«

»Ja.«

»Und wann haben Sie diesen Entschluss gefasst?«

»Das ist kein Entschluss, den man fasst«, erklärte Balker. »Es kommt einfach. Plötzlich muss man einfach. Man muss einfach weg.«

»Aber Sie spüren es sehr wohl, wenn das Bedürfnis kommt, oder?«, fuhr Winter fort. »Denn Sie müssen ja auf irgendeine Weise planen können.«

»Jaa«, sagte Balker, »manchmal.«

»Also, warum sind Sie ausgerechnet in der Woche vor Weihnachten weggefahren?«

Balker antwortete nicht.

»War es, weil die Reisen da am billigsten sind?«, fragte Winter.

Er wusste das. Nach all den Jahren, in denen seine Mutter, die an der Costa del Sol lebte, unausgesetzt davon geredet hatte, wann die günstigste Reisezeit sei. Als ob sie darüber nachdenken müsste.

»Ist es da am billigsten?«, fragte Balker.

Winter saß im Dunkeln in seinem Zimmer. John Coltrane blies *Like Someone in Love* in die Nacht. Er hatte Angela angerufen und ihr eine gute Nacht, eine stille Nacht gewünscht. Wir trinken den Glögg dann zum Frühstück, hatte er gesagt. Als das Telefon, das Bereitschaftstelefon, in der Nacht geklingelt hatte, waren sie gerade dabei gewesen, den Glögg heiß zu machen. Frühstück?, hatte Angela gefragt. Es wird wohl eher Mittagszeit sein, wenn du kommst.

Mittag. Würde er dann zu Hause sein?

Balker war nicht bei sich zu Hause. Sie hatten ihn im Savoy eingemietet, weil sie ihn nicht im Skånegatan-Hilton, dem Untersuchungsgefängnis, einquartieren konnten. Es gab keinen Grund, ihn in Untersuchungshaft zu nehmen. Er war nicht im Land gewesen, als seine Ehefrau starb. Pia Eriksson Fröberg hatte Winter angerufen, kurz nachdem Balker in die Einsamkeit hinausgewandert war. Gestern, hatte Pia gesagt. Susanne Balker ist am Donnerstagabend erdrosselt worden, spät, vielleicht in der Nacht zum Freitag, also in der Nacht vor dem Tag, an dem Balker nach Hause kam. Aber alles geschah auf jeden Fall nach sechs Uhr am Donnerstagabend.

Das wusste er schon selbst. Susanne hatte ihren Arbeitsplatz als Schwesternhelferin am Sahlgrenska-Krankenhaus um halb sechs am Donnerstag verlassen, und offenbar war sie auch nach Hause gekommen.

Ihr Mann sagte, er habe sie um sechs Uhr abends vom Handy aus Puerto Rico, Gran Canaria, angerufen.

Sie war nicht rangegangen, nicht beim ersten Anruf, und auch nicht beim zweiten. Sie sollten die Anrufe verfolgen. Sie sollten kontrollieren, dass er wirklich dort gewesen war, in Puerto Rico. Aber Winter glaubte nicht, dass er an jenem stillen Abend einen so offenkundigen Lügner vor sich gehabt hatte. Dann müsste der Mann verrückt sein.

Winter wusste, dass der größte Teil aller Gewalttaten von Familienmitgliedern begangen wurde. Von den Lieben. Manchmal hatte er schon gedacht, dass das Leben als Eremit in einer Grotte an einem geheimen Ort der einzige Weg wäre, Leib und Leben zu schützen und richtig sicher zu sein. Das war kein angenehmer Gedanke.

»Wie ist er denn reingekommen?«, fragte Kriminalinspektor Fredrik Halders.

»Der Mörder? Der, der sie erdrosselt hat? Er ist nicht eingebrochen, so viel ist sicher.«

Es war Morgen. Einmal werden wir noch wach, hatte Winter gedacht, als er über den Heden gegangen war und die ersten Sonnenstrahlen auf dem frisch gefallenen Schnee gesehen hatte. Es war ein glitzernder Morgen.

Im Konferenzraum roch es nach Kaffee. Winter wusste, dass er selbst noch nach Alkohol roch, aber das würde sich legen. Er hatte sein Versprechen gehalten und zum Frühstück einen Glögg getrunken, doch nur zwei Fingerbreit.

»Er hatte einen Schlüssel«, sagte Winter. »Oder sie hat ihn reingelassen.«

»Woher wissen wir denn, dass es ein Er ist?«, fragte Kriminalinspektorin Aneta Djanali und sah sich um.

»Du treibst ja die Gleichstellungsfrage in ganz neue Höhen«, scherzte Halders.

»Es gibt tatsächlich auch Mörderinnen«, entgegnete Aneta Djanali.

»Wir Männer dürfen aber auch gar nichts für uns haben«, sagte Halders.

»Was sagt Pia über die Verletzungen?«, fragte Aneta Djanali und blickte zu Winter.

»Sie wurde brutal ermordet. Da hat jemand große Kraft eingesetzt«, sagte Winter.

»Also ein Mann«, fügte Aneta Djanali hinzu.
»Das glauben wir jedenfalls«, sagte Winter.
»Das ist doch offenbar«, meinte Halders.
»Hier ist gar nichts offenbar«, hielt Winter ihm entgegen.
»Du riechst nach Alkohol«, sagte Halders.
»Du riechst nach Achselschweiß«, sagte Winter.
»In Ermangelung von Schnaps«, erwiderte Halders.
»Glögg«, sagte Winter, »Branntweinglögg.«
»Darf man das Rezept erfahren?«, fragte Halders.
»Wenn du dir ein Deodorant kaufst.«
Bertil Ringmar, der an der Schreibtafel stand, räusperte sich. Halders und Winter wandten sich zu ihm um.
»Wir werden also Susanne Balkers Privatleben in Augenschein nehmen müssen«, sagte Ringmar.
»Nicht nur das Privatleben«, erwiderte Aneta Djanali. »Der Mord könnte doch auch mit etwas oder jemandem an ihrem Arbeitsplatz zusammenhängen, oder?«
Ringmar nickte.
»Er kann auch mit ihm zusammenhängen«, sagte Halders, »Anders Balker.«
»Wie meinst du das?«, fragte Winter.
»Tja, vielleicht ist er ja nicht direkt verwickelt, vielleicht war jemand hinter ihm her und tauchte dann dort auf, und weil er nicht da war, musste seine Frau büßen.«
Niemand sagte etwas.
»Ist ja nur ein Gedanke«, entschuldigte sich Halders.
»Der erste heute Morgen?«, fragte Aneta Djanali.
»Ja, aber nicht der letzte!«, rief Halders und lächelte.
Ringmar räusperte sich wieder.
»Ihr habt ja gehört, was Bertil gesagt hat«, sagte Winter. »Wir werden uns ihr Leben anschauen müssen. Seines und ihres. Bis zum heutigen Tag. Arbeitskollegen. Freunde. Bekannte. Bekannte von Bekannten.«

»Bekannte von Bekannten von Bekannten«, stöhnte Halders.

Es sollte sich bald erweisen, dass Halders Recht hatte. Sie suchten lange und immer länger nach Leuten, mit denen Anders und Susanne Balker in Kontakt gestanden hatten. Sie fanden keine Freunde, zumindest nicht gleich. Und der Begriff »Freunde« war ja eine Definitionsfrage. Die Balkers waren ein einsames Paar gewesen.

Sie klopften an Türen und redeten mit allen, die in dem großen Haus wohnten, aber niemand kannte sie näher, wenn überhaupt. Hatten sie denn wenigstens einander gehabt?, fragte sich Winter in den folgenden Tagen ein ums andere Mal. Im Laufe der Zeit sollte er auch noch andere Entdeckungen über die dunklen Verbindungen der Menschen zueinander machen.

Früh am Nachmittag kam Aneta Djanali zu Winter, der gerade am Waschbecken stand und sich die Hände mit heißem Wasser wusch.

»Ich habe gefroren«, sagte er.

»Ich habe mit der Hoteldirektion in Puerto Rico gesprochen«, sagte Aneta Djanali.

»Da ist es ja wahrscheinlich warm jetzt«, meinte Winter.

»Siebenundzwanzig Grad«, antwortete Aneta Djanali.

»Und was hat er gesagt?«

»Sie.«

Winter lächelte und dachte an den kleinen Schlagabtausch zwischen Halders und Aneta heute Morgen.

»Was hat sie gesagt?«, fragte er.

»Ich habe sie nach Balker gefragt, wie besoffen er war und so. Ob er die ganze Zeit auf seinem Zimmer gesessen und gesoffen habe oder ob er auch mal um den Swimmingpool rumgelungert habe.«

»Und?«

»Nichts«, sagte Aneta Djanali.

»Wie bitte?«

»Sie sagte, sie habe noch nie einen nüchterneren Touristen gesehen.«

Erik Winter und Aneta Djanali beschlossen den Arbeitstag mit einer Tasse Kaffee in Winters Zimmer. Sie saßen einander am Schreibtisch gegenüber, alles Ermittlungsmaterial vor sich ausgebreitet. Plötzlich zuckte Aneta zusammen und verschüttete fast ihren Kaffee. Winter sah, wie sie ein Foto der toten Susanne Balker zu sich heranzog.

Während der Konferenz hatten sie darüber gesprochen, dass Aneta ja im selben Viertel wohnte wie die Familie Balker, nur zwei Haustüren entfernt. Weniger als fünfzig Meter.

Jetzt hielt sie das Foto in Händen, als würde sie es zum ersten Mal sehen.

»Ich erkenne sie wieder«, sagte sie und sah zu Winter auf. »Ich habe sie mit einem Mann gesehen.« Sie sah auf das bleiche Gesicht der Frau herab. »Und das war nicht ihr Ehemann.«

Als Aneta Djanali am selben Abend nach Hause kam, musste sie feststellen, dass sie am Morgen vergessen hatte, das Licht im Badezimmer auszumachen. Es warf ein Bündel von Licht in den Flur. Es ist doch ein schönes Gefühl von einem Lichtstrahl willkommen geheißen zu werden, wenn man nach Hause kommt, dachte sie. Ich will auch das nächste Mal vergessen, es auszumachen. Wenn ich es nicht vergesse.

Sie ging in die Küche, goss Wasser in den Wasserkocher, drückte den Knopf, legte ein Tee-Ei in eine Tasse und goss

Milch dazu. Dann das Wasser, als es gekocht hatte. Sie nahm die Tasse mit sich in das größere Zimmer auf der anderen Seite des Flures, legte die Füße auf einen Schemel und sagte »Aahhhh«. Sie nahm vorsichtig einen Schluck Tee und versuchte ein paar Minuten an gar nichts zu denken, was ihr jedoch misslang. Sie dachte: Soll ich jetzt Weihnachten mit Fredrik und seinen Kindern feiern? Soll ich hier alleine sitzen? Oder mir einen Flug nach Afrika besorgen und in Papas Haus sitzen und ihm von Dingen erzählen, die er lieber vergessen will, damit er den Wind und die ewige Hitze aushalten kann?

Aneta Djanali war im Östra Sjukhuset in Göteborg geboren. Ihre Eltern stammten aus Burkina Faso, das damals noch Obervolta hieß. Als sie erwachsen war, beschlossen ihre Eltern, in die Hauptstadt Ouagadougou zurückzukehren, aber für Aneta war klar, dass sie in dem Land bleiben wollte, in dem sie geboren war. Sie verstand jedoch, dass ihre Eltern, ehe es zu spät war, in das Land zurückkehren wollten, in dem sie selbst geboren waren.

Ihre Mutter war zwar gerade noch rechtzeitig nach Hause gekommen, aber sie hatte nur noch zwei Monate zu leben und wurde in der harten und ausgebrannten Erde an der Nordseite der Stadt begraben. Ihr Vater grübelte lange darüber nach, ob die Reise ihren Tod verursacht habe, vielleicht auch nur indirekt. Aneta leistete ihm solange es ging Gesellschaft. Mit großen Augen ging sie durch die Straßen der großen Stadt, in denen auch sie ihr ganzes Leben hätte verbringen können, anstatt jetzt als Fremde hindurchzuwandern. Sie sah aus wie alle anderen dort. Wenn sie wollte, konnte sie mit den Menschen dort Französisch sprechen, zumindest mit denen, die zur Schule gegangen waren, und manchmal tat sie das auch. Und sie konnte weitergehen, ohne Aufmerksamkeit zu erregen, bis zur Stadtgrenze und in die Wüste hinaus, die unmittelbar dahinter begann und die sich sogar manchmal in die Stadt hineindrängte und sie mit ihrem scharfen Wind anfiel. Das alles hatte sie gespürt, als sie in der weißen Hütte saß, in der ihr Vater wohnte.

Jetzt hörte sie den Wind, den schwedischen. Der war runder und sanfter – und kälter.

Aneta Djanali stand auf und trug die Tasse in die Küche.

Sie dachte an Fredrik.

Vor einem Jahr war seine Exfrau von einem betrunkenen Fahrer angefahren und getötet worden. Jetzt ist sie nicht einmal mehr als Ex noch da, hatte Halders einige Zeit später gesagt.

Sie hatten angefangen, sich zu treffen, Fredrik und sie. Nach und nach hatte sie auch seine Kinder kennen gelernt. Hannes und Magda. Sie hatten begonnen, ihre Gegenwart in ihrem Haus zu akzeptieren.

Sie mochte Fredrik, mochte seine Person. Ihr Jargon hatte sich verändert.

Das Telefon klingelte.

»Ja?«

Es war Fredrik.

»Was machst du?«

»Nichts«, antwortete sie. Was hätte sie sagen sollen? Ich denke an dich, Fredrik. Und vielleicht war es genau das, was sie hätte sagen sollen.

»Du hast nicht zufällig irgendjemanden um Balkers Haustür rumschleichen sehen?«

»Dafür müsste ich mir ein Fernglas anschaffen. Oder ein Periskop.«

»Mach keine Dummheiten«, ermahnte Halders sie.

»Wie meinst du das?«, fragte sie. Das sagte ausgerechnet der, der immer die verrücktesten Ideen hatte, dachte sie.

»Schleich nicht um Balkers Tür herum.«

Sie lachte.

»Ich meine es ernst«, sagte Halders.

»Glaubst du, ich brauche Personenschutz?«

Halders antwortete nicht.

»Fredrik?«

»Ich weiß nicht«, sagte er.

»Meinst du es wirklich ernst?«

»Er, wenn es nun ein Er ist, denkt vielleicht gerade jetzt daran, dass er dir ein paar Mal begegnet ist. Vielleicht fällt ihm das jetzt gerade ein.«

»Jetzt machst du mir aber langsam Angst, Fredrik.«

»Ich finde einfach nur, dass du vorsichtig sein solltest.«

»Ich bin vorsichtig. Ich bin immer vorsichtig. Ich bin schließlich Ermittlerin. Und warum sollte er sich gerade an mich erinnern? Das war ja nur ein Zusammentreffen mit irgendeiner Fremden.«

Als sie das sagte, musste sie an die Fremde denken, die sie in Afrika gewesen war. Fremd und doch nicht fremd.

»Du siehst aber nicht aus wie irgendwer«, sagte Halders.

»Jetzt hör auf, Fredrik. Es gibt in diesem Land schon eine ganze Weile schwarze Menschen. Und sogar einige, die Göteborger Dialekt sprechen.«

Halders musste lachen.

»Okay, okay.«

Er schwieg einen Augenblick. Sie konnte hören, wie sich die Fahrstuhltür draußen im Treppenhaus öffnete und schloss. Sie meinte, Schritte zu hören.

»Kommst du an Weihnachten hierher?«, fuhr Halders fort.

»Ich glaube ja, Fredrik.«

»Wir sollten das bald entscheiden. Magda und Hannes, weißt du …«

»Okay, Fredrik. Sag ihnen, dass ich komme.«

Sie konnte sein Lächeln vor sich sehen, hörte es in seinem Abschiedsgruß.

Den Telefonhörer immer noch in der Hand, hörte sie draußen im Treppenhaus Schritte. Es war aus Ziegel, und wenn jemand dort ging, war es von einem düstren Klang erfüllt. Jetzt klang es, als würde da jemand mit Stahlsohlen laufen. Da hörten die Schritte auf.

Ihre Türglocke klingelte, bing, baang, biing.

Sie sah auf die Armbanduhr, ein Reflex, und dachte an das Gespräch eben mit Fredrik. Das Klingeln hallte noch in der Wohnung nach, ein dünner Laut, wie Wind. Sie ging schnell aus dem Zimmer, durch den Flur, und sah durch den Spion. Da war nichts.

Sie öffnete die Tür mit der vorgelegten Sicherheitskette. Niemand draußen. Weiter rechts hörte sie den Fahrstuhl anrucken.

Sie hatte niemanden weggehen hören.

Aneta Djanali öffnete die Tür. Sie sah niemand, hörte aber immer noch den Fahrstuhl, sprang in die erstbesten Schuhe und lief zum Fahrstuhl, sah den Pfeil, der anzeigte, dass er auf dem Weg nach unten war, und rannte die fünf Doppeltreppen hinunter, erreichte den Eingang und sah die Tür, die sich gerade sachte schloss.

Sie stand draußen. Nichts rührte sich, keine sich entfernende Gestalt. Überall gab es Straßenecken, Häuser wie schwarze Kulissen, hinter denen man innerhalb weniger Sekunden verschwinden konnte.

Mein Gott, dachte sie.

Hier stehe ich in Badelatschen und Trainingshosen.

Ich hätte niemals auf Fredrik hören sollen.

Es war einfach jemand, der sich in der Tür vertan hatte.

Das redete sie sich den ganzen Weg zurück ein. Die Wohnungstür war zugeschlagen und sie war ausgesperrt.

Was mache ich hier eigentlich? Gerade noch habe ich mich wie ein Idiot gefühlt, und das hier beweist, dass ich wirklich einer bin. Was jetzt? Den Schlüsseldienst? Der grundsätzlich unauffindbare Hausmeister? Oder ich selbst? Aber dafür braucht man Werkzeug, und ich habe nur Badeschlappen an.

Es gab nur eine Möglichkeit. Sie drückte auf die Klingel der Nachbarn, bing, baang, boong, ein älteres Paar, das gerade eingezogen war und sie telefonieren ließ.

Fredrik war innerhalb von zwanzig Minuten da und brach äußerst elegant in ihre Wohnung ein. Es gab keinen Ort, in den Fredrik nicht einbrechen konnte.

Dank der Kälte, die sich während der Nacht über alle braven Kinder und alle anderen Menschen gebreitet hatte, blieb der Schnee liegen. Winter sah seinen Atem wie eine Rauchsäule vor sich, als er über den Heden zum Polizeiquartier ging. Vielleicht war es auch eine Rauchsäule. Er rauchte ja tatsächlich. Der erste Zigarillo des Tages, den er immer genau in dem Moment anzündete, wenn er die sieben Minuten Weg vor sich hatte.

»Wir stellen einen ständigen Wachposten vor das Haus«, sagte er, als sie sich im gewohnten Raum versammelt hatten.

»Ich dachte, das hätten wir bereits getan«, wandte Lars Bergenhem ein, der jüngste Kriminalinspektor der Gruppe.

»*My mistake*«, sagte Winter.

»Es muss ja nichts gewesen sein«, meinte Aneta. »Nur irgendjemand, der sich in der Tür geirrt hat.«

»Glaubst du das wirklich?«, fragte Winter.

»Ich würde es gern glauben«, erwiderte sie.

Winter nickte.

»Die Alternativen sind nicht so angenehm«, fuhr sie fort.

Winter nickte wieder. Niemand sagte etwas. Also ergriff Aneta das Wort: »Da nun niemand etwas sagt, ich nehme mal an aus Taktgefühl, darf ich die Alternative wohl selbst nennen: Es ist jemand hinter mir her. Vielleicht, um mir Angst zu machen, vielleicht aus einem anderen Grund. Vielleicht war das nur eine Warnung, und es kommt nichts weiter.«

»Aber warum denn?«, fragte Bergenhem. »Es wäre doch wohl besser, sich versteckt zu halten.«

»Für wen wäre es besser, sich versteckt zu halten?«, fragte Ringmar.

»Für den Mörder natürlich«, sagte Bergenhem.

»Es gibt auch da eine Alternative«, sagte Winter.

»Welche denn?«, fragte Bergenhem.

»Der Mann. Anders Balker. Er hat bei Aneta geklingelt und ist verschwunden. Er kennt das Haus. Er konnte natürlich nicht zu sich nach Hause rennen, aber er wusste, wie er schnell von dort verschwinden konnte.«

»Und warum das Ganze?«, wiederholte Bergenhem.

»Das ist wie immer die beste aller Fragen«, sagte Winter.

Anders Balker wohnte immer noch im Savoy, solange seine Wohnung versiegelt war. Winter rief dort an und lud ihn ins Polizeigebäude ein. So wollte Winter es sehen. Er lud ihn ein.

Balker saß mit verschränkten Armen da. Er schien nicht an einem Delirium tremens oder auch nur an starkem Durst zu leiden. Winter sah das Handy aus der Brusttasche ragen. Über die Relaisstation hatten sie die ausgehenden und eingehenden Gespräche von Balker kontrolliert, und alle, alle vier waren nach Hause zu Susanne gegangen. Sie hatte ihn nicht angerufen.

»Warum haben Sie gesagt, dass Sie nach Puerto Rico gefahren sind, um zu trinken?«, fragte Winter.

»Wie?«

»Sie haben gesagt, Sie seien Quartalssäufer und nach Gran Canaria gefahren, um zu trinken, aber das stimmt gar nicht, oder?«

»Äh, doch, natürlich stimmt das.«

»Erzählen Sie mal von der Woche.«

»Was denn, da gibt es nichts zu erzählen. Es war wie immer. Drei Whisky im Flieger und dann eine Woche lang im Dämmerzustand.«

»Ist das schon öfter passiert?«

»Was denn?«

»Dass Sie in diesen Zeiten ins Ausland gefahren sind.«

»Äh, einmal.«

»Wohin sind Sie da gefahren?«

»Die gleiche Ecke. Gran Canaria. Playa Inglés diesmal.«

Er fingerte an seinem Handy herum. »Aber, was soll das?«

»Als Sie in Puerto Rico waren, saßen Sie da in Ihrem Zimmer und tranken?«

»Ja, die meiste Zeit. Bin nur manchmal für etwas essen raus, aber so gut wie nie.«

»Ich habe Zeugen, die Sie während der Woche dort unten regelmäßig gesehen haben und sagen, Sie seien ebenso nüchtern gewesen wie ich jetzt, und ich kann Ihnen versichern, dass ich absolut nüchtern bin.«

»Zum Teufel«, sagte Balker, »das stimmt nicht, ist doch total idiotisch.«

»Was stimmt nicht?«

»Man kann nicht beurteilen, ob jemand nüchtern ist oder nicht. Vor allem nicht bei einem Alkoholiker.«

Genau das hatte Winter auch die Hotelchefin im Hotel Altamar in Puerto Rico gefragt. Machen Sie Witze?, hatte sie gesagt. Wenn man etwas wirklich lernt in diesem Job, dann ist es, die Trinkgewohnheiten der Leute zu beurteilen. Selbst wenn er so einer war, der mit dreikommavierzehn Promille im Blut noch auf einer geraden Linie gehen konnte, habe ich doch gelernt zu sehen, wer ein Glas intus hat und wer nicht.

Winter sah Balker an, der jetzt Schweiß auf der Stirn hatte.

»Warum haben Sie in dieser Sache gelogen?«, fragte Winter.

»Ich habe nicht gelogen, verdammt noch mal!«, sagte Balker.

»In Ihrem Büro hat niemand bemerkt, dass Sie Alkoholprobleme hätten«, sagte Winter.

»Also waren Sie da und haben herumgeschnüffelt. Na, vielen Dank auch.«

»Niemand hat etwas bemerkt«, wiederholte Winter.

»Darum geht es ja schließlich«, erwiderte Balker, »dass niemand etwas bemerkt. Genau darum geht es ja.«

Am Abend versiegelte Winter zusammen mit Elsa Pakete. Er hielt seine Hand über die ihre, um sie vor dem tropfenden Siegellack zu schützen. Sie drückte fest zu und jauchzte vor Freude, wenn das Siegel so fest klebte, wie es sollte.

Angela kam mit drei Tassen Glögg herein, von denen zwei mit ein paar Promille angereichert waren.

»Eigentlich hatte ich ja gedacht, dass der Glögg über Weihnachten reichen würde«, sagte sie.

»Wir machen neuen«, sagte Winter.

»Wirst du langsam zum Alkoholiker, Erik?«

Er lächelte und hob seine Tasse, blies darüber und stieß mit Elsa an.

Später, als Elsa schlief:

»Heute habe ich den Mann der ermordeten Frau verhört. Er tut alles, um uns davon zu überzeugen, dass er Alkoholiker sei.«

»Hm«, antwortete Angela.

»Ist das nicht etwas seltsam? Normalerweise ist doch das Gegenteil der Fall. Alkoholiker weigern sich, ihr Laster zuzugeben. Hier haben wir einen Nüchternen, der sich weigert zuzugeben, dass er nüchtern ist.«

»Hat das denn eine Bedeutung? Spielt es irgendeine Rolle, ob er auf den Kanaren betrunken oder nüchtern war?«

»Ja. Das hängt zusammen. Der einzige Grund, weshalb er dorthin wollte, war, um zu trinken. Aber wenn er dort nicht getrunken hat, wenn er womöglich überhaupt nicht getrunken hat, warum wollte er dann allein verreisen?«

Die Sonne war zum ersten Mal seit Monaten einmal wieder stärker, und das schon früh am Vormittag, als sei sie über Nacht von den Kanaren hergereist. Es war ein Tag vor Heiligabend. Winter atmete die klare Luft ein, als er die Vasagatan hinunterging. Jedenfalls bevor er den Zigarillo anzündete und alles zerstörte.

Es war früh am Vormittag. Bergenhem kam mit der Neuigkeit.

»Wir haben es im Bankfach gefunden.«

Er legte ein Papier auf Winters Schreibtisch.

Winter las und pfiff durch die Zähne.

»Das habe ich auch gemacht«, sagte Bergenhem.

»Da haben wir ein mögliches Motiv für Balker«, sagte Winter.

»Leider haben wir ein wasserdichtes Alibi für ihn«, entgegnete Bergenhem.

Alibi. Die Definition des Wortes war »Beweis für einen

anderen Aufenthaltsort als den Tatort«, und Winter mochte weder das Wort noch seine Definition. Das Alibi machte alle Ermittlungen kompliziert. Alles könnte so einfach sein, wenn niemand ein Alibi hätte.

Winter las das Testament noch einmal durch. Susanne Balker war eine reiche Frau gewesen. Sie hatte von ihren Eltern Millionen geerbt, und die gingen nun auf ihren Mann über. Er war der einzige Erbe.

»Anständiges Weihnachtsgeschenk«, sagte Bergenhem, als Winter aufschaute.

»Sie reden von einem Mann in Trauer«, sagte Winter.

»Und der unter Schock steht«, fügte Bergenhem hinzu.

»Und zwar so sehr, dass er vergessen hat, uns zu sagen, was ihn erwartete, nun da seine Ehefrau verstorben ist.«

»Vielleicht wusste er es nicht«, gab Bergenhem zu bedenken.

»Da werden wir ihn wohl mal fragen«, sagte Winter.

Anders Balker gab sich alle Mühe, wie ein lebendes Fragezeichen auszusehen.

»Ich schwöre hoch und heilig, dass ich davon nichts wusste«, sagte er.

Schwören bei was, dachte Winter. Beim Andenken deiner ermordeten Ehefrau?

»Ist das nicht seltsam, dass sie nichts gesagt hat?«, fragte er.

Balker antwortete nicht.

»Vielleicht sollte es eine Überraschung sein«, fragte Bergenhem, der neben Winter saß. Das war eine grobe und provozierende Frage, aber Balker schien nicht darauf zu reagieren. Überraschung, wann? Nach meinem Tod zu öffnen …

Balker schwieg. Dann sagte er »Mein Gott« und sah wirklich aus wie ein Mann, der in Trauer und unter Schock war.

Er sah zu Winter und setzte an, als wolle er noch mehr sagen, aber es kam nichts. Winter wartete, aber Balker stand auf und ging, und sie konnten ihn nicht daran hindern.

Ein paar Stunden später sprachen sie mit dem Testamentsvollstrecker, dem Anwalt Morgan Schmidt, und dieser bestätigte, dass das Testament ohne Wissen von Anders Balker verändert worden war. Es war vor drei Monaten geschehen. Warum hat sie das Testament geändert?, fragte Winter. Zuvor war das Geld an unterschiedliche Stellen zu unterschiedlichen Zwecken verteilt gewesen. Es hatte gar kein richtiges Testament gegeben. Warum wollte Susanne Balker jetzt eines haben? Ich weiß es nicht, hatte der Anwalt gesagt. Aber ein Testament ist immer eine gute Idee. Zumindest für Anders Balker, hatte Winter gedacht.

»Haben Sie ihr dazu geraten?«, hatte er gefragt.

»Natürlich nicht.«

Sie hatte Geld, arbeitete aber als Schwesternhelferin, sinnierte Winter.

Sie konnten sie nicht selbst fragen. Und ihr Mann konnte keine Antwort darauf geben. Winter glaubte, verstanden zu haben: Sie war ein einsamer Mensch gewesen, und am Arbeitsplatz hatte sie eine Gemeinschaft gehabt, die sie nirgendwo anders gefunden hatte.

Aneta Djanali und Winter saßen im Café im vierten Stock, als die Sonne unterging. Winter musste seine Augen vor dem tief stehenden Licht schützen, wenn er Aneta ansehen wollte. Das Café war eigentlich nur ein Kaffeeautomat mit drei Tischen und neun Stühlen. Halders hatte es auf den Namen Café Alibi getauft: Sucht ihr mich, so werde ich immer da sein, tralala.

»Waren Sie schon mal auf den Kanaren?«, fragte Winter.

»Nein.« Sie rührte in der Tasse und lächelte. »Geografisch

gesehen gehörten die zwar zu Afrika, aber nein, ich hatte noch nicht das Vergnügen.«

Sie sah Winter an, dessen Gesicht immer noch unter seiner Hand im Halbschatten lag. »Und Sie?«

»Nein. Für mich heißt es immer Costa del Sol.«

Winters Mutter wohnte in Nueva Andalucía, direkt westlich von Marbella. Nachdem er vorher nie dort gewesen war, reiste Winter nun mit seiner Familie so oft dorthin, dass es ihn selbst erstaunte. Vielleicht hatte das etwas mit dem Alter zu tun, sowohl seinem als auch dem seiner Mutter. Oder mit Versöhnung. Oder ganz einfach mit der Sehnsucht nach wärmerem Wetter als dem Eismeerklima hier am nördlichen Ende der Welt.

»Er fährt also dorthin ...«, begann Aneta Djanali.

»In der Zwischenzeit wird seine Frau in Göteborg ermordet«, fügte Winter hinzu.

»Von jemandem, den sie vielleicht selbst einließ«, sagte Aneta.

»Oder der einen Schlüssel hat.«

»Oder der ebenso elegant einbrach, wie Fredrik das zu tun pflegt«, fügte sie lächelnd hinzu.

»Nein«, sagte Winter. »Da hätten wir Spuren festgestellt, egal wie elegant einer das macht.«

»Also ein Bekannter.«

»Vielleicht mehr als das«, sagte Winter.

»Ein Liebhaber? Hatte sie eine Affäre?«

»Möglicherweise.« Er nahm die Hand von der Stirn. Seine Schulter war erstarrt, fast in der Lage fixiert. Das Alter. »Alles ist möglich.« Er beugte sich zu Aneta vor. »Sie haben sie doch mit einem Mann zusammen gesehen. Wie sah der denn aus?«

»Das kann ich nicht sagen«, sagte sie. »Ich habe versucht, mich zu erinnern.« Sie lachte. »Da kann man mal wieder sehen. Man ärgert sich manchmal über die Zeugen, die nicht aufmerksam genug waren, und ist doch selbst kein bisschen besser.«

»Ich glaube auch nicht, dass ich eine bessere Hilfe wäre«, sagte Winter. »Sie sind zwei Fremden begegnet, das passiert manchmal hundertmal am Tag, und erst hinterher erinnert man sich, dass man die Person ja schon einmal getroffen hat. So wie jetzt, dass Sie Susanne Balker zusammen mit einem Mann begegnet sind. Ich finde das sehr schön, dass Sie sich daran erinnern.«

»Danke, Erik«, sagte Aneta Djanali, »aber wir haben ja versucht, sein Gesicht mit Hilfe des Zeichners zu rekonstruieren, und ich kann mich einfach nicht daran erinnern. Ich mache die Augen zu, kann mich aber nicht erinnern.«

»Würden Sie ihn wiedererkennen, wenn Sie ihn noch einmal sehen?«, fragte Winter.

»Ja«, antwortete sie rasch und war selbst über diese Antwort erstaunt. »Ist das nicht seltsam?«

»Nein.«

»Nein, stimmt.« Sie sah ihn wieder an. »Aber etwas anderes macht mir Sorgen.«

Winter wartete, dass sie weiterredete.

»Er weiß ja nicht, dass ich mich nicht erinnern kann, wie er aussieht.«

»Es gibt noch eine Sache«, sagte Winter. »Er weiß vielleicht auch nicht, dass Sie Polizistin sind.«

Winter versiegelte alle Pakete noch einmal mit Elsa zusammen. Und sie hatte Recht, es machte immer noch mehr Spaß, je öfter man es machte. Angela kam mit den Glöggtassen.

»Jetzt ist er aber wirklich alle«, sagte sie.

»Endlich«, sagte Winter und stieß mit Elsa an. »Dann darf ich neuen machen. Ich habe schon erwogen, damit zu experimentieren, eine Nelke wegzunehmen und einen Zentimeter mehr Zimtstange dazuzugeben.« Er sah aus, als hätte er den Geschmack schon auf der Zunge. »Vielleicht noch eine Winzigkeit Zucker dazu. Und zwei Zentiliter Cognac. Eine zusätzliche Rosine.«

»Zum Glück hört dich niemand«, sagte Angela. »Man könnte meinen, du wärst ein Snob.«

»Sorgfalt«, sagte Winter. »Hier geht es nur um Sorgfalt.«

Das Telefon klingelte. Angela ging in den Flur hinaus. Elsa begann, mit ihren Wachsmalstiften zu malen. Angela kam zurück: »Es ist Lars.«

Winter ging zum Telefon. »Ja?«

»Wir haben alle identifiziert, die seither ins Haus hinein- und wieder hinausgegangen sind«, sagte Bergenhem. Er stand vor dem großen, hundert Jahre alten Mietshaus von Aneta. Seine Kollegin Sara Helander saß mit der Kamera in einem Zivilauto. Es war kalt. Bergenhem gelobte sich selbst, von morgen an mit langen Unterhosen zu erscheinen.

»Und?«, fragte Winter.

»Alle, die hineingegangen sind, wohnen hier oder können irgendwelche Besuche bei Bekannten anführen, und diese konnten das bestätigen.«

»Habt ihr alle auf Video?«

»Ja.«

»Das muss Aneta gleich morgen sehen.«

»Ja klar.«

»Dann gute Nacht«, sagte Winter, und Bergenhem dankte ihm mit einem leicht ironischen Unterton.

Als Winter zum Weihnachtsbasteltisch im Wohnzimmer zurückkam, hatte Elsa ihr Bild fertig gemalt. Das Klingeln des Telefons hatte sie inspiriert, und nun hielt sie ihr Bild hoch. Es stellte einen Mann dar, der in einem kleinen Haus stand und einen Telefonhörer in der Hand hielt.

»Te-le-foooon-zelle«, sagte Elsa und lächelte. Und in diesem Moment hatte Winter die Eingebung, auf die er wartete, seit er in dem Schlafzimmer gestanden und auf die tote Susanne Balker gestarrt hatte. Ich bin doch ein Idiot, dachte er. Elsa sollte Schwedens jüngster Kriminalkommissar werden. Nicht ich.

Eines wusste Winter. Susanne Balker hatte ihren Mann am Donnerstagnachmittag angerufen, oder es zumindest versucht. Er wusste es, weil sie die eingehenden Anrufe im Altamar in Puerto Rico kontrolliert hatten. Sie hatten auch alle ausgehenden Anrufe für diese Tage kontrolliert, vor allem vom Zimmer von Anders Balker, und zur Sicherheit auch von allen anderen Zimmern und von den Bars und Restaurants. Es waren weniger Anrufe, als er gedacht hatte. Entweder hatten die Leute wirklich von allem Ferien oder sie telefonierten inzwischen alle von ihren Mobiltelefonen aus. Auf jeden Fall hatten sie nur einen einzigen Anruf an Susanne Balker gefunden und der war vom Handy ihres Mannes gekommen.

Warum hatte sie denn dann versucht, ihn am Donnerstagnachmittag anzurufen?

»Es war nichts Besonderes«, hatte er geantwortet, als sie ihn gefragt hatten, und als sie ihn etwas unter Druck setzten, sagte er dasselbe nur mit anderen Worten.

Sie wussten, dass sie ganz plötzlich die Schicht gewechselt hatte und nicht abends gearbeitet hatte, wie ursprünglich geplant. War sie krank? Nein, hatte ihre Stationsschwester gesagt. Eine andere Schwesternhelferin hatte vor Weihnachten einen Tag freinehmen wollen, um so länger Ferien zu haben – da war plötzlich eine Reise aufgetaucht –, und Susanne Balker hatte nichts dagegen gehabt, zu tauschen. Sie plante keine Reise.

Etwas früher in jener Woche hatte sie selbst einen solchen Tausch vorgenommen.

»War es nicht das gewesen, was sie erzählte, als sie anrief?«, hatte Winter gefragt.

»Nein«, hatte Balker geantwortet.

Als Winter Elsas gezeichnete Telefonzelle sah, hatte er plötzlich die Idee, die vielleicht eine Offenbarung war. Er rief im Altamar an und sprach mit dem stellvertretenden Filialleiter des Reisebüros. Er stellte seine Fragen.

Dann erledigte er die übrigen notwendigen Gespräche.

Er wartete ungeduldig auf eine Antwort.

Aneta Djanali versuchte, Nick Lowes neueste Platte *The Convincer* zu hören. Aber auch die Musik konnte sie nicht davon überzeugen, dass es gut war, an diesem Abend still zu sitzen und einfach zuzuhören und zu genießen. Sie verspürte eine Unruhe im Körper, die nicht weichen wollte. Vor sich sah sie ein Phantombild, ein Gesicht, das es gab, das aber sofort undeutlich wurde, wenn sie versuchte, es zu fixieren. Sie wusste, wenn sie es fixieren könnte, dann würden sie vielleicht den Mörder finden.

Sie stand auf, machte die Musik aus, ging durch die Zimmer und setzte sich schließlich in die Küche, blätterte in der Tageszeitung und stand wieder auf. Sie befüllte den Wasserkocher, schaltete ihn aber nicht ein. Sie ging ins Schlafzimmer und zog sich aus, legte den Morgenmantel an und ging ins Badezimmer, um sich ein heißes Bad einzulassen.

Sie lag in der Badewanne und schloss die Augen. Sie spürte, wie die Unruhe langsam nachließ und ein sanfter Schauer durch ihren Körper ging. Sie versuchte, an schöne Dinge zu denken, die das Leben hier lebenswert machten.

Es war still.

Sie hörte ein Knacken in einem Schloss. Erst ein Kratzen. Wie ein Stahldraht. Oder ein abgenutzter Dietrich.

Sie hörte, wie sich die Eingangstür mit diesem leicht quietschenden Geräusch, gegen das sie schon lange etwas tun wollte, öffnete.

Sie hörte einen Schritt und noch einen.

Gleichzeitig begannen die Telefone in der Wohnung zu klingeln, zu klingeln und zu klingeln.

Winter hatte den Bescheid schneller erhalten, als er erwartet hatte. Viel schneller. Vielleicht, weil er den Leuten, mit denen er gesprochen hatte, gedroht hatte.

Dann hatte er Aneta Djanali angerufen, sie war aber nicht rangegangen. Er rief Bergenhem an.

»Ist kürzlich jemand reingegangen?«

»Mindestens seit einer Stunde niemand mehr.«

»Rennen Sie schnell zu Aneta rauf!«

»Was?«

»Aneta! Rennen Sie zu ihr rauf, Sara und Sie! Sie wissen doch wohl, wo sie wohnt, oder?«

»Ja, das ist da …«

»Jetzt laufen Sie, verdammt noch mal! Sie ist in Gefahr! Sara soll uns über Funk auf dem Laufenden halten!«

Winter rief Halders an, dann Ringmar. Er sagte ungefähr dasselbe, erhielt ungefähr dieselbe Antwort.

»Es ist der Anwalt. Morgan Schmidt.«

»Was?«

»Früh am selben Abend, als Susanne Balker ermordet wurde, tätigte Anders Balker einen Anruf aus Puerto Rico, aus einer Telefonzelle vor dem Laden, der zum Hotel gehört. Und rate mal, wen er anrief.«

»Schmidt.«

»So ist es.«

»Warum?«

»Weil es eilig war. Schließlich würde er am nächsten Tag zurückfahren. Während der Woche war irgendetwas schief gegangen. Schmidt sollte Susanne Balker ermorden, aber sie war nicht zu Hause gewesen! Sie hatte in der Nacht, als sie zu Hause schlafen sollte, gearbeitet.«

»Und dann?«

»Am Donnerstag rief sie ihren Mann an und erzählte ihm, dass sie abends zu Hause sein würde, wo er doch dachte, dass sie arbeiten würde. Er rannte sofort zur Telefonzelle und rief Schmidt an. Darauf würden wir nicht kommen, meinte er. Oder wir würden den Anruf nicht verfolgen können.«

»Und wie bist du darauf gekommen?«

»Das erzähle ich später.«

»Wie sollen wir das denn beweisen können?«

»Es ist nicht sicher, dass wir es werden beweisen müssen.«

»Jetzt komme ich nicht mehr mit.«

»In diesem Augenblick kann Schmidt auf dem Weg zu Aneta sein, oder auf dem Weg in ihre Wohnung. Wir können ihn auf frischer Tat ertappen.«

»Warum sollte er auf dem Weg dorthin sein?«

»Weil sie ihn gesehen hat und er es weiß.«

»Mein Gott. Wir haben Schmidt überhaupt nicht mit demjenigen in Verbindung gebracht, den Aneta zusammen mit Susanne Balker sah. Nicht bedacht, dass er der Mann sein könnte.«

»Nein.«

»Aber wie kommt er denn zu ihr rein? Wir lassen diese Häuser schließlich beobachten.«

»Schmidt besitzt einen Schlüssel zu Balkers Wohnung. Den hat er von Anders Balker bekommen. Das Verdammte ist nur, dass dieser Schlüssel auch zu den Kellerräumen in den zwei angrenzenden Häusern passt. Das habe ich kürzlich erfahren. Die Häuser gehören demselben Besitzer. Und frag mich nicht, woher ich das weiß, ich weiß es einfach. Es gibt da unten zwischen den Häusern auch ein Tunnelsystem. Und es gibt von beiden Seiten der Häuser Eingänge zu den Kellerräumen.«

»Aber wie …«

»Und vom Keller kommt man zu den Wohnungen hinauf.«

Aneta erkannte das Gesicht des Mannes sofort wieder, als sie es sah. Es war genau so, wie sie erwartet hatte.

Sie hatte es geschafft, aus der Badewanne aufzustehen, stand aber immer noch im Wasser.

Das hier ist nicht wahr, dachte sie.

Sie wusste, warum er da war. Er hatte einen wahnsinnigen Glanz in den Augen, und in den Händen hielt er ein Seil. Aneta schrie, schrie so laut sie konnte, um ihn aus dem Gleichgewicht zu bringen. Sie versuchte, ein Bein hochzuheben, doch es war wie im Wasser einzementiert. Der Mann warf sich auf sie, das Seil um die Hände gewunden, deren Knöchel in dem nackten Licht im Badezimmer weiß leuchteten. Sie schrie wieder. Schrie.

Sara Helander rannte gerade das Treppenhaus hinauf, als sie durch die Türe das Schreien hörte. Sie zögerte keine Sekunde, schoss direkt durch das Schloss, ohne am Griff zu probieren, hörte Bergenhems Schritte hinter sich, hörte Aneta wieder schreien und schreien. Sie rannte durch den Flur, flog durch die Tür zum Badezimmer und zögerte nicht, als sie den Rücken des Mannes sah und Aneta, die immer noch stand und immer noch unverletzt war. Sara Helander rief einmal, Aneta warf sich zur Seite, aus der Schusslinie, und Sara drückte ab.

Weckruf

Sind das Zikaden, die er beim Aufwachen hört? Sind es die Grashüpfer, die ihn geweckt haben? Die Geräusche sind doch laut genug, es sind die Geräusche des Mittelmeers. Es klingt wie stählerne Schreie geradewegs durch den Raum, in dem er liegt. In dem er sich jetzt aufsetzt. In dem er sich umsieht. Wo sich die lange Gardine im schwachen Wind bewegt. Wo die Tür zum Balkon offen steht. Wo es draußen dämmert. Oder ist es Morgen? Die Zikaden sind draußen. Er bewegt vorsichtig seinen Kopf, vor und zurück. Er kann sich nicht erinnern, in dieses fremde Zimmer hineingegangen zu sein. Ja, fremd. Das hier ist nicht sein Zimmer. Er sitzt auf dem Fußboden. Es ist ein Steinboden. Im Augenwinkel sieht er etwas. Er wendet den Kopf. Er sieht ein Gesicht. Einen Körper. Er sieht Flecken auf dem Körper. Er liegt auf dem Steinfußboden, halb unter einem Tisch. Es ist still.

Er versucht, aufzustehen. Plötzlich schlägt jemand gegen eine Tür, die zu der Wohnung gehören muss. Die Laute kommen durch einen dunklen Flur gestürzt, den er sehen kann, wenn er den Kopf in die andere Richtung dreht. Er hört ein Rufen, wie einen Schrei, der lauter ist als der der Zikaden, mehr von Eisen als von Stahl. Jemand wirft sich gegen die Tür.

Der Schnee hatte alle Geräusche gedämpft. Als er seine Stiefel auf der Treppe abbürstete, hatte das im Winterabend wie ein Flüstern geklungen. Die Dunkelheit hatte ein Übriges dazu getan, sie dämpfte ebenfalls die Geräusche. Es war wie taub und blind zu sein, hatte er gedacht. Der Winter ist ein körperlicher Zustand, ein kranker Zustand. Da spielt es keine Rolle, dass wir jetzt in die höchste Zeit des Lichts vordringen.

Es war noch ungefähr eine knappe Woche bis Weihnachten gewesen. Die Leute im Viertel hatten, als wollten sie die Zeit überlisten, schon seit Monaten Lichterbögen und Sterne in ihre Fenster gestellt. In den Geschäften wurden die Leute seit Oktober auf Weihnachten vorbereitet.

Er hatte die Tür geöffnet und die Wärme im Flur gespürt, die Erdwärme. Das war immer noch etwas, worüber man sich freuen konnte. Die Wärme da drinnen war runder und deutlicher geworden, seit sie von Öl auf Erdgas umgestiegen waren. Da drinnen konnte man wie ein Mensch leben. Draußen war es schlimmer. Da war man blind und taub.

Sie hatte ein seltsames Lächeln auf den Lippen gehabt, als sie in die Küche gekommen war. Es war, als verberge sie ein Geheimnis. Und das hatte sie auch getan. Sie hatte das Geheimnis hinter ihrem Rücken hervorgeholt.

»Was ist das denn?«, hatte er gefragt.

»Ein Umschlag, das siehst du doch.« Sie lächelte noch etwas breiter. »Ein brauner Umschlag. A5. Umweltfreundliches Papier.«

»Hahaha.« Er hatte einen Schritt auf den Tisch zu gemacht. »Und ist da vielleicht etwas drin in dem Umschlag?«

»Mach ihn auf, dann siehst du schon«, hatte sie gesagt.

Er rennt durch die Öffnung auf die Terrasse. Wieder schreit jemand. Der Laut wird durch die Tür und den Flur abgedämpft. Hier ist es nicht der Schnee, der die Geräusche dämpft. Hier gibt es keinen Schnee. Er steht auf der Terrasse und hört seinen eigenen Atem durch den Kopf rauschen. Wie einen Orkan. Er dreht sich zu dem Bungalow um. Über der Terrassentür steht eine Zahl. Nummer sechzehn. Er sieht den grauen Himmel darüber. Es ist Morgen, Morgendämmerung. Die Sonne ist noch nicht aufgegangen. Es schaudert ihn, und plötzlich merkt er, dass er friert. Auch am Mittelmeer ist es Winter, ein grüner Winter.

Er rennt über die Steinplatten und hinunter zum Rasen, weg von der Wohnung. Er weiß nicht, wohin er läuft. Er weiß nicht, wo er ist. Er weiß nicht, wie er dorthin gekommen ist. Alles das hier ist unwirklich, denkt er, das geschieht nicht in Wirklichkeit. Doch es geschieht, er muss nur das feuchte Gras unter seinen nackten Füßen spüren, um zu begreifen, dass es wirklich ist. Er weiß nicht, warum er auf diese Weise flieht, aber er weiß doch, dass er es tun muss. Das ist der Instinkt, denkt er, als er an einem Swimmingpool vorbeiläuft. Ich bin ein Tier geworden.

»Nun mach schon auf!«, hatte sie wieder gesagt.

Er hatte den Umschlag aufgerissen.

»Was ist das denn?«, hatte er gefragt.

»Weißt du nicht, wie ein Flugticket aussieht?«, hatte sie gefragt, und da hatte er das seltsame Lächeln verstanden, und es war nicht mehr seltsam gewesen.

Er hatte den Text auf den Tickets gelesen. Das Ziel. Das Datum.

»Verdammt«, hatte er gesagt.

»Ich habe so oft gehört, dass du dort gern wieder einmal hinfahren würdest«, hatte sie gesagt. »Jetzt ist es so weit.«

Er hatte wieder das Ticket gelesen.

»Aber das ist ja über Weihnachten«, hatte er gesagt.

»Ist das ein Problem?«

»Nein, nein, es ist nur ...«

»Kommt der Weihnachtsmann nur, wenn es Schnee gibt?«, hatte sie gefragt.

»Er war doch schon hier«, hatte er geantwortet und das Ticket gegen das Licht gehalten.

»Ich habe fast schon gedacht, dass du gar nicht wieder hinfahren möchtest«, hatte sie gesagt, »dass du das nur immer gesagt hast.«

Er hatte nicht geantwortet.

Er rennt durch ein Hotelfoyer. Eine Frau hinter dem Tresen schaut ihm nach, als er über den glänzenden Fußboden rutscht. Als würde man auf Eis laufen. Im Augenwinkel sieht er, wie sich jemand von einem Sofa erhebt und etwas ruft, das an ihn gerichtet sein könnte, aber er bleibt nicht stehen. Auch auf dem Parkplatz, der sich in fünfzig Meter Entfernung von der Straße auftut, bleibt er nicht stehen.

Er sieht keine Bewegung auf der Straße, als er über den Parkplatz läuft. In der Entfernung die Berge, ihre weißen Kappen. Da gibt es genug Schnee. In diesem Land wohnt der Weihnachtsmann vielleicht dort hinten, kann er gerade noch denken, ehe die Sonne über den Bergen aufgeht, ihre Strahlen auf seine Augen richtet und ihn blind macht.

Sie waren in einem Meer aus Sonne gelandet. Es war die Stunde vor der Dämmerung gewesen.

»Wie wunderschön«, hatte sie gesagt.

Als sie aus dem Flugzeug ausstiegen, strömten alle Gerüche auf ihn ein, und es war, als wäre er nie weg gewesen, als würden zwanzig Jahre seines Lebens auf die viereinhalb

Stunden komprimiert, die es gedauert hatte, bis zu dieser Insel im östlichen Mittelmeer zu fliegen. Es ist doch etwas Erstaunliches mit Gerüchen, hatte er gedacht. Wenn man einen Geruch vernimmt, kommt die Erinnerung sofort zurück.

»Und erkennst du alles wieder?«, hatte sie gefragt, als sie über die warme Landebahn zur Ankunftshalle gegangen waren.

»Flugplätze sehen doch alle irgendwie gleich aus.«

»Ich meinte die da«, hatte sie gesagt und auf die schneebedeckten Berge im Nordwesten gezeigt.

»Ich nehme mal an, dass das dieselben Berge sind wie damals.«

»Sie sind schön.«

»Man kann dort Ski fahren«, hatte er gesagt, »es gibt sogar Lifte dort.«

»Ich bin nicht hierher gekommen, um Ski zu fahren.«

Unerwarteterweise hatten sie nur kurze Zeit auf ihre Taschen warten müssen. Und er hatte alles wiedererkannt. Er hatte angenommen, dass der Flughafen in der Zwischenzeit bis zur Unkenntlichkeit umgebaut worden wäre, aber es schien nicht viel geschehen zu sein. Das war seltsam. Als ob die Zeit stillgestanden hätte, als ob alle Gerüche konserviert und die Zeit und die Erinnerung bewahrt worden wären.

Sie hatten ein Taxi zur Stadt genommen, die vier Kilometer östlich vom Flugplatz lag. Ihm war, als wären auch die Taxis dieselben, sie waren genauso heruntergekommen wie damals.

»Das Camp ist immer noch da«, hatte er gesagt und nach links aus dem heruntergekurbelten Fenster gezeigt.

Sie hatte den Kopf gedreht und die niedrigen Gebäude auf der anderen Seite des kleinen Salzsees betrachtet. Auf dem Grund des Sees gab es jetzt Wasser, nicht viel, aber immerhin Wasser. Im Sommer war der See ein ausgetrockneter Krater.

Er war in einem schrecklich trockenen Sommer einmal über den Grund des Sees gewandert.

»Es sieht kleiner aus, als ich gedacht hatte«, hatte sie gesagt. »Das Camp, meine ich.«

»Es wirkt größer, wenn man näher herangeht«, hatte er geantwortet.

»Wirklich?«

»Ja.«

»Wusstest du, dass es noch existiert? Dass die Gebäude noch da sind?«

»Nein. Wie sollte ich das wissen?«

»Wann sind die Vereinten Nationen denn hier weg?«, hatte sie gefragt.

»Sie sind immer noch da«, hatte er erwidert und einem schwarzen Vogel nachgesehen. Er schwebte über einem der Gebäude des Camps.

»Ich meine die schwedischen Vereinten Nationen. Du weißt ja wohl, was ich meine.«

»Die sind auch noch da. Glaube ich. Ein Dutzend Polizisten in Zivil oder so.«

»Aber die halten sich ja wohl nicht mehr dort auf, oder?«, fragte sie und nickte zu den Gebäuden hinüber. Im Licht der Dämmerung wirkten sie dünn. Da waren fast keine Farben mehr. Es hatte dort noch nie viel Farbe gegeben, ein schwaches Gelb, ein schwaches Blau, aber jetzt hatte die Zeit auch noch die bleichen ursprünglichen Farben weggewaschen. So hatte die Zeit hier gearbeitet, hatte er gedacht, als sie weiter Richtung Stadt gefahren waren. Das Camp ist von der Zeit gezeichnet.

Sie waren an dem antiken Fort vorbeigefahren, das die Grenze zu der alten Stadt markierte. Die Ruinen waren im Licht der sinkenden Sonne schwarz gewesen. Der Weg wand sich immer noch wie damals um die Festung.

Die Palmen auf der Strandpromenade waren dieselben gewesen. Die Straßencafés waren geöffnet. Das hier war eine andere Art Winter. Er hatte sich auch daran erinnert.

Am Strand spazierten Menschen. Von irgendwoher Musik. Die letzten Strahlen der Sonne schienen ihnen ins Gesicht. Sie hatte immer noch den Blumenkranz um, den eine Frau ihnen als üblichen Willkommensgruß um den Hals gehängt hatte, als sie aus dem Flugzeug stiegen. Als sie auf dem Rücksitz des Taxis saßen, sah sie sich um.

»Wie wunderschön«, hatte sie gesagt.

Er blinzelt gegen die Blindheit an, als er in den Schatten läuft. Der Asphalt ist rau und kalt unter den Fußsohlen. Das ist nicht wie der warme Belag des Flugplatzes beim Aussteigen. Das war vor zwei Tagen. Wenn jetzt Morgen ist, dann ist es der zweite Morgen.

Das heißt, dass heute Heiligabend ist, und das hier der Morgen von Heiligabend.

Er kommt an eine Wegkreuzung. Auf der anderen Seite eines Feldes sieht er das Meer. Er schaut nach rechts, da schimmern ein paar hohe Gebäude in der Morgensonne. Das ist die Stadt. Links, quer über die Kreuzung, ein paar hundert Meter entfernt, erheben sich zwei hohe Hotelgebäude. Die waren vor zwanzig Jahren auch schon da. Er war oft da, in den Bars und am Strand vor dem Hotel.

Er dreht sich um. Er ist fünfhundert Meter gelaufen, vielleicht siebenhundert.

Jetzt weiß er, wo er ist, findet sich wieder zurecht. Das hier ist ungefähr fünf Kilometer von der Stadt entfernt, nach Osten zum Meer hin. Aber er weiß nicht, wie er hierher gekommen ist. In seinem Kopf findet sich keine Erinnerung an die Nacht. Keine Zeit.

Das Hotel lag mitten an der Strandpromenade. Sie hatten in der Lobby gewartet, während das Personal die Taschen die schwarz glänzenden Steintreppen hinaufgetragen hatte.

»Das hier ist das älteste Hotel der Stadt«, hatte er gesagt.

»Es ist schön«, hatte sie erwidert. »Ich mag diese altmodischen Häuser.« Sie hatte sich umgeschaut. Auf beiden Seiten der Lobby standen Palmen in Kübeln. »Es ist wirklich aufregend.«

»Wir haben hier ein Weihnachtsessen gehabt.«

»Wirklich?«

»Truthahn mit allem, was dazugehört.«

»Mit wem?«

»Ich und zwei weitere Informationsoffiziere«, hatte er geantwortet. »Der Speisesaal lag hinter diesen Türen.« Er hatte in Richtung zweier mit Schnitzereien verzierter Holztüren genickt, die aufglitten, als hätten sie auf sein Zeichen gewartet. Er hatte die weißen Tischtücher gesehen und die grünen Pflanzen, die in einem Muster über die hintere Wand rankten. »Und er ist immer noch da.«

»Dann können wir unser Weihnachtsessen ja auch dort nehmen.«

»Aber du magst doch gar keinen Truthahn.«

»Hier ist das etwas anderes.«

»Was heißt das?«

»Dass man hier ein anderer Mensch wird.«

Von der größeren Straße her hört er Sirenen und sieht eines der örtlichen Polizeiautos in den hundert Meter entfernten Seitenweg abbiegen. Das Geräusch wird lauter und dann wieder leiser. Er versteckt sich, hockt sich in das trockene Gras, das nach sonnenverbrannten Kräutern und Salz riecht.

Von dort, wo er sitzt, mit den nackten Füßen in der roten Erde, kann er das Polizeiauto nicht mehr sehen. Er spürt, wie es nach diesem Lauf auf seinen Füßen brennt und auch an den Fußsohlen, aber er kann nicht nachschauen, ob da irgendwelche Verletzungen sind.

Die Sonne ist jetzt über allen Gebäuden aufgegangen, ein starker Schein in seinen Augen.

Er hört wieder die Sirenen. Ein weiteres Polizeiauto biegt ein. Er lässt sich wieder niedersinken, legt sich diesmal ganz flach auf die Erde.

Mein Gott, denkt er. Das ist doch Wahnsinn. Aber ich habe Panik gekriegt. Jeder würde da Panik bekommen. Es würde ja genügen, wenn ich denen sage, dass ich einfach Panik bekommen habe. Ich bin aufgewacht und wusste nicht mehr, wo ich bin, und deshalb bin ich losgerast. Ich war erschrocken. Wer würde in so einer Situation nicht erschrecken? Man wacht in einem fremden Zimmer auf, und neben einem liegt ein lebloser Körper, und jemand bollert an die Tür und schreit von draußen. Würden Sie da nicht auch erschrecken, Herr Kommissar?

Aber er weiß, dass er nicht aufstehen und zu dem Apartmenthotel, oder was es auch immer war, zurückgehen wird, um sich der Gerechtigkeit zu stellen. Er weiß nämlich, welche Art von Gerechtigkeit auf dieser sonnigen Urlaubsinsel herrscht. Er weiß, was mit Festgenommenen geschehen ist, die versucht haben, zu erklären, warum sie getan haben, was sie getan haben. Wenn sie etwas getan hatten. Er hatte die Zellen gesehen. Er hatte die Verhöre erlebt. Er kannte die Leute, die die Verhöre leiteten. Er hatte die Gefangenen gesehen. Hinterher.

Damals war er durch seine Uniform geschützt gewesen.

Jetzt trägt er nicht einmal anständige Kleider am Leib. Er besitzt überhaupt keine anständigen Kleider, nur ein Unterhemd und die Boxershorts. Er spürt die Sonne auf seinen Kopf brennen. Sie ist auch am Heiligabend sehr stark. Es ist schon lustig mit der Sonne in diesem Land. Je stärker das Licht, desto dunkler die Gefängniszellen. Wer im Gefängnis landet, sieht die Sonne überhaupt nicht mehr.

Plötzlich hört er neben sich ein Zischen, das fast wie ein menschlicher Laut klingt. Er sieht die Reflexe im Gras blinken, weiß, was das ist, und wirft sich gerade noch zurück, ehe die tödliche Silberschlange angreifen kann.

Der Körper des Reptils saust zehn Zentimeter neben ihm wie ein Blitz durch die Luft. Ein Biss, und er würde noch eine halbe Stunde haben, Polizei und Gefängniszellen hin oder her. Sonnenschein hin oder her. Weihnachten oder nicht. Verbrechen oder nicht.

Ich muss irgendwohin gehen, wo ich nachdenken kann. Er steht langsam auf. Dann werde ich telefonieren können.

Oben im Zimmer hatte sie die großen Fenster zur Strandpromenade und zum Meer geöffnet. Die Gerüche und die Geräusche waren hereingeströmt. Alles war so fremd für sie, so wunderbar fremd.

»Ich habe noch niemals so einen roten Himmel gesehen«, hatte sie gesagt und sich nach Westen hinausgelehnt. »Der ganze Himmel ist rot wie eine Blutorange.«

»Das heißt, dass es morgen auch wieder schön wird«, hatte er gesagt.

»Deshalb sind wir ja hier«, hatte sie geantwortet und sich vom Fenster abgewandt. Und dann war er durchs Zimmer gegangen und hatte sie umarmt.

Zwei Stunden später waren sie in den Speisesaal des Hotels gegangen und hatten kleine gefüllte Paprika und gegrillten Fisch bestellt. Die letzte halbe Stunde, als sie bei Kaffee und Brandy einfach nur dasaßen, war es ihm schwer gefallen, die Augen offen zu halten.

Danach hatte er wie ein Kind geschlafen. Als er erwachte, hatte er den Geruch des Morgens im Zimmer verspürt. Er hatte sie in der Dusche gehört, das Geräusch brausenden Wassers. Er konnte sich nicht entsinnen, wann er das letzte Mal eine ganze Nacht durchgeschlafen hatte, ohne mehrmals aufzuwachen.

Sie hatte die Tür des Badezimmers geöffnet und war mit einem Handtuch um den Kopf herausgekommen.

»Guten Morgen, du Schlafmütze«, hatte sie gesagt.

»Wie spät ist es?«

»Halb zehn.«

»Mein Gott.«

»Scheinbar brauchtest du mal Ferien.«

»Und die haben ja gerade erst begonnen«, hatte er gesagt, sich im Bett aufgesetzt und die Füße auf den kühlen Steinfußboden gestellt.

»Sollen wir in irgendeinem Straßencafé frühstücken?«, hatte sie gefragt und zum Fenster gedeutet.

Er hatte gesehen, wie sich die Palmenblätter im schwachen Wind wiegten.

»Du hattest Recht«, fuhr sie fort, »heute wird es auch wieder schön.«

Am Himmel ist keine Wolke zu sehen. Er rennt über die Straße, die zu der drei Kilometer außerhalb der Stadt liegenden englischen Airbase und dann weiter zu den neuen Badeorten Richtung Osten führt. Vor zwanzig Jahren gab es dort gar nichts, abgesehen von einer kleinen Taverne am Strand, nur ein Schuppen. Jetzt findet man da große Hotelkomplexe, Pools, Restaurants, Bars, mehrere Supermärkte, Tennisplätze, alles.

Sie hatten vorgehabt, einmal raufzufahren und in dem klaren Wasser zu baden. Es ist klarer dort, klar wie Kristall. Morgen, denkt er, als er auf der anderen Seite der Straße in

Richtung Strand läuft, um dort bei dem großen Hotel Schutz hinter den Büschen zu suchen. Morgen wollten wir dorthin fahren. An Heiligabend. Wenn der Heilige Abend kommt, denkt er und erreicht die schützenden Büsche. Er atmet heftig. Sein Puls rast vom Laufen, aber auch von der Angst und der Anspannung, die er wie ein Fieber im Körper fühlt.

Nach dem Frühstück waren sie die Promenade entlangspaziert. Ein paar Häuser waren renoviert worden, vielleicht waren sie auch ganz neu, aber insgesamt fand er, dass alles so aussah wie damals. Die alte Stadt jenseits der Strandpromenade war dieselbe. Sie waren an dem Haus vorübergegangen, in dem er in der ersten Zeit gewohnt hatte. Die Tür war unverändert. Er hatte ihr nichts gesagt über das Haus oder die Wohnung im ersten Stock, wo die Fenster zum schattigen Vormittag hinaus geöffnet waren. Warum habe ich nichts gesagt?, hatte er gedacht, als sie um die Ecke gebogen waren. Ich hätte zumindest sagen können, dass ich dort eine Zeit lang gewohnt habe. Ich hätte nichts … nichts sonst sagen müssen. Sie hätte nicht danach gefragt. Warum hätte sie fragen sollen? Sie weiß doch gar nichts. Woher sollte sie auch?

Sie waren an der eisernen Tür der Markthalle vorbeigekommen.

»Wollen wir nicht hier hereingehen?«, hatte sie gefragt.

Drinnen war es dunkel gewesen, eine feuchte Dunkelheit.

Es hatte sich nichts da drin verändert. Da waren dasselbe Gemüse und dieselben Kräuter, die alles in einen Geruch einhüllten, den es nur dort drin geben konnte.

Als sie die lange Markthalle halbwegs durchquert hatten, war zwischen zwei Ständen jemand von links herausgekommen. Sie waren fast in der Mitte der Halle zusammengestoßen. Es gab dort eine Art Kreuzung, auf der vier Gänge sich trafen.

»*Oh, I'm sorry*«, hatte die Person gesagt, es war ein Mann in seinem Alter. Es war offenkundig gewesen, dass er nicht aus diesem Land stammte. Sein Haar war blond, von der Sonne weiß ausgebleicht.

Er stiehlt einen Bademantel, der über einem Stuhl liegt. Er ist weiß, weiß wie der Himmel in ein paar Stunden sein wird. Er zieht ihn an und geht zwischen den Büschen und noch einem Pool hindurch über den Streifen Strand. Dort hinten: das Meer. Es rollt in langen Wellen auf den Strand. Die Wellen wirken, als ob sie den ganzen Weg von Afrika, von der anderen Seite des Meeres hergekommen wären.

Im Sand liegt ein Sonnenhut mit breiter Krempe, er hebt ihn auf, sieht sich um und setzt ihn dann auf. Er passt, ist sogar etwas zu groß, was sehr gut ist.

Er geht durch den Sand auf die Stadt zu, in weißem Mantel, Strohhut und barfuß. Das würde überall sonst auffallen, nicht jedoch hier, wo er zwischen hundert anderen geht.

Er geht direkt am östlichen Ufer auf der Straße in die Stadt. Auch hier ist seine Kleidung noch akzeptiert. Niemand dreht sich nach ihm um. Er sieht sich über die Schulter, geht dann sicherheitshalber in eine Gasse, wartet ein paar Minuten und tritt dann wieder auf die Straße.

Eine schmale Straße führt zur Rückseite ihres Hotels. Er kann die Strandpromenade erkennen, als er sich dem Hotel nähert, grüne Palmenblätter lassen Sonnenreflexe durchblitzen.

Er steht in der Gasse. Ein Polizeiauto fährt vorbei. Er beugt sich vor und schaut um die Ecke. Das Polizeiauto bleibt vorm Eingang stehen. Dort steht bereits ein anderes Polizeiauto. Schnell zieht er den Kopf zurück. Er versucht nachzudenken.

Woher weiß er, dass die Polizei wirklich ihn jagt? Es kann

gar nicht anders sein. Sonst wären sie nicht hier. Aber woher wissen sie, dass ausgerechnet er in dem Zimmer war? Das muss ihnen jemand gesagt haben. Es muss ihn jemand gesehen haben, als er dorthin ging.

Oder er muss ihn selbst dort ... hingebracht haben. Hingelegt haben.

Ihn dort ... arrangiert haben. Ein Arrangement.

Er spürt, wie das Blut etwas langsamer durch seinen Körper fließt, wenn er denkt. Er kann sich immer noch nicht daran erinnern, wie er in diesem Raum gelandet ist. Sein Kopf fühlt sich dumpf an, aber nicht, als hätte er einen Kater. Er weiß, wie sich ein Kater anfühlt. Also kann er sich nicht bewusstlos gesoffen haben und dann in dieses Zimmer transportiert worden sein. Könnte er in dem bewusstlosen Zustand, den der Alkohol hervorrufen kann, in dem die Beine und der Rest des Körpers sich bewegen, während das Gehirn ausgeschaltet ist, dorthin gegangen sein? In diesem Zustand kann jeder alles Mögliche tun. Aber nein. Er hatte nicht getrunken, jedenfalls nicht so viel.

Jemand muss ihm etwas anderes gegeben haben.

Er wendet sich um und geht in die Gasse zurück. Dort im Schatten verspürt er Kälte unter den Fußsohlen. Ich brauche Schuhe, denkt er. Er denkt an seine Frau. Sitzt sie jetzt gerade in dem Zimmer? Zusammen mit den faschistoiden Schnüfflern in ihren schwarzen Uniformen?

Auf dem Couchtisch oder vielleicht auch auf dem Bett werden die Weihnachtsgeschenke liegen. Die Schnüffler werden die Pakete öffnen. Aus Sicherheitsgründen.

Mitten im Gehen hält er inne.

Es gibt einen Ort, an den er sich begeben kann, wo man ihm helfen wird. Wenn er es schafft, dorthin zu kommen.

Der blonde Mann war ebenso schnell wieder verschwunden, wie er gekommen war, im Überfluss der Markthalle wie vom Erdboden verschluckt. Er wollte ihm nachschauen.

»Kanntest du den?«, hatte sie gefragt.

»Ich weiß nicht«, hatte er geantwortet.

»Er schien dich aber nicht wiederzuerkennen«, hatte sie gesagt.

Sie waren auf der anderen Seite wieder aus der Halle herausgegangen. Die Sonne hatte sie – nach dem Dunkel drinnen – geblendet. Er hatte sich seine schwarze Sonnenbrille aufgesetzt. Da hatte die Welt eine andere Farbe bekommen, dunkler. Von irgendwoher war Musik über die Straße geströmt, die Musik dieses Landes. Es war eine Leidensmusik, eine starke Passion. Eine Frau sang, als würde es um Leben und Tod gehen.

»Was ist das für ein Lied?«, hatte sie gefragt, als ob er das wissen müsste.

»Ich glaube, es geht um Weihnachten«, hatte er geantwortet.

»Stimmt, morgen ist ja Weihnachten«, hatte sie gesagt. »Das kommt einem richtig unwirklich vor.«

»Bis morgen wirst du dich daran gewöhnt haben«, hatte er gesagt.

»Ich weiß aber nicht, ob ich mich daran gewöhnen will.« Sie hatte mit einem Lächeln zu ihm aufgeschaut. »Dann ist es ja wie zu Hause, oder?«

Sie waren weiter die Strandpromenade hinuntergeschlendert, in Richtung auf das Fort zu. Es sah immer noch so aus wie damals, und so sah es jetzt schon siebenhundert Jahre aus.

»Wie lange braucht man bis zum Camp der Vereinten Nationen?«, hatte sie gefragt.

»Willst du dorthin laufen?«

»Ja.«

»So etwa eine Stunde.«

»Können wir das nicht machen?«

»Das wird warm werden«, hatte er gesagt. »Die Sonne kann heimtückisch sein.«

»So warm ist es doch gar nicht.« Sie hatte zum offenen Himmel gezeigt. »Es ist doch mitten im Winter, oder?« Und dann hatte sie wieder gelacht. »Es gibt doch auch hier einen Winter.« Und sie hatte die feuchte Winterluft mit einem tiefen Atemzug eingesogen. »Und es gibt Weihnachten.« Sie hatte ihn wieder angeschaut. »Morgen habe ich eine Überraschung für dich.«

Er geht in Bademantel und Strohhut durch die alte Stadt. Er spürt, dass sich ein paar Leute, die ihm entgegenkommen, nach ihm umdrehen. Hier gibt es keine Hotels, zu denen die Badegäste in Badebekleidung zurückkehren. Hier gehen die Leute normal angezogen herum.

Er spürt seine Füße kaum mehr, und das ist ein Vorteil. Dann braucht er auch keine Schuhe mehr.

Auf der anderen Seite der Kreuzung kann er das Haus sehen. Es ist von einer Mauer umgeben, die von derselben Sandfarbe ist wie das Haus, als hätte der Wind den Sand von den Stränden mitgebracht und dort angeklebt.

Der Verkehr ist ruhig, das hier ist eine ruhige Umgebung. Er überquert die Straße und geht zu der Mauer.

Dann steht er am Tor, probiert, es ist verschlossen. Er sieht das weiße Auto, das vor der Tür der Villa geparkt ist. Es scheint immer noch dieselbe Marke zu sein. Ein Zivilfahrzeug der Polizei. Was für ein beschwerliches Wort. Aber die Polizisten da drin sind Polizisten aus seinem eigenen Land, und im Moment sind sie seine einzige Rettung, denkt er. Er kann mit jemandem sprechen, der vielleicht alles versteht.

Erklären. Erklären, dass er nichts weiß, dass er ebenso unschuldig ist, wie sie es sind. Sie werden ihm helfen.

Plötzlich hört er Sirenen aus der Stadt. Der Laut kommt näher.

Sie waren den Hügel hinauf zum Camp gewandert. Der Weg war besser in Schuss als damals, aber immer noch so schmal. Die Wächterhäuschen waren auch noch dieselben, aber nicht mehr in Gebrauch.

Die Gebäude waren um den offenen Platz gruppiert, wo der Doktor jeden Morgen um sechs Uhr fünfundvierzig zum Aufstehen geblasen hatte.

Es war eine Geisterstadt gewesen, ein Geisterquartier. Alles war noch da, außer den Menschen. Er hatte die Augen geschlossen und meinte plötzlich die Geräusche von Menschen und Fahrzeugen zu hören. Dann hatte er die Augen wieder geöffnet. Sie waren durch das Tor geschritten, das jetzt nur mehr eine Öffnung ins Nichts war. Der Wind hatte ein paar trockene Zweige über den Platz geblasen, und plötzlich war die Sonne hinter einer Wolke verschwunden, und sie hatte gezittert.

»Es ist hier fast ein wenig unheimlich«, hatte sie gesagt.

»Es ist eben alles verlassen«, hatte er geantwortet.

»Aber die Häuser haben sie stehen lassen.«

»Sie scheinen alles stehen gelassen zu haben.«

»Warum wohl?«

»Der Staat hat das Camp übernommen, und wahrscheinlich war es billiger, es stehen zu lassen, als den ganzen Mist abzureißen«, hatte er geantwortet.

»Wo hast du gelebt?«

Er hatte auf eine Baracke auf der anderen Seite des offenen Platzes gezeigt. Sie lag neben einer anderen lang gestreckten Baracke, die die Offiziersmesse gewesen war.

Die Tür zu seinem alten Arbeitsplatz hatte offen gestanden. Es war die einzige offene Tür, die sie sehen konnten.

»Arbeitet da immer noch jemand?«, hatte sie gefragt und zu der Baracke genickt.

»Hier läuft nichts mehr«, hatte er gesagt.

»Sollen wir mal hingehen und reinschauen?«

»Da gibt es nichts zu sehen.«

»Bist du nicht neugierig?«

»Worauf denn? Auf vier Rigipswände und ein Fenster?«

»Vielleicht findest du etwas dort, was du vergessen hast.«

»Ich habe nichts vergessen.«

Sie war losgegangen, um den Platz zu überqueren. Er war ihr gefolgt.

Auf halbem Weg zur Baracke meinte er plötzlich, dass sich da drin etwas bewegte, ein Schatten bei der Tür. Sie hatte nichts gesehen.

»Was war das hier?«, hatte sie gefragt und zu der langen Baracke rechts gewinkt.

»Die Messe. Die Offiziersmesse.«

»Ich wette, dass du da ziemlich viel Zeit verbracht hast«, hatte sie mit einem Lächeln gesagt.

»Mein zweites Zuhause«, hatte er geantwortet und den Blick auf das dunkle Viereck geheftet, das die Türöffnung war. Er hatte wieder eine Bewegung gesehen.

Die Sirenen scheinen von allen Seiten zu kommen, auch aus der Luft, als hätte die Polizeimacht Helikopter angefordert, um ihn als den Staatsfeind Nummer eins zu verfolgen. Enemy Number One. Er steht am Tor. Er sieht das erste schwarze Polizeiauto von der anderen Seite der Straße auf den Hof fahren. Das Tor muss von drinnen geöffnet worden sein. Hatte sie ihn nicht dort stehen sehen?

Das schwarze Polizeiauto bremst abrupt neben dem weißen Zivilfahrzeug. Schwarz und weiß, denkt er. Alles scheint schwarz oder weiß zu sein. Hier gibt es nichts dazwischen. Hier ist man schuldig, bis man das Gegenteil bewiesen hat. Und das ist sehr schwierig.

Er sieht noch ein Auto der örtlichen Polizei ankommen und draußen auf der Straße parken. Vier Uniformierte steigen aus und bauen sich mit Maschinenpistolen in den Händen an der Straße auf. Mein Gott, denkt er. Vielleicht bin ich ja wirklich der Staatsfeind Nummer eins. Es schaudert ihn in seinem Bademantel, genau, wie es seine Frau gestern oben im Camp geschaudert hatte. Jesus, das war erst gestern. Der Tag vor Weihnachten.

Sie hatten auf dem zentralen Platz des Camps gestanden. Sie war zehn Meter von der Baracke entfernt stehen geblieben und hatte sich umgedreht. Von dort aus konnte man fünfhundert Meter unterhalb des Abhangs einen Streifen Meer sehen. Sie hatte die Augen wegen des Glitzerns auf dem Wasser zusammengekniffen. Die Sonne brannte wieder am Himmel.

»Habt ihr das ganze Jahr über gebadet?«, hatte sie gefragt.

»Ich nicht«, hatte er geantwortet.

»Feigling.«

»Aber ich habe am Weihnachtsabend ein Bad genommen.«

»Zu Weihnachten einmal kurz eintauchen«, hatte sie gelacht.

»Genau. Es war Tradition, dass am Weihnachtsabend alle mal ins Wasser sprangen.« Er hatte in Richtung auf das Meer gezeigt. »Hunderte warfen sich dort unten in die Wellen.«

»Können wir das morgen nicht auch machen?«, hatte sie gefragt. »Einmal ganz kurz eintauchen!«

»Nie im Leben.« Er hatte sich wieder zu den Baracken umgewandt. »Also, ich jedenfalls nicht.«

Sie hatte sich auch umgedreht.

»Wer ist denn das?«, hatte sie gefragt, als der Mann aus der Baracke trat. »Ist das nicht der, den wir in der Markthalle getroffen haben?«

Der blonde Mann hatte an der Tür gewartet. Sie waren die letzten Schritte dorthin gegangen.

»Ich schaue manchmal etwas nach dem Laden hier«, hatte der Blonde gesagt. »Das macht sonst niemand.« Er hatte ihr die Hand entgegengestreckt. »Mein Name ist Dan Morris.«

»Gabriella Berger«, hatte sie geantwortet. »Und das ist mein Mann Richard.«

»Sie kamen mir bekannt vor«, hatte Richard gesagt.

»In der Markthalle? Ja, da kamen Sie mir auch bekannt vor.«

»Das müsst ihr aber mal erklären«, hatte sie eingeworfen.

»Wir haben zusammen hier Dienst getan«, hatte Richard gesagt.

»Offenbar haben wir uns nicht völlig verändert«, hatte Dan Morris geantwortet.

»Und was machen Sie hier?«

»Hier? Hier im Camp? Hier in der Stadt? Oder hier auf der Insel?«

»Wählen Sie selbst.«

»Ich bin einfach hier geblieben.«

»Warum denn?«, hatte Gabriella gefragt.

»Ich bin einfach nicht mit der Einheit nach Hause gefahren. Ich konnte hier unten abmustern, und dann, tja, dann bin ich hier geblieben.«

»Warum denn?«

»Wegen der Sonne«, hatte Dan Morris mit einem Lächeln geantwortet.

Er macht einen Schritt zurück in die Gasse. Er sieht, wie einer der Polizisten am Auto auf der anderen Straßenseite den Blick hebt und ihn direkt anzuschauen scheint. Er steht, so still er kann, und betet, dass der verdammte Bademantel nicht wie eine Lampe da drinnen in der Gasse leuchtet. Dann sieht er, wie der Polizist einen Schritt auf die Straße macht. Die Sonne glitzert auf der Maschinenpistole, als er sie anlegt. Er hört ihn rufen und sieht, dass er anfängt zu laufen.

»Ist denn von früher noch etwas übrig?«, hatte Richard gefragt und zur Tür genickt.

»Ein Schreibtisch und ein Stuhl, das ist alles«, hatte Morris geantwortet.

»Dann ist das ja ungefähr so wie in der guten alten Zeit.« Richard trat über die Schwelle. »Abgesehen davon, dass wir auch noch die eine oder andere Karte hier drinnen hatten.«

»Die sehen auch immer noch gleich aus«, hatte Morris gesagt und sich Gabriella zugewandt, um ihr das zu erklären. »Die Pufferzone ist unverändert. Die Insel ist geteilt. Es hat immer noch keinen Sinn, die Karten von dieser Insel umzuschreiben.«

»Status quo«, hatte Richard gesagt. »Darum dreht sich alles. Mehr konnten wir ja kaum tun. Den Status quo aufrechterhalten.«

Richard hatte mitten im Raum gestanden. Drinnen war es heller, als es von außen gewirkt hatte. Ein Fenster oben im Dach hatte etwas Licht hereingelassen. Er konnte sich an die Gerüche erinnern, den trockenen Geruch von Sonne und Wind, von Staub und sprödem Holz. Er erinnerte sich, dass die Wände so dünn gewesen waren, dass er ständig die Kollegen in den angrenzenden Räumen durch die schlechte Telefonverbindung mit der Hauptstadt hatte schreien hören.

Plötzlich hatte man ein schwaches Klingeln in dem stillen

Raum gehört. Dan Morris hatte die Hand in die Innentasche seines Leinensakkos gesteckt, ein Handy herausgeholt, aufs Display geschaut und weggedrückt.

»Entschuldigung.«

»Lassen Sie sich durch uns nicht stören«, hatte Richard gesagt.

Doch Dan Morris hatte den Kopf geschüttelt. »Es ist nichts Wichtiges.« Er hatte durch die Tür hinausgeschaut in das Licht, das draußen sehr stark zu sein schien. Die Luft war durchsichtig wie Glas. »Aber jetzt werde ich mich mal aufmachen.« Er hatte Gabriella wieder die Hand entgegengestreckt. »War schön, Sie kennen zu lernen.« Dann hatte er den Blick von ihr gewandt und sie beide angeschaut. »Darf ich Sie vielleicht heute Abend zum Essen einladen?« Er hatte Gabriella zugelächelt. »Ich verspreche auch, dass wir nicht nur von den Vereinten Nationen reden werden.« Er hatte Richard angeschaut. »Lassen Sie mich eine Bar empfehlen, wo wir uns zu einem kleinen Aperitif treffen können.«

Er hört Schüsse hinter sich, eine Serie von Schüssen, die auf alles Mögliche zielen konnten. Er rennt auf gefühllosen Füßen, es ist, als würde man in Luft rennen, als würde man fliegen, aber nicht schnell genug.

Er läuft aus der Gasse zum anderen Ende des Viertels, und zwei Polizeiautos kommen ihm entgegen. Die Polizisten wissen, wie diese Stadt aussieht, wie sich die Gassen dahinschlängeln. Die brauchen keinen Stadtplan. Er eilt zurück in die Gasse, ein wahnsinniger Reflex. Aber er erinnert sich, dass er dort an einer Tür vorbeigelaufen ist, die angelehnt war. Da ist die Tür.

Sie waren zum Strand spaziert. Ein paar Touristen badeten, und das Wasser schien nicht allzu kalt zu sein.

»Wie gut kanntest du Dan Morris?«, hatte sie gefragt.

»Nicht besonders gut.«

»Hattet ihr keinen privaten Kontakt?«

»Na ja, wenn man so lebt und arbeitet, wie wir es taten, dann ist es nicht so leicht, zwischen privatem und, nun ja, dem anderen zu unterscheiden. Dem Job und der Repräsentation und so.«

»Aber ihr wart keine guten Freunde?«

»Nein, das kann man nicht sagen. Aber wir waren auch keine Feinde.«

Sie waren unten am Strand gewesen. Sie hatte ihre Sandalen ausgezogen und war ins Wasser gegangen.

»Es ist gar nicht kalt«, hatte sie gesagt und ein wenig dabei gelacht. »Zumindest nicht, wenn man es mit zu Hause vergleicht.«

»Das ist ja kein richtiger Vergleich«, hatte er eingewandt. »Zu Hause hättest du zwischen Eisblöcken waten müssen.«

Etwas später, am Nachmittag, hatte sie gesagt, dass ihr ein wenig schwindlig sei. Sie hatten sich im Zimmer ausgeruht. Sie war aufgestanden und hatte ein Glas Wasser getrunken, sich dann aber wieder hingelegt. Eine Stunde später war der Schwindel immer noch da.

»Bestimmt kommt das von der Sonne«, hatte sie gesagt. »Ich sollte es heute Abend wohl etwas ruhiger angehen. Schön hier auf dem Zimmer bleiben.«

»Das mache ich auch«, hatte er gesagt.

»Nein, ich denke, du solltest dich mit Morris treffen. Es ist doch sicher schön, ein wenig davon zu reden, wie es war, als ihr hier wart.«

»Das ist nicht wichtig.«

»Ich finde, du solltest gehen. Ich komme schon klar.«

»Tja, aber dann gehe ich nur auf den einen Drink. Dann

komme ich zurück. Vielleicht können wir uns was aufs Zimmer kommen lassen, wenn ich zurück bin.«

»Du musst dir keinen Stress machen«, hatte sie gesagt.

Er stolpert über die hohe Schwelle durch die Türöffnung. Da drinnen ist es schwarz, er hält die Arme vor sich ausgestreckt, um nicht gegen irgendetwas Hartes zu stoßen. Er hat die Tür hinter sich geschlossen. Dann sieht er eine Treppe direkt vor sich und einen schwachen Lichtschein von oben. Er geht die Treppe hinauf, die Treppenstufen sind genauso hoch wie die Schwelle. In der Gasse hört er Stimmen und Rufe, laufende Schritte. Er kommt am Treppenabsatz an, der um eine Ecke führt. Dann macht er eine Tür auf, und das Licht trifft ihn wie ein Schlag auf die Augen. Er steht auf einem Dach.

Morris war noch nicht da, als Richard die Bar betrat. Es war eine der ältesten der Stadt. Er hatte vor zwanzig Jahren selbst viele Male dort gesessen, an jenem hufeisenförmigen Tresen. So früh am Abend waren nicht viele Gäste dort gewesen. Er war eine halbe Stunde vor der vereinbarten Zeit da. Er hatte an Gabriella gedacht und wollte nicht allzu lange dort sitzen.

Im Augenwinkel hatte er jemanden draußen vor dem Lokal aus einem Auto steigen sehen, aus einem schwarzen Auto. Er hatte den Kopf gewendet und gesehen, wie Dan Morris die Tür hinter sich zuwarf, dann war das Auto weitergefahren.

Er hatte Morris in die Bar kommen sehen, und dieser hatte fast erstaunt gewirkt, als er Richard schon dort sitzen sah. Es war immer noch eine Viertelstunde bis zur vereinbarten Zeit. Morris hatte sich auf den gepolsterten Stuhl neben ihn gesetzt.

»Wo ist Ihre Frau?«, hatte Morris gefragt.

»Sie fühlte sich leider nicht richtig wohl.«

»Das tut mir Leid.«

»Zu viel Sonne.«

»Die kann heimtückisch sein«, hatte Morris gesagt.

»Also wird es nichts aus dem Abendessen.«

»Das passt mir gut«, hatte Morris gesagt und sich zu ihm gebeugt. Plötzlich hatte er einen anderen Gesichtsausdruck. »Dass Sie allein gekommen sind.« In seinem Gesicht war kein Lächeln mehr. »Darf man fragen, warum Sie hierher gekommen sind, Berger?«

Das Dach sieht wie ein schwarzer Tennisplatz aus, allerdings ohne Netz und ohne Publikum. Von hier aus kann er das Meer sehen. Er wünschte, er wäre jetzt dort, am Strand. Wenn er doch nur hinfliegen könnte. Wenn er doch nur irgendwo anders wäre, nur nicht hier. Er läuft zum Rand des Dachs. Um ihn herum liegt die weiße Stadt mit den schwarzen flachen Dächern, die alle aussehen wie Tennisplätze. Bis zum nächsten Dach sind es ungefähr drei Meter. Es ist genauso hoch wie das, auf dem er steht. Dazwischen liegt eine Gasse. Er will sich nicht vorbeugen, um zu sehen, wie tief es bis unten ist. Jetzt hört er Stimmen aus dem Treppenhaus. Die Tür hat er geschlossen. Er läuft zurück zur Tür, nimmt von dort Anlauf und rennt zum Rand und springt und fliegt.

»Darf man fragen, warum Sie geblieben sind, Morris?«, hatte Richard geantwortet.

»Hier rührt mich niemand an«, hatte Morris geantwortet, aber seine Augen hatten etwas anderes gesagt.

»Was soll das heißen? Niemand rührt Sie an?«

Morris hatte nicht geantwortet.

»Ist das eine Drohung?«, hatte Richard gefragt.

»Sie hätten nicht zurückkommen sollen. Das war dumm.«

»Das ist doch alles vergessen und begraben«, hatte Richard gesagt.

»Begraben vielleicht. Aber nicht vergessen.«

»Wir standen im Dienst der Vereinten Nationen, verdammt noch mal.« Richard hatte sich vorgebeugt. »Wir haben nur getan, was wir tun mussten. Niemand kann uns etwas vorwerfen. Keine Seite. Wir haben unseren Auftrag erfüllt.«

»Ja, das ist die offizielle Version.«

»Und darauf kommt es ja wohl an. Darauf kommt es doch immer an.«

Morris hatte die Straße draußen aufmerksam beobachtet.

»Sie glauben doch wohl nicht, dass denen Ihre Anwesenheit hier unbekannt ist?«, hatte Morris gesagt und sich wieder Richard zugewandt.

»Was können die mir schon anhaben?«

Morris hatte gelacht, ein Lachen, das, selbst wenn er es ewig versucht hätte, niemals die Augen erreicht hätte.

»Es geht hier nicht nur um Sie«, hatte Morris gesagt. »Wie sind Sie bloß so naiv geworden? Nehmen Ihre Frau mit hierher und lassen sie allein im Zimmer. Zeigen sich oben im Camp.«

Richard hatte nicht geantwortet.

»Es gibt nur einen einzigen Menschen, der Ihnen in diesem Moment Sicherheit garantieren kann«, hatte Morris gesagt.

»Und wer ist das?«

»Das bin ich.«

»Sicherheit wovor?«

»Ich bin der Einzige, der das leisten kann«, hatte Morris wiederholt, und sein Blick war zwischen der Straße draußen und der Bar, in der sie saßen, hin und her gewandert.

Der Barkeeper hatte im Hintergrund gewartet. Als er sich an die Theke gesetzt hatte, hatte Richard kurz das Gefühl gehabt, als komme er ihm bekannt vor, doch der Gedanke hatte sich wieder verflüchtigt. Die Männer hier waren sich trotz allem sehr ähnlich, zumindest konnte das einem Besucher so vorkommen. Das war immer so.

Der Barkeeper war mit einem Tablett gekommen, auf dem zwei Drinks in hohen Gläsern standen.

»Der erste des Abends geht aufs Haus«, hatte er gesagt und die Gläser vor sie hingestellt.

»Sind Sie hier so bekannt?«, hatte Richard gefragt.

»Ich nicht, aber Sie vielleicht«, hatte Morris geantwortet.

Richard hatte einen Schluck genommen und das Glas schweigend zur Hälfte geleert. Es hatte wie Brandy Sour geschmeckt. Er hatte nicht gefragt, was das war, sondern nur den süßsauren Geschmack verspürt.

Er landet auf der anderen Seite. Das eine Handgelenk schmerzt, aber er kann aufstehen und sich nach einem Ausweg umsehen, einer Tür irgendwo. Er hinkt zu einem anderen Rand hinüber, aber hier ist der Abstand zum nächsten Haus zu groß. Er wendet sich zur anderen Seite um. Dann hört er Stimmen und schwere Schritte, nach oben, auf ihn zu. Am anderen Ende des schwarzen Tennisplatzes sieht er drei Silhouetten. Er hört einen Schrei. Sein Blick löst sich im starken Sonnenschein auf.

Als er seine Augen öffnet, scheint eine Sonne hinein. Er schließt sie wieder. Irgendjemand rüttelt ihn an der Schulter. Er versucht, den Körper herumzudrehen und die Augen vor der Sonne geschützt zu öffnen. Er dreht den Kopf ins Licht und sieht jetzt, dass die Sonne eine Lampe ist.

»Richard? Richard?«

Da oben sieht er ein Gesicht schweben. Er versucht, den Blick zu fixieren. Dann erkennt er das Gesicht wieder.

»Wie geht es dir, Richard?«, fragt Gabriella.

»Wo ... wo bin ich?«, fragt er und versucht sich zu bewegen, aber der restliche Körper scheint nicht auf die Signale vom Gehirn zu hören.

»Du bist hier«, sagt sie. »Du bist in unserem Zimmer.«

Plötzlich gelingt es ihm, eine Verbindung zwischen Gehirn und Armen herzustellen, und er richtet sich ein paar Zentimeter auf. Er sieht, dass sie nicht lügt. Das Fenster zum Strand hin steht offen. Es ist immer noch hell.

»Welcher Tag ist heute?«, fragt er stockend.

»Es ist Heiligabend«, antwortet sie.

»Und wie bin ich hierher gekommen?«, fragt er weiter.

»Du bist vor einer Viertelstunde durch diese Tür da gekommen, bist zu diesem Bett gegangen und hast dich hingelegt«, antwortet sie. »Mein lieber Richard, was ist denn bloß passiert? Du warst fast einen Tag lang verschwunden!«

Er versucht zu erzählen. Zunächst fängt er mit dem Schluss an. Er sagt, dass er keinerlei Erinnerung daran hat, wie er von dem Dach, auf dem er stand, zum Hotel gekommen ist. Das schwarze Dach ist die letzte Erinnerung, die er hat. Die erste Erinnerung sind die Grillen, sagt er. Und das laute Poltern an die Tür.

»Ich bin heute spät in der Nacht zur Polizei gegangen«, sagt sie. »Du warst ja nicht zurückgekommen. Sie haben versprochen, nach dir zu ermitteln, wie sie es genannt haben.«

»Sie haben mich gefunden«, sagt er.

»Aber, dann wärst du ja wohl nicht hier«, meint sie. »Wenn es so ist, wie du sagst, dass sie dich gejagt haben. Haben sie dich gejagt, weil sie dachten, du hättest irgendwas getan?«

»Sie waren schließlich da«, sagt er. »Glaubst du, dass ich das alles geträumt habe? Mir alles ausgedacht habe?«

»Nein, nein.« Aber er kann in ihrem Gesicht lesen, dass seine Erzählung sie verwirrt. Meine Güte, er ist ja selbst davon verwirrt. Hat er vielleicht alles geträumt? Hatte er irgendwie unter Drogeneinfluss gestanden? War irgendetwas in dem Drink gewesen, den der Barkeeper ihm serviert hat? Brandy Sour. Verbirgt jeden anderen Geschmack. Er hatte diesen Drink nicht bestellt. Morris hatte ihn auch nicht bestellt, denn er war ja schließlich vor Morris gekommen. Wenn dieser es nicht schon im Voraus arrangiert hatte. Er wusste, dass man Leute hier mit Narkotika in Drinks betäubt hatte. Das war unter anderem eine Methode, neue Drogenkunden zu schaffen. War es so gewesen? Hatte er irgendein verdammtes Mittel oder ein Halluzinogen oder Ecstasy oder wie das alles hieß bekommen, das Halluzinationen erzeugte und das Gehirn ausschaltete? Es so weit ausschaltete, dass er vom Geräusch der Grillen und dem Poltern an der Tür aufwachte?

»Ich muss wieder dorthin zurück«, sagt er.

»Was meinst du?«

»Dieser Bungalow, das Apartmenthotel.« Er versucht aufzustehen. Jetzt geht es schon besser. »Ich will dorthin und rauskriegen, ob da auch nichts passiert ist.«

»Es wird ja wohl nichts passiert sein«, sagt sie. »Sonst wärst du sicher nicht hier. Da hätten sie dich doch schon festgenommen.«

»Ich muss dorthin fahren«, sagt er. »Ich will wissen, warum ich dort war. Und wie ich da hingekommen bin.«

»Jetzt?«, fragt sie. »Willst du jetzt da hinfahren?«

»Ja.« Er setzt die Füße auf den Boden. Sie haben wieder Gefühl. Er spürt den Schmerz. »Ich muss diese Sache aus der Welt schaffen.«

»Ich komme mit«, sagt sie.

»Nein.«

»Wie? Warum nicht?«

Er weiß nicht warum. Irgendetwas in ihm sagt nein. Vielleicht ist es das Entsetzen, das er in jenem Zimmer empfunden hat. Er will sie dem nicht aussetzen, selbst wenn es nur ein Traum oder ein Drogenrausch war.

»In einer halben Stunde bin ich zurück«, sagt er.

»Lass mich wenigstens draußen im Taxi warten«, bittet sie.

Er steigt aus dem Taxi. Er drückt ihre Hand, geht rasch über den Parkplatz und zur Rezeption hinein. Er geht über den glänzenden Fußboden. Die Frau hinter dem Tresen schaut auf. Er meint sie vom Morgen wiederzuerkennen, aber er ist nicht sicher. Wie könnte er auch sicher sein, schließlich ist er in zwei Sekunden hier durchgerannt.

Sie schaut ihn an, ohne ein Zeichen des Wiedererkennens. Ihr Gesicht drückt nur freundliche Professionalität aus.

»Womit kann ich dienen?«, fragt sie in weichem Englisch.

»Ich ... würde gern eine Wohnung anschauen«, sagt er. »Um sie ... später im Winter dann zu mieten.« Er macht eine Geste mit der Hand. »Wir wollen etwas später im Winter zurückkommen, und dieses Hotel ist uns empfohlen worden.«

»Das freut mich zu hören«, sagt sie.

»Unsere Freunde haben in einer Wohnung mit einer sehr guten Lage gewohnt«, sagt er.

»Alle unsere Wohnungen haben eine sehr gute Lage«, sagt sie mit einem Lächeln.

»Natürlich«, sagt er und lächelt zurück. »Aber nachdem es nun gerade die war, vielleicht kann ich ja die mal anschauen, also, und dann noch eine andere?«

»Welche Nummer war es denn?«, fragt sie.

»Sechzehn.«

Sie tippt irgendetwas in den Computer. Dann wendet sie sich zu einer Reihe Schlüssel um, die hinter ihr an der Wand hängen.

»Wohnung Nummer sechzehn ist tatsächlich frei«, sagt sie und dreht sich wieder zu ihm um. »Sie haben Glück. Um diese Jahreszeit sind wir meist belegt.«

»Könnte ich sie dann mal anschauen?«, fragt er.

»Okay«, sagt sie und schaut ihn an. »Ich bin heute allein hier, deshalb kann ich niemanden mit Ihnen hinaufschicken.« Sie sieht ihn wieder an, als sei er ein ehrlicher Mensch. »In Ordnung, Sie bekommen einen Schlüssel, aber ich möchte, dass Sie in zehn Minuten wieder hier sind.«

»Natürlich«, versichert er. »Wahrscheinlich noch schneller.«

Er folgt den Pfeilen, die die Wohnungsnummern angeben. Zwischen den Wohnungen verlaufen geflieste Wege, die von kräftigem Grün eingerahmt sind. Die Gerüche da drin sind schwer, es ist, als würde man in einem großen Zimmer gehen.

Er steht vor Nummer sechzehn und spürt, wie das Blut schneller durch seinen Körper schießt. Er holt tief Luft und schließt die Tür auf. Dann geht er in den Flur und schließt die Tür hinter sich. Er schließt sie ab, als wollte er kein Risiko eingehen. Das ist eine absurde Handlung, das sieht er ein. Er geht durch den dunklen Flur. Er sieht das Zimmer da vorn, erkennt die lange Gardine wieder, die sich im sanften Wind bewegt. Die Tür zur Terrasse ist zu. Draußen ist Dämmerung. Er geht ins Zimmer. Hört die Grillen draußen. Sie sind laut, es klingt wie stählerne Schreie, direkt in den Raum hinein, in dem er steht. Er schaut auf den Steinfußboden hinunter. Im Augenwinkel sieht er etwas. Er wendet den Kopf. Er sieht ein Gesicht. Einen Körper. Er sieht Flecken auf dem

Körper. Er liegt auf dem Steinfußboden, halb unter einem Tisch. Es ist still.

Er versucht, aufzustehen. Plötzlich schlägt jemand gegen eine Tür, die zu der Wohnung gehören muss. Die Laute kommen durch einen dunklen Flur gestürzt, den er sehen kann, wenn er den Kopf in die andere Richtung dreht. Er hört ein Rufen, wie einen Schrei, der lauter ist als der der Zikaden, mehr von Eisen als von Stahl. Jemand wirft sich gegen die Tür.

Klassentreffen

Am Mittsommerabend besuchten wir ein paar Freunde und saßen auf der Terrasse unter einer aufgespannten doppelten Segeltuchplane. Es roch nach frischem Sommer und nach dem Salz vom Meer, das man in fünfhundert Metern Entfernung rauschen hören konnte. Der Regen war warm. Gegen Mitternacht tranken wir Whisky und hörten einem zum Herzen gehenden Sänger zu, der im richtigen lakonischen Tonfall von den Schmerzen der Liebe sang.

Am nächsten Morgen brannte die Sonne unbarmherzig auf Gut und Böse herab. Es sollte der bis dahin heißeste Tag des Jahres werden. Die ganze Feuchtigkeit der Monate zuvor war noch in der Luft, und ich spürte eine tropische Wärme durch das Fenster kommen. Sonne nach dem Monsun. Es roch da draußen wie in einem ganz anderen Land. Es war still. Wie immer nach Mittsommer waren die Straßen menschenleer.

»Musst du heute Abend wirklich zu diesem Treffen gehen, Erik?«

Angela sah mich über den Tisch hinweg an. Die zweijährige Elsa mit demselben Blick. Schon als ich den ersten Duft der Tropen verspürt hatte, hatte ich gewusst, da war was. Es war immer was.

»Verd…«, sagte ich und brach mitten im Wort ab. Das Kind.

»Verd!«, rief Elsa.

»Es ist doch schließlich freiwillig«, meinte Angela.

»Würdest du da einen Rückzieher machen?«, fragte ich.

»Du beantwortest eine Frage mit einer Frage«, erwiderte sie.

»Hast du eine Frage gestellt? Ich dachte, du hättest eine vage Behauptung über Freiwilligkeit gemacht.«

»Komm, nimm dir noch einen Kaffee«, sagte sie und lächelte.

Ich trank und sehnte mich hinaus in die Wärme.

»Ich habe es doch versprochen«, sagte ich nach einer Weile. »Ich bin sozusagen einer der Organisatoren.«

»Okay, okay.«

»Aber klar ist das der falsche Tag heute. Einige werden sicher ziemlich müde sein.«

»Hättet ihr nicht einen anderen Termin nehmen können?« Sie lächelte wieder. »Du bist doch sozusagen einer der Organisatoren.«

»Das war eigentlich der einzige Tag, an dem man die Leute zusammenkriegt. Danach reisen viele schon wieder ab.«

Ich schenkte mir noch Kaffee nach und spürte die Müdigkeit aus meinem Körper weichen. Da wusste ich natürlich nicht, dass das Klassentreffen an diesem Abend, das ich mit organisiert hatte, furchtbare Folgen haben würde.

Ein paar Leute hatten noch im letzten Moment abgesagt, aber die meisten waren doch da. Unsere Gesichter waren zwanzig Jahre älter, und die Zeit war zu einigen gnädig, zu anderen weniger gnädig gewesen.

»Kommissar Winter hat sich fast nicht verändert«, sagte ein Typ, den ich wohl kaum wiedererkannt hätte, wenn er sich nicht vorgestellt hätte. Er hieß Erik, so wie ich. Erik Werner. Dieselben Initialen, das hatte in der Schule manchmal Probleme mit sich gebracht.

»Mit 40 hat man das Gesicht, das man verdient«, antwortete ich.

»Heißt es nicht mit 50?«, fragte Erik.

»In deinem Fall heißt es mit 40«, gab ich zurück.

»Sehr scharfsinnig«, erwiderte er und ging weg. Ich wusste nicht so recht, was er damit meinte. Oder was ich selbst gemeint hatte.

Die ganze Veranstaltung wirkte ein wenig surrealistisch. Wir waren so wie früher, aber gleichzeitig auch andere Menschen, die unterschiedliche Reisen durch das Leben unternommen hatten. Ich konnte sehen, wer immer noch das Gefühl hatte, unterwegs zu sein, und wer meinte, seine Chancen verpasst zu haben. Sehr scharfsinnig!

Einige machten die Verluste, die ihnen das Leben zugefügt hatte, an der Bar wett. Ich selbst trank weniger als sonst.

Plötzlich stand meine alte Liebe da. Sie war gleichzeitig auch die erste.

»Wie geht es dir?«, fragte sie.

»Gut.«

»Manchmal lese ich von dir.«

»Tu's nicht.«

»Magst du es nicht, wenn sie über dich schreiben?«

»Es geht dabei ja nicht um mich.«

»Worum dann?«

»Um Gewalt. Es geht um Gewalt. Am besten wäre es, da würde gar nichts stehen.«

Ein Mann hatte sich zu uns gesellt.

»Dann wärst du aber arbeitslos«, sagte er.

»Hallo, Per.«

Er nickte.

»Und hallo, Monika«, sagte ich zu der Frau. Wir hatten uns noch nicht begrüßt.

»Ganz schön viel Wasser unter der Götaälv-Brücke durchgeflossen, seit wir uns das letzte Mal gesehen haben«, sagte Per.

Jetzt war ich dran mit Nicken.

»Wir haben vor fünf Jahren geheiratet«, sagte er.

»Wie bitte?«

»Monika und ich.« Er legte seinen Arm um die Schultern der Frau. Sie lächelte, und ich meinte, ein wenig Verlegenheit in dem Lächeln zu erkennen. Oder ein wenig Schüchternheit.

»Das wusste ich nicht.«

»Vor einem halben Jahr sind wir wieder nach Göteborg gezogen«, sagte Per. »Zurück aus dem bekloppten Stockholm.«

»Herzlichen Glückwunsch.« Ich erhob mein Glas. »Zu beidem.«

Hinter ihm konnte ich Erik Werner sehen, der uns sein Gesicht zuwandte. Ich konnte mir seinen Gesichtsausdruck nicht erklären. Er sah aus wie hundert. Oder auch wieder wie zwanzig. Plötzlich erinnerte ich mich daran, dass Monika und Erik ein Paar gewesen waren. Ehe sie und ich eine Beziehung gehabt hatten, die kurz und ziemlich stürmisch, und gleichzeitig jung und unreif gewesen war. Vielleicht unschuldig.

Es war Erik Werner schwer gefallen, über den Verlust von Monika hinwegzukommen. Jetzt sah er so aus, als habe er sie wieder verloren.

Zwei Wochen waren seit dem Klassentreffen vergangen. Die Sonne schien wie verrückt, und die Leute fingen langsam an, über die Hitze zu klagen. Ich hatte gerade meinen Urlaub angetreten und hatte nicht vor zu klagen. Das Arbeitszimmer auf dem Polizeirevier war in den letzten Tagen wie ein Bunker gewesen.

Wir wollten gerade zum Strand fahren, als das Telefon klingelte.

»Monika ist verschwunden«, sagte Per gleich als Erstes. Seine Stimme schien ihm nicht mehr zu gehören. Ich hatte solche Stimmen schon oft gehört. Angst, die blanke Nervosität kurz vor der Panik.

»Was ist passiert?«

»Sie ist seit zwei Tagen weg«, sagte er. »Und keine Nachricht von ihr. Und jetzt frag nicht, ob das schon mal passiert ist, und all den Scheiß, denn das ist es natürlich nicht, und ob wir uns gestritten haben und so weiter und so weiter, oder ob ich sie verprügelt habe oder ob sie einen Liebhaber hat oder irgend so einen verdammten Mist!«

»Ich habe noch gar nichts gefragt.«

»Ihr ist irgendwas passiert«, sagte er. »Und sie hat das Auto dabei.«

»Hast du sie schon vermisst gemeldet?«

»Das tue ich ja gerade, Erik.«

Unsere kleine Familie kam an diesem Tag nicht zum Strand. Angela seufzte, sagte aber nichts. Elsa begriff noch nichts, aber lange würde das nicht mehr dauern.

Nachdem Per mir ein paar Dinge erzählt hatte, brachte ich eine Vermisstenanzeige auf den Weg.

Wir verabredeten uns in zwei Stunden zum Mittagessen. Ich hatte Urlaub, aber ich mochte ihn nicht einfach zu jemand anders schicken. Ich konnte mich zumindest mit ihm treffen und dann meine Kollegen die Sache übernehmen lassen.

Außerdem gefiel es mir nicht, wenn Menschen einfach verschwanden. Einige taten es aus freien Stücken, und nicht einmal das gefiel mir, aber wenn sie wegen eines Gewaltverbrechens verschwanden, dann machte mich das wütend.

Und dann hatte ich auch irgendwie einen persönlichen Anteil an dieser Sache.

Ich ging von zu Hause zu dem Restaurant auf der Avenyn und setzte mich draußen an einen Tisch. Irgendwo schlug eine Uhr. Ich bestellte ein Bier vom Fass und wartete.

Nach einer Viertelstunde fing der Kellner an, zu mir rüberzuschielen. Viele Leute warteten auf einen Tisch, und ich hatte noch nicht bestellt.

»Meine Leute sind unterwegs«, erklärte ich, als er näher kam. Außerdem hatte ich schließlich ein Bier bestellt, das so viel kostete wie das Tagesgericht.

Nach einer halben Stunde war mein Bierglas genauso leer wie der Stuhl mir gegenüber. Ich rief bei Per zu Hause an, die Nummer hatte er mir am Vormittag gegeben. Eigentlich hatte ich sie gar nicht haben wollen, sie mir dann aber doch ins Adressbuch geschrieben.

Der Anrufbeantworter verwies auf eine Handynummer. Ich rief dort an. Wieder ein Anrufbeantworter. Ich sah auf die Uhr. Er war eine Dreiviertelstunde verspätet. Das war ein eigentümliches Benehmen für einen Mann, der verzweifelt nach seiner vermissten Frau suchte und jetzt von einem … tja, einem Experten Hilfe bekommen konnte.

Ich rief wieder an, es nahm aber niemand ab. Also hinterließ ich eine Nachricht und stand auf. Der Kellner glotzte mich an. Hier würde ich nie wieder hingehen.

Wir fuhren am Nachmittag zum Strand. Mein Handy hatte ich eingeschaltet, aber es rief nur meine Mutter aus ihrem Haus in Nueva Andalucía an der spanischen Costa del Sol an. Die Cocktailstunde hatte schon begonnen, das konnte man an ihrer Stimme hören. Ich konnte mir auch vorstellen, in naher Zukunft einen Gin Tonic zu mir zu nehmen.

Zu Hause angekommen, mixte ich mir einen, und der war sehr kalt und sehr trocken. Ich rief noch einmal auf Pers Nummer an, aber es war niemand da.

Elsa war schon im Auto eingeschlafen.

Wir saßen auf dem Balkon und sahen zu, wie der Himmel die blaue Färbung des Abends bekam. Es duftete nach der sommerlichen Stadt.

»Das ist doch seltsam«, meinte Angela. »Was wirst du jetzt machen?«

»Weiter Urlaub«, sagte ich.

»Ich weiß ja nicht, ob ich das glauben kann.«

»Was sollte ich denn machen?«

Sie zuckte mit den Schultern. Wir hörten Elsa in ihrem Zimmer schreien. Angela stand auf, denn ich hielt gerade meinen Drink in der Hand.

Die beiden kamen zurück.

»Sie ist wieder wach.«

»Wie wäre es mit einem Spaziergang?«

»Gern.«

»Es ist nur ein paar Kilometer bis zu … ihrem Haus. Dem von Per und Monika.«

»Dann haben wir ja ein Ziel«, sagte Angela.

Sie wohnten in einem Mietshaus mit sieben Wohnungen aus den 30er Jahren. Wenn es nicht bereits unter Denkmalschutz stand, dann war es ganz sicher nur noch eine Frage der Zeit.

Es gab einen Fahrstuhl, und wir fuhren mit dem Kinderwagen hinauf. Der Fahrstuhl erinnerte an den in unserem eigenen Haus. Vom Treppenhaus gingen drei Türen ab, von denen eine einen Spalt offen stand. An der Tür stand »Sjölander«, das war Pers Nachname, und jetzt auch Monikas.

»Die Tür ist ja offen«, meinte Angela.

Ich klingelte. Man hörte die Türglocke sehr laut durch den Türspalt. Ich rief Pers Namen, aber es antwortete niemand. Elsa rief auch seinen Namen.

»Was sollen wir machen?«, fragte Angela, ein wenig ängstlich.

»Du fährst mit Elsa im Fahrstuhl hinunter und wartest da unten ein Weilchen auf mich.«

»Und du? Du wirst doch nicht da reingehen wollen?«

»Ich werde ihn noch einmal auf dem Handy anrufen.«

Ich wählte die Nummer, aber es ging niemand ran.

Angela hatte den Knopf für den Fahrstuhl gedrückt und der hielt mit einem Seufzer, der alt und melancholisch klang, auf der Etage.

»Ich muss doch nachsehen«, sagte ich.

Angela schüttelte den Kopf, rollte den Kinderwagen in den Fahrstuhl und fuhr hinunter.

Ich schob die Tür mit dem Ellenbogen auf und ging vorsichtig über die Schwelle. Ich hatte keine Waffe dabei. Auf dem Fußboden vorm Eingang lagen Kleider. Ich hörte das Brummen der Klimaanlage und von draußen gedämpften Verkehrslärm.

Rechts lag die Küche, ich ging hinein. Der Tisch war leer, aber in der Spüle stand sehr viel Geschirr, obwohl die Geschirrspülmaschine mit der geöffneten Klappe fast leer war.

Ich ging rasch durch die drei Zimmer der Wohnung, doch es war kein Mensch da. Die Zimmer waren von den abendlichen Lichtern der Stadt erfüllt, von Kringeln und Strahlen der untergehenden Sonne und von Neonlicht und Straßenlaternen, die durch die nackten Fenster schienen.

In keinem Schrank versteckte sich irgendjemand. Niemand lag unter dem Doppelbett. Keiner in der Badewanne.

Abgesehen von den wenigen Kleidungsstücken auf dem Fußboden vorm Eingang schien die Wohnung nicht in Unordnung zu sein.

Ich ging wieder in den Flur und hörte, wie der Fahrstuhl sich hoch und runter quälte.

Die Tür zur Wohnung hatte offen gestanden.

Das hier gefiel mir nicht.

Plötzlich begriff ich, dass ich mitten in einer neuen Voruntersuchung war. Immer mit der Ruhe. Er konnte aus irgendeinem Grund rausgerannt sein und vergessen haben, die Tür hinter sich zu schließen.

Vielleicht hatte sie angerufen. Das war doch wichtiger gewesen, als sich mit Kommissar Winter zu treffen, der sowieso nicht mehr nötig war, da das Problem gelöst war, oder? Sie war nicht mehr verschwunden, und wenn sie Eheprobleme gehabt hatten, dann waren die jetzt vielleicht auch gelöst.

Vielleicht.

Ich ging wieder ins Schlafzimmer, wo der Anrufbeantworter stand, und drückte mit dem Zeigefinger, um den ich ein Taschentuch gewickelt hatte, auf »Play«.

Die einzigen Nachrichten auf dem Band waren meine eigenen.

Ich verließ die Wohnung, schloss die Tür hinter mir und hörte, wie das Schloss einrastete.

Angela wartete unten. Elsa war wieder eingeschlafen.

»Es war niemand dort«, sagte ich.

»Schön«, sagte Angela.

»Ich weiß, was du denkst.«

»Du brauchst doch nicht auch noch im Urlaub unbedingt ein oder zwei Morde.«

»Nein.«

»Aber das hier kannst du nicht loslassen, oder?«

»Was würdest du tun?«

»Überlegen, ob ich der einzige Kripomann in Göteborg bin, oder ob es noch einen anderen gibt, der die Sache untersuchen kann, während ich Urlaub von all den schrecklichen Geheimnissen der Leute mache.«

»Wir haben ja nur einen kleinen Abendspaziergang hierher gemacht.«

Ich sprach mit meinem Stellvertreter bei der Kripo, Kommissar Bertil Ringmar. Er hatte nach seinem Urlaub, der hauptsächlich von Regen und heftigem Wind bestimmt gewesen war, gerade wieder angefangen.

»Sollen wir ihn auch vermisst melden?«, fragte er.

»Warte bis morgen.«

»Vielleicht machen sie gerade eine zweite Hochzeitsreise.«

»In einem der Schränke standen zwei Reisetaschen.«

»Jetzt sei doch nicht so konventionell«, sagte Ringmar. »Bist du noch nie bloß mit einer Zahnbürste in der Hosentasche verreist?«

»Im Badezimmer standen zwei Zahnbürsten in zwei Bechern.«

»Haha. Na gut, wir warten, und in der Zwischenzeit bitte ich die Streife und die Leute vom Verkehr, sich ein wenig umzuschauen.«

»Gut.«

»Ich sehe auch mal im Register nach, dann können wir zudem nach ihrem Auto Ausschau halten.«

Sie fanden das Auto. Bertil rief mich am nächsten Morgen an.

»Es stand draußen bei Näset. Leer.«

»Auf dem Parkplatz?«

»Ja.«

Näset. Die Badestelle am Meer. Von der Wohnung der beiden Sjölanders, an die ich doch immer als Monika und Per dachte, waren es fast zwanzig Kilometer dorthin.

»Wir durchsuchen das Auto«, sagte Bertil.

»Ruf mich dann wieder an.«

Ich trank ein Glas Wasser und war verwirrt, oder eher beunruhigt. Das hier war kein guter Urlaub.

Angela kam mit frischem Rosinenbrot aus der Bäckerei unten im Haus. Ich holte Käse, Marmelade und Butter heraus. Das Brot war noch warm. Das Telefon auf dem Tisch im Flur klingelte, als ich gerade den ersten Bissen nahm. Ich stand auf.

»Es ist wirklich schön, Urlaub zu haben«, sagte Angela in einem Ton, der fast ein wenig ironisch klang.

»Die Leute haben auf dem Fußboden vor dem Vordersitz einen Zettel gefunden«, sagte Bertil. »Unter der Gummimatte.«

»Und?«

»Eine Reihe Zahlen. Vielleicht eine Telefonnummer.«

»Ja, dann ruf sie doch an.«

»Ich dachte, dass du vielleicht …«

»Gib sie mir.«

Er las vor, und ich notierte. Wir legten auf, und ich wählte die Nummer.

Kein Anschluss unter dieser Nummer. Es gab keinen Telefonanschluss mit dieser Nummer. Ich betrachtete die Zahlen. Es sah einfach aus wie eine Telefonnummer.

Ich hatte eine Idee und ging zum Schreibtisch und nahm

mir eine Liste, die fast obenauf in einem Stapel lag. Sie enthielt Namen und Telefonnummern. Ich verglich sie eine nach der anderen mit der Nummer, die auf dem Zettel stand. Keine stimmte genau überein, aber eine der Nummern auf meiner Liste war dieselbe, wenn man bei der Zahl auf dem Zettel aus einer Neun eine Vier machte.

Ich rief diese Nummer an und hörte das Klingeln und noch einmal. Ein Anrufbeantworter: »Ich bin gerade nicht zu Hause, aber …« und so weiter. Eine Männerstimme, die ich kannte.

Erik Werner.

Das Klassentreffen.

Mein Namensvetter, jedenfalls so gut wie.

Ich hatte seine Adresse nicht, die bekam ich aber von der Auskunft. Hammarvägen. Ich fand die Straße auf der Karte, Teilstück 44. Nicht weit vom Badvägen in Näset und vom Parkplatz.

Der Verkehr nach Näset raus war dicht. Der Sommer war jetzt da, vielleicht endgültig. Die Sonne brannte auf das Autodach.

Erik Werners Haus lag im Schatten. Es war eine weiße Ziegelsteinvilla, wie die meisten Häuser hier. Werner schien im Leben ganz gut zurechtgekommen zu sein. Die Garage stand offen, aber es war kein Auto da.

Er machte nicht auf, als ich klingelte. Der Alltag eines Kriminalkommissars bestand doch zu einem ziemlich großen Teil daraus, an Türen zu klingeln, die niemals aufgemacht wurden.

Hinter mir hörte ich ein Auto, und als ich mich umdrehte, sah ich es in die Einfahrt einbiegen und vor der Garage stehen bleiben. Mein Namensvetter stieg aus.

»Alles ist irgendwann das erste Mal«, sagte er.

Vielleicht bezog er sich auf meinen Besuch. Vielleicht auch auf irgendwas anderes.

»Ich suche Per und Monika«, sagte ich.

»Du hättest niemals dieses verdammte Klassentreffen organisieren sollen«, sagte er.

»Ich habe nicht einmal ...«

»Zu viele alte, schlechte Erinnerungen«, fügte er hinzu.

Er stand jetzt sehr nah bei mir. Seine Augen hatten einen Ausdruck, den ich schon einmal gesehen hatte, nämlich bei Menschen, die schwere Verbrechen begangen hatten, grausame Verbrechen.

»Ich dachte, ich hätte das alles hinter mir gelassen«, sagte er jetzt.

»Wo sind sie, Erik?«, fragte ich.

»Wo sind sie, Erik?«, echote er in höhnischem Ton.

»Wir haben das Auto gefunden.«

»Ich habe ihn angerufen«, sagte Werner. Er sah zum Meer. »Genauso, wie ich auch sie gebeten habe, mich anzurufen, die verd...« Plötzlich lachte er und sah mich wieder mit diesem Blick an. Seine Augen glühten wie von einer eigenen schwarzen Sonne. »Jetzt wollen wir mal sehen, wie scharfsinnig du bist, Erik!«

Glaubenssache

Ich konnte den Gesang schon hören, noch ehe ich die Kirche betreten hatte. Sie schien ein neues Schild zu haben: FILADELFIA. Die Buchstaben liefen über dem Eingang von links nach rechts über den Giebel.

Als ich vom Bahnhof kommend durch den Ort ging, brach gerade die Sonne durch. Die Wolken waren mit dem Zug, mit dem ich gekommen war, weitergezogen. Es war Mittwochnachmittag, und die Straßen waren ausgestorben.

Auf dem Gelände der Josefssons bellte ein Hund. Am Ende der Straße hatte ich den Eingang vom Fußballplatz gesehen. Dahinter fing der Wald an. Durch die Bäume konnte man das Sägewerk erkennen.

Die Sonne spiegelte sich im Fenster des Schuhladens, der gegenüber der Pfingstkirche lag. In diesem Moment hörte ich den Lobgesang des Herrn.

Die Gemeindemitglieder sangen aus vollem Halse. Die Kirche war voll besetzt, wie immer in unserer Gemeinde. Ich stand noch im Eingang. Es roch nach frischer Farbe. Der Gesang verstummte, und der Pfarrer begann zu reden. Ich sah, wie er mir unmerklich zunickte, aber vielleicht war auch

Gott gemeint. Er sprach vom Glück in der Nähe Gottes. Die Menschen saßen mit gefalteten Händen und geschlossenen Augen in den Bänken und sprachen leise mit sich selbst, vielleicht auch mit Gott oder seinem Sohn Jesus, dessen Name in dem murmelnden Brummen regelmäßig zu vernehmen war.

Sie sangen noch einmal, dann war der Gottesdienst vorbei. Die Leute standen auf und gingen im Schein der sinkenden Sonne hinaus. Die Sonne hatte sich in die Kirche gedrängt und das Kreuz an der Altarwand getroffen. Sie ließ es golden erstrahlen.

Ich stand noch im Eingang und nickte einigen Leuten aus der Gemeinde zu. Der Pfarrer stieg vom Podium und kam auf mich zu.

»Da haben wir ja den Hirten«, sagte ich.

»Willkommen daheim, Andreas.« Er drückte meine Hand. »Lange nicht gesehen.«

Wir hatten uns wirklich lange nicht mehr gesehen. Ich war vor fast zwanzig Jahren hier weggezogen und kam nicht oft zu Besuch. Jacob war geblieben. Sein Vater war Pfarrer gewesen, und da wurde der Sohn auch Pfarrer. Man könnte fast sagen, dass Jacob das Familienunternehmen übernommen hatte.

»Schön, dich hier bei uns zu sehen«, sagte er.

»Ich habe gehört, wie schön ihr singt.«

Er nickte mir zu, dann nickte er auch einigen der Schäfchen aus seiner Herde zu, die auf dem Weg hinaus in die Sommerwiesen waren.

»Bleibst du lange hier?«, fragte er und sah mich wieder an.

»Vielleicht ein paar Tage. Mama geht es nicht gut, sie braucht Hilfe, ja, und ich hatte etwas Urlaub, den ich nehmen konnte.«

Eigentlich war es eine Entscheidung gewesen, die andere

für mich getroffen hatten: meine kranke Mutter, die gerade nach einer Operation nach Hause gekommen war, und mein Vorgesetzter, der die Erschöpfung in meinem Gesicht immer deutlicher zutage treten sah und schließlich bemerkte, wie meine Untergebenen darunter zu leiden hatten.

»Ich kann mir vorstellen, dass man in so einem Job viel Urlaub braucht«, sagte Jacob. »Das muss sehr anstrengend sein bei der Polizei.«

»Alle Berufe haben ihre anstrengenden Zeiten«, sagte ich. »Deiner auch, nehme ich mal an.«

»Aber es ist immer noch etwas anderes als der Beruf eines Polizisten«, erwiderte er. »Du bist doch Kripobeamter, oder?«

»Kriminalkommissar.«

»Das klingt ... nach viel. Kommissar, wo du noch so jung bist.«

»Ich bin immerhin achtunddreißig, Jacob. Genau wie du.«

Am Abend saß ich mit meiner Mutter in der Küche, wo ich in jüngeren Jahren so oft gesessen hatte. Die Sommerdämmerung duftete durch die geöffneten Fenster. Wir sprachen über alles, was sich in der letzten Zeit ereignet hatte, und dann ging sie früh zu Bett. Ich blieb noch auf, trank ein Bier und horchte auf die Stille, die hier so viel größer war als in der Stadt. Die Stadt war gar nicht so weit entfernt, aber sie war doch eine völlig andere Welt.

Es fiel mir schwer einzuschlafen, nachdem ich ins Bett gegangen war. Einmal meinte ich, irgendwo ein Rufen oder einen Schrei gehört zu haben. Auf der Straße draußen hörte ich ein Auto. Nach dieser Nacht sollte in diesem Ort nichts mehr so sein wie früher. Aber das wusste ich zu dem Zeitpunkt natürlich noch nicht.

Ich erfuhr es, als wir frühstückten. Mitten in dem hysterischen Vogelgezwitscher, das durch das offene Küchenfenster drang, klingelte das Telefon. Meine Mutter ging ran und sagte: »Er sitzt hier.« Sie reichte mir den Telefonhörer, ehe ich noch mein Brot fertig schmieren konnte.

»Ich bin's leider«, sagte mein Vorgesetzter.

»Sollte ich nicht alles schön ruhig angehen lassen? Wenn ich mich recht entsinne, war es das, was Sie zu mir gesagt haben.«

»Sie haben also noch nichts gehört?«

»Was gehört?«, fragte ich und blickte auf mein Brot, das auf seinen Belag wartete.

»Von dem Mord heute Nacht. In Ihrem Dorf, Andreas.«

»Jesus«, war das Einzige, was ich vorbringen konnte.

»Es sind Leute unterwegs«, sagte er, »von der örtlichen Kripo. Sie haben immer noch frei. Aber ich wollte, dass Sie es gleich erfahren.«

»Ich komme ja schließlich von hier«, sagte ich. »Das könnte eine Hilfe sein.«

»Lassen Sie die Kollegen die Sache machen«, sagte er. »Das ist nicht unser Fall.«

Die Sonne stand bereits hoch. Ein scharfes Licht fiel auf das Feld. Es wirkte fast unwirklich und irgendwie unpassend, als es auf die Körper der beiden Jugendlichen traf. Und es traf auch auf mich, der ich vor ihnen stand. Ich sprach mit dem Gerichtsmediziner, den ich nicht kannte. Ich kannte auch die Polizisten nicht, die die Umgebung absperrten, und auch nicht die Kripoleute, die hier zuständig waren. Die Einzigen, die ich kannte oder gekannt hatte, waren die Menschen, die auf der anderen Seite der Absperrung standen und auf die Bühne starrten, wo sich das Unfassbare abgespielt hatte.

Mein Kollege von der Kripo begrüßte mich höflich, und ich konnte ihm ansehen, dass er mich zum Teufel wünschte. Mir wäre es an seiner Stelle genauso gegangen. Er hieß Birgersson.

»Totgeschlagen wie zwei Seehunde«, sagte er und machte eine Kopfbewegung zu den Leichen hin.

»Wissen Sie, wer es ist?«

»Wir sind hier nicht in Los Angeles«, brummte Birgersson und hielt sich die Hand vors Gesicht, um sich vor der brennenden Sonne zu schützen. »Auch wenn man das fast denken könnte.« Er sah zu den Zuschauern hinüber. »Hier kennt jeder jeden.«

»Wer ist es denn?«, sagte ich und meinte die Opfer.

»Ein Junge und ein Mädchen, beide fünfzehn Jahre alt«, sagte er und nannte mir dann ihre Namen. Ich dachte an die Namen und an ein paar Gesichter, die es dazu in meinem Gedächtnis gab.

»Ich glaube, ich kenne die Eltern«, sagte ich.

»Ich habe gehört, Sie haben Urlaub«, meinte er.

Ich nickte.

»Wir sollten uns hier nicht in die Quere kommen«, sagte er.

Die Tür zur Kirche stand offen. Drinnen war es kühl und still. Ich bog nach rechts ab und sah Jacob in seinem Arbeitszimmer stehen, den Blick zum Fenster gerichtet. Als ich kam, wandte er sich um.

»Du hast es wahrscheinlich schon gehört«, sagte er.

»Ja.«

»Das ist wahrscheinlich alles nur, damit sich der Kommissar wie zu Hause fühlt«, sagte er und sah mich an. »Entschuldige, Andreas. Ich hab es nicht so gemeint.« Er strich sich mit der rechten Hand übers Gesicht. »Es ist nur … Ich kannte das Mädchen so gut.« Er schaute mich mit Tränen in den Augen an. »Sie war Mitglied der Gemeinde. Ihre Eltern ebenso.«

»Ich weiß.«

»Großer Gott«, sagte er.

Wir waren in dieselbe Klasse gegangen. Stig und Lena, die Eltern des Mädchens, und Jacob und ich. Die Eltern des Jungen hießen Bengt und Kerstin und waren in andere Klassen gegangen, aber in dieselbe Schule. Bengt war ein Jahr jünger als ich, Kerstin vier. Sie gehörten nicht der Pfingstgemeinde an.

Der Junge hieß Jonas, das Mädchen Helena.

»Kannten sie einander gut?«, fragte ich.

Ich ging davon aus, dass sie sich zumindest oberflächlich gekannt hatten. Hier kannte jeder jeden.

»Wer denn?«, fragte er.

»Der Junge und das Mädchen. Hatten sie miteinander zu tun?«

»Nicht soweit ich weiß.«

Am Abend saß ich wieder mit meiner Mutter am Küchentisch. Es drangen dieselben Gerüche durchs Fenster, dieselben stillen Laute. Am nächsten Tag war Mittsommer. Ich würde versuchen, sie irgendwohin mit rauszunehmen.

»Wenn überhaupt gefeiert wird in diesem Jahr«, sagte sie und drehte die Kaffeetasse unablässig im Kreis. »Wer will schon feiern, wenn so etwas passiert ist?«

Ich antwortete nicht. Sie drehte die Tasse.

»Die Armen«, sagte sie und dachte wahrscheinlich dabei an die Eltern. Sie sah mich an. »Kannst du nicht was tun?«

»Was meinst du?«

»Dich drum kümmern, was da passiert ist. Das müssen sie doch erfahren. Sonst kann man mit so etwas nicht leben.

Das geht nicht. Man muss es wissen. Wer es getan hat und warum. Solche Dinge müssen die Armen doch erfahren.«

»Die Polizei arbeitet daran«, antwortete ich.

»Hm«, brummte sie, und ich begriff, dass sie damit zusammenfasste, was sie von den zuständigen Ermittlern hielt. Oder vielleicht auch, was sie von allen Kriminalbeamten hielt, die nicht ihr Sohn waren. Ich sah die Schmerzen, die sie hatte. In drei Tagen würde sie wieder ins Krankenhaus kommen, und ich war nicht sicher, ob sie jemals wieder zurückkehren würde. Ich wusste auch, dass sie selbst so dachte, aber sie sagte es nicht.

Der Morgen kam mit derselben Sonne und derselben Wärme. Der Himmel war strahlend blau, ohne ein Wölkchen. Nach einem späten Frühstück schlug ich vor, wir sollten einen Spaziergang zum Gemeindehaus unternehmen, um zu sehen, wie man trotz allem, was geschehen war, das Mittsommerfest für den Nachmittag vorbereitete.

»Ich bin etwas müde«, sagte sie. »Geh du doch allein, Andreas.«

Beim Gemeindehaus schmückten Kinder und Erwachsene den Mittsommerbaum. Ein paar Musiker zupften leise ihre Saiten, als ob Musik heute nicht so richtig passen würde. Ich nickte einem Mann, den ich kannte, zu und ging dann weg. Ich hatte einen Entschluss gefasst.

Stig machte mir auf. Sein Gesicht war nur ein Schatten. Wir hatten vor vier Jahren einige Worte gewechselt, als mein Vater gestorben war und ich ein paar Tage zu Hause verbrachte. Danach nichts mehr. Er wusste, was ich in der großen Stadt machte.

»Du nicht auch noch«, sagte er.

»Darf ich ein wenig reinkommen?«

»Was sollte das für einen Sinn haben?«, fragte er, und ich tat einfach so, als ob er nicht meinen Besuch damit meinte, sondern das Leben im Großen und Ganzen. Oder den Tod. Dann trat er doch zur Seite, und ich ging hinein.

Lena saß am Küchentisch. Die Rollos sollten die Sonne aussperren, doch sie drängte sich durch die Ritzen und machte Lenas Gesicht fleckig und hart. Ich ging zu ihr und umarmte sie und spürte ihre Tränen auf meiner Wange.

»Wo war Gott?«, war das Erste, was sie sagte.

»Jetzt hör auf damit«, sagte Stig.

»Wir haben so sehr versucht zu beten«, sagte sie, und ich begriff nicht wirklich, was sie damit meinte. Ich fragte nicht. Vielleicht fand sie, dass Gott keine große Freude oder Hilfe in ihr Leben gebracht hätte. Aber vielleicht war das auch nur, was sie jetzt glaubte. Sie war schon in der Grundschule sehr christlich gewesen, Stig kam erst als Erwachsener dazu, oder besser gesagt, als er sie kennen lernte. Soweit ich mich erinnern konnte, fand er erst da zu Gott.

»Arbeitest du mit … mit dem hier?«, fragte Stig und setzte sich an den Küchentisch.

»Nein.«

»Die ganze Zeit kommen Leute und stellen Fragen«, sagte er.

»So läuft das immer«, erwiderte ich.

»Aber das ändert doch nichts«, sagte er.

Ich antwortete nicht. Ich hatte selbst ein paar Fragen.

»Kannte … Helena diesen Jungen?«

»Also bist du doch im Dienst?«

»Ich will helfen«, erwiderte ich.

»Nicht soweit wir wissen«, sagte Lena und sah auf. Auf ihren Scheitel traf ein Sonnenstrahl, der sich um ihren Kopf zu schlingen und ihr eine Gloriole zu verleihen schien. »Aber wir wissen ja nicht alles.«

»Aber ihr wusstest trotzdem, wer er war?«

»Doch, das ist klar. Du weißt ja selbst, wie klein der Ort hier ist.«

»Was hatte sie denn vorgestern Abend vor?«

»Mit einer Freundin Fahrrad fahren«, antwortete sie. »Es war ein schöner Abend, und wir, ja, wir vertrauten ihr.« Sie sah mich an, als hätte sie damit ein Verbrechen begangen. »Als sie dann um halb zwölf immer noch nicht zu Hause war, riefen wir die Freundin an, und die war schon lange zu Hause. Dann sind wir rausgefahren und ... und haben gesucht, und ...«

»... und ein paar Jugendliche, die Flaschen einsammelten, fanden sie gestern Morgen«, fuhr ihr Mann fort, der mit fest ineinander verschränkten Händen dasaß. Er quälte sich wirklich, das konnte ich sehen.

Am Kiosk auf dem Marktplatz kaufte ich etwas zu trinken. Die Sonne hatte ihren höchsten Stand erreicht. Aus dem Supermarkt gegenüber kamen viele Leute, verstauten ihre Einkäufe in den Autos und fuhren nach Hause, um Mittsommer zu feiern. Eine Frau, die ich wiedererkannte, öffnete ihre Autotür für einen etwa zehnjährigen Jungen. Sie sah in meine Richtung und hielt inne. Ich winkte, stellte die Flasche auf den Tresen am Kiosk und ging auf sie zu. Der Junge saß bereits im Auto.

»Lange nicht gesehen«, sagte sie.

»Wie geht es dir, Anna?«, fragte ich.

Sie zuckte mit den Schultern und schob das Haar aus der Stirn. Der Junge, der, wie ich wusste, ihr Sohn war, sah mich durch die Fensterscheibe an. Es musste ziemlich warm sein da drin.

»Hast du schon zu Mittag gegessen?«, fragte sie.

Wir saßen im schattigen Garten. Der Junge war irgendwo anders. Ich trank von dem Weißwein, den sie zum Lachs aufgetragen hatte. Sie erzählte, dass sie seit drei Jahren mit ihrem Sohn alleine lebte. Das hatte ich nicht gewusst. Auch ich erzählte ein wenig von mir.

»Hast du sie besucht?«, fragte sie.

»Nur Stig und Lena«, sagte ich.

»Ich habe den Jungen und das Mädchen zusammen gesehen«, sagte sie.

»Die Eltern sagen, sie hätten nichts gewusst«, meinte ich.

»Er stammte aus einer weltlichen Familie, wenn man so sagen darf.« Anna nahm einen kleinen Schluck Wein. »Das darf natürlich nicht sein.«

»Ich habe Stig und Lena nie als Fundamentalisten betrachtet«, hielt ich ihr entgegen.

Sie antwortete nicht.

»Aber du kanntest sie doch nicht, oder?«, meinte ich.

»Nicht wirklich. Auch Bengt und Kerstin nicht, nicht mehr. Kerstin und ich sind ja gleich alt, wusstest du das?«

»Nein.«

»Wir gingen bis zur Neunten in eine Klasse. Und einige Zeit danach waren wir auch noch befreundet.« Sie goss mir noch etwas Wein ein. Ich verspürte eine gewisse Leichtigkeit im Kopf. »Da war mal etwas zwischen Stig und ihr, so viel weiß ich, ohne gleich eine Tratschtante zu sein. Das war, bevor er sich für Gott entschied.«

»Wie meinst du das?«

»Ehe er zu den Freikirchlichen ging.«

»Nicht das. Das andere. Du hast gesagt, zwischen ihnen war etwas.«

»Sie waren einfach zusammen. Nicht lange, aber ich weiß, dass sie es waren. Kerstin und ich waren schließlich Freundinnen. Sie machte daraus aber ein Geheimnis.«

Ich ließ das Weinglas stehen, denn ich wollte das Gefühl der Leichtigkeit bewahren. Sie sah mich an. Irgendetwas war da in ihrem Blick. Sie strich sich wieder das Haar zurück. Ich verspürte eine Wärme im Kopf, die nicht von der Sonne kam. Mein Mund war plötzlich trocken. Sie hatte ein Lächeln auf den Lippen und ich mußte immer ihren Mund betrachten.

Wir standen gleichzeitig auf und gingen ins Haus.

Die Schatten waren schon länger, als ich vor dem Haus von Bengt und Kerstin stand. Vom Park her konnte ich Geigen hören, sie klangen jedoch wehmütig. Ich war kurz zuvor dort vorbeigegangen und hatte gesehen, dass nicht viele Leute um den Mittsommerbaum tanzten. Ich klingelte. Ein Hund bellte als Antwort, Bengt öffnete die Tür. Immer machten die Männer die Türen auf.

»Ach, du bist es«, sagte er.

»Ich komme privat.«

»Du nimmst dir einiges raus«, sagte er, öffnete die Tür dann aber doch ganz. Ich ging hinein. Wir setzten uns in die Küche. Aus der oberen Etage hörte ich das Geräusch von fließendem Wasser.

»Was willst du?«, fragte er. »So ganz privat.«

»Wer und warum will ich wissen«, sagte ich.

»Ein Verrückter«, sagte er. »Die gibt es überall.« Er sah nach oben, zum Himmel oder zur oberen Etage. »Wir stehen hier unter Schock, wie du dir sicher denken kannst. Deshalb habe ich dich überhaupt nur reingelassen.«

»Hast du das Mädchen mal kennen gelernt?«

»Helena? Nein. Ich weiß nicht, warum die beiden ... warum die beiden zusammen gefunden wurden«, sagte er mit einer Stimme, die brüchig klang. »Ja, ich wusste, wer sie war, aber ... das ist auch schon alles.«

Oben hatte das Wasser aufgehört zu rauschen. Es war still. Der Hund lag still in seinem Korb im Flur. An der Wand in der Küche hing eine Uhr, ich sah das Pendel, hörte aber kein Ticken.

»Ist Kerstin zu Hause?«, fragte ich.

»Ich bin zu Hause«, sagte sie und stand plötzlich in der Türöffnung. Ich hatte sie nicht die Treppe herunterkommen hören. »Könntest du uns jetzt in Ruhe lassen, Andreas?« Sie sah zu ihrem Mann: Warum hast du den reingelassen? Ihr Gesicht war ohne Züge, eine Skizze. Die Trauer hatte sich bereits mehr hineingegraben als bei ihrem Mann. Ich wollte sie ein paar Sachen fragen, aber das würde nicht gehen, nicht jetzt und nicht hier. Bengt stand auf, als wolle er mir ein Zeichen geben. Kerstin sah nicht auf, als ich durch die Küche hinausging. Die Musik vom Park war plötzlich lauter.

Als ich nach Hause kam, hatte meine Mutter sich bereits hingelegt. Das Haus war von den Schatten der Dämmerung erfüllt. Ich rief die Polizeiwache im Ort an und erhielt schließlich die Privatnummer von Kommissar Birgersson. Wir hatten uns erst am selben Morgen kennen gelernt, aber mir schien es schon eine Ewigkeit her.

»Was sind Sie denn für einer, dass Sie sich nicht schämen, am Mittsommerabend anzurufen?«, fragte er, aber das war mehr Gerede als wirklicher Zorn. Ich konnte an seiner Stimme hören, dass er zum Hering ein paar Schnäpse genommen hatte, und vielleicht gerade jetzt ein Glas Whisky in der Hand hielt.

»Wie steht es mit den Alibis der Eltern?«, fragte ich.

»Wir hatten doch ausgemacht, dass wir uns nicht in die Quere kommen wollen«, erwiderte er.

»Hier kommt keiner keinem in die Quere«, sagte ich.

Er ließ ein kurzes Lachen hören, und dann vernahm ich die Pause, als er aus seinem Glas trank, Whisky oder Gin.

»Dafür kann ich in Teufels Küche kommen«, sagte er.

»Hat sich jemand beschwert?«

»Noch nicht.« Wieder eine Pause. Ich konnte die Musik im Hintergrund hören. Keine Geigen, sondern mehr in Richtung Bigband. Er schien diese Sorte Typ zu sein, die das mag. »Vater und Mutter des Jungen waren zu Hause. Sie hatten ein kleines Fest mit zwölf eingeladenen Gästen, die so lange wie möglich blieben. Die Eltern des Mädchens, tja, also die sagen, sie seien zu Hause gewesen, und es gibt niemanden, der das bestätigen oder bestreiten könnte. Am Ende haben sie sich ja selbst aufgemacht, um das Mädchen zu suchen.«

Ich weiß, dachte ich. Aber ich dachte auch an eine andere Sache. Birgersson wusste nicht, was Anna mir am Nachmittag gesagt hatte, dass sie nämlich den Jungen und das Mädchen schon einmal zusammen gesehen hatte. Dieses Wissen wollte ich auch noch eine Weile für mich behalten.

»Wissen wir noch mehr über den Jungen und das Mädchen? Kannten sie einander?«

»Wissen Sie noch mehr?«

»Nein«, log ich.

»Wir haben versucht, ihre Freunde zu befragen, aber so etwas braucht Zeit, das wissen Sie ja selbst.«

»Die Mutter des Jungen und der Vater des Mädchens kannten sich von früher«, sagte ich jetzt. »So eine Art Verhältnis.«

»Woher wissen Sie das?«

»Ich komme von hier, Birgersson.«

»Was könnte das bedeuten?« Ich hörte das Klirren von Eis in seinem Glas. Es schien nicht mehr viel Eis übrig zu sein, oder vielleicht war es auch ein großer Drink. »Sind nicht alle

Jugendlichen früher oder später miteinander zusammen in so einem kleinen Scheiß... in so einem kleinen Ort?«

Nicht nur die Jugendlichen, dachte ich.

Anna öffnete die Tür, ehe ich noch auf die Klingel drücken konnte. Ich versuchte sie an mich zu ziehen, aber sie entwich mir und zeigte ins Haus.

Im Wohnzimmer saß Jacob in einem Sessel. Das Licht der Dämmerung verlieh allem einen seltsamen Glanz: Es war immer noch stark und würde sich so lange halten, bis die Morgendämmerung kam.

Aus dem Zimmer des Jungen im oberen Stock konnte ich die Geräusche des Computers hören. Es klang nach Gewehrsalven und explodierenden Granaten. Jacob sah nicht mich an, sondern schaute aus dem Fenster. Da er Pfarrer der Pfingstbewegung war und kein Beffchen trug, konnte man ihm nicht ansehen, dass er ein Diener Gottes war.

»Dann hast du also hergefunden«, sagte er und sah mich an. »Das hat ja nicht lange gedauert.«

»Was soll denn das heißen?«, fragte ich und setzte mich aufs Sofa.

»Anna und ich sind alte ... äh, Bekannte«, sagte er stockend, und ich meinte zu verstehen, was er damit sagen wollte.

»Möchte einer von euch einen Kaffee?«, fragte Anna, die stehen geblieben war. Ich konnte erkennen, dass sie nervös war. Sie hatte nichts gesagt. Ich wusste nicht so recht, wo ich da hineingeraten war. »Oder etwas anderes? Andreas? Jacob?« Sie sah zu mir und dann zu ihm. Er schaute aus dem Fenster.

»Etwas anderes«, sagte er, ohne den Blick zu wenden.

Sie lachte ein wenig nervös und ging dann in die Küche. Man hörte, wie der Kühlschrank geöffnet wurde.

»Glaubst du, dass es Gott gibt, Andreas?«, fragte er plötzlich und wandte sich mir zu.

»Ich weiß es nicht«, antwortete ich.

»Es geht nicht um Wissen, es geht um Glauben.«

»Ich weiß nicht, ob ich es glaube«, sagte ich.

Er lachte.

»Was machst du hier eigentlich?«, fragte er jetzt. »Warum bist du hergekommen?«

»Das weißt du ...«

»Ich meine, hierher zu Anna«, unterbrach er mich. »Was hast du hier zu suchen?« Jetzt klang er wirklich anders, als wenn er die Seelen ins Haus des Herrn einlud. Hier war er ein Mensch, ein armes und sündiges Menschlein, das mit einer schönen Frau allein sein wollte. So gefiel er mir besser.

»Möchtest du, dass ich gehe?«

»Es hält dich niemand auf.«

»Wovon sprecht ihr?«, fragte Anna, die mit einem Tablett mit Gläsern, Flaschen und einer Schale Oliven zurückkam.

Wir sagten Anna gute Nacht und traten in die halbe Stunde hinaus, die die dunkelste dieser Nacht sein würde. Es schauderte mich in dem kühlen Wind. Vom See unterhalb des Hügels, auf dem wir standen, konnte ich einen Seetaucher hören. Hinter den Bäumen pfiff ein Zug, ein kleiner Laut. Alles war mir von früher wohl bekannt. Es war, als wäre ich nicht mein halbes Leben lang weg gewesen.

»Erinnerst du dich?«, sagte er und ich wusste, was er meinte.

Wir gingen zur Kirche. Er schwieg. Als wir drinnen bei Anna gesessen hatten, hatte er geredet, aber es gab etwas, das ihn quälte, das er mit sich herumtrug und das er erzählen wollte. Meine Arbeit als Polizist und Ermittler hatte mich das gelehrt. Wenn Menschen Wissen bargen, das sie quälte, dann wollten sie davon erzählen. Nicht alle, aber alle, die keine Psychopathen waren.

Wir gingen an seinem Tempel vorbei und weiter zum See hinunter. Ich nahm einen Stein und schleuderte ihn flach übers Wasser, eins-zwei-drei-vier. Er warf auch einen, eins-zwei-drei-vier-fünf. Er war darin schon immer besser gewesen als ich.

Die Ringe, die der Stein auf dem Wasser hinterließ, waren wie die Leben, die es eben noch gegeben hatte und die jetzt verschwunden waren, und danach wurde alles wieder glatt und still, eins-zwei-drei-vier.

Wir sahen die Silhouetten von zwei Schwänen draußen über den See gleiten wie schweigende Patrouillenboote. Die Dämmerung hatte dem Morgen Platz gemacht. Schon bald würden ein paar Boote mit Jungs ablegen, die nach Hechten angelten. Das hatten wir auch getan, Jacob und ich. Die Boote hatten dort hinten gelegen. Da lag jetzt auch ein Boot. Vielleicht war es sogar dasselbe.

Er nahm noch einen Stein auf.

»Möchtest du mir etwas erzählen, Jacob?«

Er warf wieder, eins-zwei-drei-vier-fünf-sechs. Die Schwäne waren näher gekommen, glitten aber jetzt wieder davon.

»Du weißt, dass ich Pfarrer bin, Andreas.«

Ich nahm meinerseits einen Stein und warf ihn, eins-zwei-drei-vier.

»Ich habe meine Pflichten«, sagte er.

»Es war Stig«, sagte ich.

Er antwortete nicht.

»Er war es. Du musst nicht antworten. Du unterliegst der Schweigepflicht. Aber du hast es gewusst.«

»Was gewusst?« Seine Stimme war jetzt schwach. Er wirkte, als habe er keine Kraft mehr. Als könnte er nicht einmal mehr einen Stein aufheben.

Eigentlich wusste ich nichts, war mir in keiner Hinsicht sicher. Ich hatte lediglich während des Tages darüber nachgedacht und ein paar Anrufe getätigt. Stig und Kerstin hatten sich früher schon gekannt. Sie hatten ein Geheimnis. Oder einer von ihnen. Das hing mit ihren Kindern zusammen, Stigs Tochter und Kerstins Sohn. Dem Sohn von Bengt und Kerstin. Ihr Sohn, der Sohn. Vater und Sohn und der Heilige Geist.

Das Handy in meiner Brusttasche klingelte plötzlich, und der Laut breitete sich über dem Wasser aus. Jacob ließ den Stein fallen, den er trotz allem aufzuheben geschafft hatte.

Es war Anna.

»Kerstin hat mich eben angerufen«, sagte sie. »Sie war vollkommen verzweifelt.«

»Was ist geschehen?«

»Sie hat Stig etwas ... ja, etwas erzählt, das ihn völlig fertig gemacht hat.«

»Dass er der Vater ihres Sohnes war. Jonas.«

»Woher weißt du das?«

»Ich wusste es nicht, ich habe es nur geglaubt.«

Jacob sah mich an.

»Sie hat dieses Geheimnis immer für sich behalten, in sich vergraben«, sagte Anna. »Kürzlich hat sie mir erzählt, dass es auch so bleiben solle, aber dann hat Jonas ihr erzählt, dass er ein Mädchen kennen gelernt hätte, und das war Helena.«

»Sonst wusste niemand davon?«

»Kerstin war sich nie hundertprozentig sicher, dass Jonas der Sohn von Stig ist. Bengt hingegen war immer misstrauisch. Aber als, ja als sie von Jonas und Helena gehört hat, da hat sie es Stig erzählt.«

»Wann war das?«

»Ich weiß es nicht.«

»Wo ist Kerstin jetzt?«

»Zu Hause, glaube ich.«

»Ist sie allein?«

»Bengt wird wohl da sein.«

»Wo ist Stig?«

»Das ist das Problem. Sie hat versucht, ihn zu erreichen, aber er ist weg.«

»Weg?«

»Er ist jedenfalls nicht zu Hause. Sie meint, auch Lena wisse nicht, wo er sei.«

Wir gingen schnell zu Lenas und Stigs Haus hinüber. Es war nicht besonders weit. Jacob atmete schwer und unregelmäßig, als würde sein Herz doppelt so schnell schlagen.

»Wie viel wusstest du?«, fragte ich.

Er antwortete nicht.

Wir konnten Lena durch die Fenster sehen, sie ging von einem Zimmer ins andere. Dann sah sie uns und kam raus.

»Wo ist er?«, rief sie von der Treppe. »Was ist denn passiert?«

Jacob machte einen Schritt vor, um sie zu umarmen. Sie gehörte zu seiner Herde. Aber die Kraft des Hirten reichte nicht aus.

»Kerstin hat mich angerufen«, sagte sie und sah mich an. »Ich habe nicht begriffen, was sie gesagt hat.«

Kerstin begreift es wahrscheinlich selbst nicht, dachte ich.

»Wann ist Stig weggegangen?«, fragte ich.

»Vor … mindestens vor einer Stunde.«

»Hat er etwas gesagt?«

»Nein.«

»Hatte er etwas dabei?«

»Wie?«

»Hat er irgendetwas mitgenommen?«

Ich wusste, dass er, ehe er Christ wurde, Jäger gewesen war. Das waren so die Dinge, die wir in unserem kleinen Dorf voneinander wussten.

»Hat er noch seine Gewehre?«, fragte ich.

Sie sah mich an, als würde sie mich nicht verstehen, doch ich denke, sie verstand mich sehr gut.

»Hat er einen Schrank, wo er sie aufbewahrt?«, fragte ich, und sie winkte uns mit gesenktem Kopf ins Haus.

In einem Arbeitszimmer im Keller war ein Glasschrank, der offen stand und Platz für zwei Elchstutzen bot: Es war aber nur noch einer da.

Ich sah sie an, sie sah mich an. Sie wusste, was ich dachte.

»Er war wohl nicht den ganzen Abend zu Hause, oder, Lena?«

Ich versuchte, sie ganz vorsichtig zu berühren. »Oder?«

Ruckartig ging sie die Treppe wieder hinauf, als würden die Muskeln ihren Willen beherrschen.

Wir standen draußen auf dem Hof.

»Er ... er wirkte in der letzten Zeit sehr angespannt«, sagte sie.

Sie wusste es, sie musste es jetzt wissen, aber sie konnte es nicht verstehen. Sie hatte nicht begriffen, was Kerstin gesagt hatte. Aber wer konnte das schon begreifen?

Da hörten wir einen Schuss in der Nacht, die jetzt schon Morgendämmerung war, oder noch mehr als das. Die Sonne sandte zwei Strahlen über die Horizontlinie der Bäume, über den See. Der Nachhall des Schusses hing über dem See wie Morgennebel.

Treffen

Im Landesinneren war es noch wärmer, als läge dort die Quelle der Hitze. Als er aus dem Auto stieg, konnte er aber immer noch die Nähe des Meeres spüren, im Wind, der von Westen kam, lag noch ein Hauch von Salz. Es war später Nachmittag, die Sonne stand hinter dem Wald, der hinter dem Ort aufragte. Hinter dem Ort, in dem er aufgewachsen war, mit diesem Westwind und diesem Hauch von Salz und der Sehnsucht nach dem Meer. Und vielleicht nach noch weiter entfernten Orten.

Er war zwanzig Jahre nicht hier gewesen.

Alles war so wie früher, nur in veränderten Proportionen, kleiner. Er ging vom Bahnhof, wo er das Auto abgestellt hatte, zu Fuß. Hinter ihm fuhren die Pendelzüge durch.

Der Stadtkern war unverändert, aber das Haus, in dem er groß geworden war, war umgebaut worden. Vielleicht war es auch abgerissen und durch ein anderes ersetzt worden. Er kannte dort niemanden mehr. Seine Eltern lebten nicht mehr.

Neue Menschen waren darin, andere Stimmen in den neuen Räumen.

So ist das im Leben, dachte er. Alles wird abgerissen, und dann kann man versuchen, es wieder aufzubauen, aber das ist nicht so leicht. Wenn man sich nicht sehr viel Mühe gibt, wird es schief und kantig. Und manchmal genügt es nicht einmal, sich so viel Mühe zu geben.

Es gab eine Erklärung dafür, warum er all die Jahre nie zurückgekehrt war. Es war der gleiche Grund, warum er jetzt wiedergekehrt war. Nein. Nur ein Teil der Erklärung. Oder war das der Grund? Plötzlich konnte er nicht mehr klar denken. Die Erinnerungen umfingen ihn wie die Wärme, die jetzt schwer und klebrig auf ihm lag.

Er wusste, dass die träge und schwere Ruhe, die wie eine Daunendecke über dem Ort lag, durch seine Ankunft zerrissen werden konnte.

Es gab hier ein schreckliches Geheimnis, und er war ein Teil davon. Es gab hier ein Rätsel, das immer noch ungelöst war.

Er war das letzte fehlende Puzzleteilchen.

Die wenigen Gesichter im Café waren ihm alle fremd. Irgendwie schienen mehr Leute wegzuziehen als dazuzukommen.

Die meisten scheinen auf dem Weg fort von hier zu sein, dachte er. Das ist immer so in kleineren Orten, die im Schatten größerer Städte liegen. Er trank seinen Kaffee und wartete. Allen Dingen haftete etwas Zufälliges an. Der Schatten der großen Stadt verdunkelte die Gemeinden in der Umgebung, und wer konnte, der zog nach Westen, um schließlich ins Licht und ans Meer zu kommen. Er lächelte leicht und schaute in seine Tasse. Dann hörte er eine Stimme und sah auf.

»Ich glaube es nicht«, sagte sie.

Er antwortete nicht.

»Ich dachte, es wäre ein Witz, als ich deine Stimme auf dem Anrufbeantworter hörte.« Sie stand immer noch neben dem Tisch. »Ein schlechter Witz.«

»Willst du dich nicht setzen?«

»Nein.«

»Jetzt komm schon, Britt.«

»Ich sollte eigentlich gar nicht hier sein«, sagte sie und blickte auf den leeren Stuhl vor sich. Sie setzte sich.

»Möchtest du einen Kaffee?«

»Ich möchte eine Erklärung.«

»Deshalb bin ich hier. Aber ich weiß nicht viel mehr als du.«

Er hatte ihr gesagt, dass er sie treffen wolle und dass es sehr wichtig sei. Nach so langer Zeit hatte sich eine Neuigkeit ergeben.

Es war alles lange her, aber nichts hatte ihm Ruhe verschaffen können. Ich muss zur Ruhe kommen, hatte er viele Male gedacht. Es muss ein Ende haben.

Er hatte sie angerufen, mehr als einmal. Es war, als hätte er bei ihr Trost gesucht. Das war im Laufe der vergangenen Jahre ein paar Mal geschehen. Und im letzten Jahr noch häufiger. Du musst aufhören, hatte sie gesagt. Du musst aufhören, Peter. Du musst. Wir müssen es vergessen. Es muss ein Ende haben.

»Wir sollten nicht hier sitzen«, sagte sie und sah sich um.

»Siehst du jemanden, den du kennst?«

»Es gibt immer jemanden, der mich wiedererkennt.«

»Bist du so bekannt?«

»Offenbar hast du vergessen, wie es ist, in einem solchen Ort zu wohnen.«

»Ja.«

»Du Glücklicher.«

Er antwortete nicht.

»Aber vielleicht ist es ja der beste Ort, um sich zu treffen.« Sie sah sich wieder um. »Mit der größten Anonymität.«

»Ja«, sagte er.

»Und?« Sie sah ihn an. »Warum bist du hergekommen?« In ihrem Blick war keine Wärme. »Du hast versprochen, niemals zurückzukommen.« Sie machte eine Handbewegung, und er sah den Ring an ihrem Finger. Ihr Mann. Er wusste nicht, wie lange die beiden schon zusammen waren.

»Hast du deinem ... Mann ... etwas über uns gesagt, ich meine, dass wir uns hier treffen werden?«

»Glaubst du, ich bin verrückt?«

Er schüttelte den Kopf.

»Warum bist du hier?«, wiederholte sie.

»Ich habe einen Brief bekommen.«

Sie wartete. Im Café waren nur noch wenige Menschen. Der Nachmittag hatte sich in einen warmen Sommerabend verwandelt, man sah die Wärme förmlich durchs Fenster. Die Straße draußen war leer. Er sah sie an. Sie sah aus, als würde sie in ihrer weißen Bluse frieren. Ihr Gesicht war dasselbe geblieben, wenn er sie ansah, war es, als gäbe es keine Zeit. Fast ein Vierteljahrhundert war vergangen, aber er hätte sie jederzeit und überall wiedererkannt. An jedem Tag in den vergangenen Jahren hatte er an sie gedacht. Und das waren viele Tage gewesen. Er sah, dass sie ihn fast nicht wiedererkannte. Das Haar. Der Bart. Die Kleider, die anders als sonst waren. Wenn sie gesehen hätte, wie er sich bewegte, dann hätte sie ihn nicht wiedererkannt. Niemand hier hatte ihn wiedererkannt. Niemand.

»Und?«, fragte sie.

»Es war nicht direkt ein Brief«, sagte er, fuhr mit der Hand in die Innentasche des Sakkos, holte einen Umschlag heraus und reichte ihn ihr hinüber. Sie nahm ihn, schaute darauf und sah dann wieder ihn an.

»Du kannst es ruhig rausnehmen«, sagte er.
Außer ihnen war jetzt niemand mehr im Café.
Sie hielt den Zeitungsausschnitt in der Hand.
»Es ist eine Kleinanzeige«, sagte er.
»Das sehe ich.«
»Hast du sie gelesen?«
Sie sah ihn an, ohne zu antworten.
»Hast du sie gelesen?«, wiederholte er.
Sie nickte, ohne zu antworten.
Er wiederholte leise, was sie gelesen hatte: »An Peter und Britt zum Jahrestag. Liebe Grüße vom Teich.«
Sie sah jetzt aus, als wäre sie zu Eis erstarrt. Ihre Haut war fast genauso weiß wie ihre Bluse.
»Wo … wo hat das gestanden? Und wann?«, fragte sie, ohne ihn anzuschauen. Sie hatte den kleinen Ausschnitt wieder in den Umschlag gesteckt.
»Das steht auf der Rückseite«, sagte er.
Sie nahm den Zettel wieder heraus und las das Datum, das handschriftlich mit Bleistift auf der Rückseite stand. Darunter stand »GP« für *Göteborgs Posten.*
»Das verstehe ich nicht«, sagte sie und schaute ihn wieder an. »Ich verstehe es nicht, Peter. Hast du das Datum geschrieben?«
»Nein.«
»Nicht?«
»Ich habe den Zeitungsausschnitt in einem Umschlag erhalten, der in Göteborg abgestempelt war, und er sah genauso aus, wie er jetzt aussieht.« Er schaute sich um und sah sie dann an. »Jemand wollte sichergehen, dass ich die Anzeige auch sehe.«
»Jemand?«
Er antwortete nicht. Er wusste, was sie dachte. Sie dachte dasselbe wie er. Dasselbe Gesicht.

»Mein Gott«, stieß sie hervor.

»Natürlich habe ich es nachgeprüft«, sagte er mit einer Stimme, die so ruhig war, dass es ihn selbst erstaunte. »Bin in die Bibliothek gegangen. Die Annonce ist nicht an jenem Tag in *Göteborgs Posten* erschienen.«

Sie schien ihn nicht zu hören.

»Erkennst du das Datum wieder?«, fragte er und beugte sich etwas näher zu ihr. Sie schien ihn nicht zu hören, sondern schaute durch ihn durch. »Das Datum? Den ›Jahrestag‹?«

Sie bewegte ihre Augen und war wieder in der Gegenwart zurück. Sie schaute ihn an. Er wusste, wo sie gewesen war.

»Es kann auch etwas ganz anderes sein«, sagte sie. »Ein reiner Zufall. Mein Gott, wir sind doch nicht die Einzigen auf der Welt, die Peter und Britt heißen, oder?«

»Ich habe auch schon versucht, es so zu sehen«, sagte er.

»Dann sieh es weiter so«, sagte sie, »dann tue ich es auch.«

»Aber eine Sache gibt es da noch«, sagte er.

»Sag es nicht«, drohte sie, »ich stehe sofort auf und gehe, wenn du es sagst.«

»Der Teich«, sagte er. Er musste es einfach sagen.

Sie stand auf und ging.

Sie weiß, wo ich bin, dachte er. Sie wird dorthin kommen.

Die Sonne war verschwunden, aber das Licht war noch da. Es war zwischen die Bäume gesunken und hatte eine sanftere Färbung bekommen, aber es war noch da, als er auf dem Waldweg fuhr. Der Weg war trocken und hart, weil es mehrere Wochen lang nicht geregnet hatte. Er hatte das Fenster heruntergekurbelt und roch die Düfte, die sich nach Sonnenuntergang tausendfach zu vermehren schienen.

Er stellte das Auto unter einem Baum ab, der durch einen

Blitzschlag in zwei Teile gespalten worden war. Als er klein war, hatte er oft in der Gabelung gesessen und auf den Wald geschaut. Er hatte ihn immer als sehr dunkel empfunden.

Der Pfad war noch da. Er verlief genauso wie damals: nach links, dann rechts, dann wieder rechts, links, ein Baumstumpf, links. Auch die Hütte stand noch dort und sah genauso aus wie damals. Er wusste nicht, ob sie immer noch ihrer Familie gehörte.

Die Fenster waren schwarz. Er ging daran vorbei, ohne an die Türklinke zu fassen. Er wollte nie wieder dort hineingehen. Er hatte überhaupt nie wieder hier gehen wollen, auf diesem Pfad, und niemals, niemals wieder bis zum Wasser hinunter, das zwischen den Bäumen glitzerte.

Der Teich.

Jetzt hörte er einen Seetaucher von dort. Er ging zum Ufer. Über der Wasseroberfläche schwebte ein sanfter Nebel. Der Teich war größer, als er ihn in Erinnerung hatte, aber vielleicht war er auch in den zwanzig Jahren, die vergangen waren, zu einem See gewachsen. Das war unwahrscheinlich. Aber er wollte sich nicht an seine Erinnerungen heranwagen. Sie hatten ihn hierher geführt, doch mehr Raum wollte er ihnen nicht geben.

Er nahm die Gerüche des Ufers wahr, und alles war anders hier als in der Stadt. Da waren die Gerüche trocken und stark und klar wie das Wasser des Meeres. Hier waren sie dunkel und unbestimmt, erfüllt von Verrottung und Moder, so wie das schwarze Wasser, das nur wenige Meter von seinen Füßen entfernt lag.

Jetzt kamen die Erinnerungen.

Sie waren in der Hütte gewesen. Britt und er waren dort gewesen, und sie waren nackt gewesen, es war das zweite Mal. Er hatte kein Recht darauf gehabt, und sie auch nicht.

Es kam niemand dorthin. Sie konnten nicht voneinander lassen. Sie hatte gesagt, sie habe begriffen, dass sie ihm gehöre, und er ihr. Sie habe es ihrem Verlobten noch nicht gesagt, aber jetzt habe sie es begriffen. Sie würde erzählen, was niemand wusste. Ich traue mich, hatte sie gesagt.

Ihr Verlobter war gewalttätig. Einer von diesen großen, gewalttätigen, großmäuligen Männern, die die schönen Frauen wie ein Magnet anzogen. Und diesmal war er geschlagen worden, und zwar von ihm, von Peter, und er jubelte innerlich, hatte aber gleichzeitig auch Angst davor, was geschehen könnte, wenn das Geheimnis ruchbar würde.

Er hatte sie wieder gestreichelt.

Er stand am Teich und erinnerte sich an diese Bewegung. Er wandte sich zur Hütte um, die in der Sommernacht zu sehen war. Bald würde es dunkel werden, für eine kleine Weile barmherzig dunkel.

Er hatte sie gestreichelt. Sie hatten draußen ein Geräusch gehört. Ein Ast, der auf dem Weg knackte. Es war Mittsommer gewesen, so wie jetzt, und es war genauso trocken gewesen. Noch ein Geräusch, trocken und spröde. Sie hatten Schritte gehört, ohne Zweifel Schritte, Schritte auf dem Weg und auf die Veranda und Tritte gegen die Tür und eine Stimme, die schrie, seine Stimme, jetzt war es überhaupt kein Geheimnis mehr, und er hatte gespürt, wie sie in seiner Umarmung zitterte, und er hatte die Tritte gegen die Tür gehört und im Dunkeln gesehen, wie das Holz zu splittern begann, und er war aufgestanden, ohne Kleider, die Kleider hatten irgendwo unter dem Bett gelegen, das Holz in der Tür war gesplittert, und der Mann da draußen hatte wie ein Wahnsinniger geschrien, und Britt hatte zu weinen begonnen, er wird uns totschlagen, hatte sie geschluchzt, und er hatte gemerkt, wie das Blut in ihm rauschte, als würde es im Körper schon verzweifelt Schutz vor dem Schlag suchen, der kommen würde, sobald der da draußen die Türe aufbekommen hatte.

Und dann war alles ganz schnell gegangen.

Er hatte jemanden hinter sich gehört und etwas in seiner Hand gespürt. Es war hart und kalt gewesen. »Ich habe das hier gefunden«, hatte sie gesagt.

Er wusste nicht, was es war, aber es war schwer und scharf, und als der Verrückte sich durch die Reste der Tür gezwängt hatte, hatte er dort bereitgestanden und das schwere Ding hochgehoben und nach vorn geschwungen und die Vibration in der Hand gespürt, als es irgendwo in Höhe des Gesichts traf, die Waffe, die er mit fürchterlicher Kraft geschwungen hatte, war in dem anderen stecken geblieben und wand sich aus seiner Hand, als der Körper zu Boden sank.

Alles Weitere war wie in einem Traum geschehen. Sie war die Stärkere gewesen. Sie hatte begriffen, was sie tun mussten. Er hatte mehr tragen können als sie, aber sie gab ihm die Kommandos.

Da war der Teich gewesen.

Der Teich hatte alles verborgen.

Er hatte nicht gedacht, dass er imstande wäre, so schwere Steine zu heben.

Als sie fertig waren, hatte er gewusst, dass der Teich sein Geheimnis bewahren würde.

Tags darauf war er gefahren. Ihre gemeinsame Zukunft war zerstört, auch wenn niemand erfahren würde, was geschehen war. Das hatten sie sofort danach begriffen. Sein Leben war an jenem Tag zu Ende gewesen.

Damals war es zu Ende gegangen, dachte er, als er dort stand und über das Wasser und die versinkende Landschaft schaute. Es war ihm, als würde er wieder den Ruf des Seevogels hören.

Jetzt will ich mein Leben zurückhaben. Ich muss frei werden.

Dieser Gedanke hatte ihn in den vergangenen Jahren begleitet. Er hatte sich wie ein Stachel festgesetzt, gegen den er sich erfolglos gewehrt hatte.

Als er hörte, dass Britt sich gegen das Alleinsein entschieden hatte und mit einem Mann zusammenlebte, hatte ihn ein kaltes Entsetzen gepackt. Sie würde nicht ein Leben lang schweigen können.

Wenn das Geheimnis aber erst einmal heraus war, dann gab es kein Halten mehr. Dann würde sich das Puzzle zusammensetzen.

Er wollte ein neues Leben beginnen, und nach und nach hatte er erkannt, dass dorthin nur ein Weg führte.

Sie musste ihr Leben geben, damit er endlich wieder leben konnte. Sie stand seinem Leben im Weg, und wenn sie weg wäre, dann wäre auch das Geheimnis für immer bewahrt.

Er hatte oft versucht, diese schlimmen Gedanken von sich zu schieben, aber sie waren immer wieder gekommen. Er hatte es schon einmal getan ... Sie bedeutete ihm nichts mehr, jedenfalls nicht mehr als sein eigenes Leben. Das versuchte er sich einzureden.

Sie war ja an allem schuld gewesen. Sie hatte ihm die Waffe in die Hand gedrückt, die jetzt auf dem Grund dieses Teichs lag. Dieser Teich, der nun vor ihm lag und im Mondlicht glänzte.

Der Brief hatte ihm einen Vorwand eröffnet. Sonst hätte er niemals hierher kommen können, hätte niemals einen Anlass gehabt. Sonst hätte sie sich nie mit ihm getroffen.

Er hatte lange darüber nachgedacht, was er ihr sagen sollte. Nicht zu viel und nicht zu wenig. Glaubwürdig. Es musste glaubwürdig sein. Dann hatte er die Anzeige in die Zeitung gesetzt, sie ausgeschnitten und an sich selbst geschickt.

Vorhin im Café hatte er die Beunruhigung in ihren Augen gesehen. Es hatte funktioniert.

Der Teich lag da. In der Ferne hörte er einen Zug.

Der Seetaucher schrie wieder, aber diesmal scheinbar von einem anderen See. Jetzt roch es milder, besser. Er entspannte sich langsam.

Er spürte das Messer, das er in einer Scheide unter der Achsel trug.

Wann sie wohl kommen würde? Er wusste, dass sie kommen würde. So gut kannte er sie.

Niemand hatte ihn im Ort in der trägen und stickigen Nachmittagshitze erkannt. Morgen würde er den Bart abrasieren, sich die Haare schneiden, seine üblichen Kleider anziehen und wieder normal herumlaufen.

Plötzlich musste er lächeln.

Von oben auf dem Weg hörte er ein sprödes Knacken.

Noch ein Knacken. Da ging jemand. Hörte er da nicht eine Stimme, die leise seinen Namen rief? Er bewegte sich auf das Geräusch zu. Ging zur Hütte hinauf. Sie stand auf der Veranda, so wie das letzte Mal, in seinem anderen Leben.

»Du bist gekommen«, sagte er.

»Hattest du etwas anderes erwartet?«

»Nein.«

»Und was jetzt?«, fragte sie.

»Ich weiß nicht«, sagte er und ging auf sie zu. Sie bewegte sich nicht.

»Und du hast keine Ahnung, wer diese Anzeige aufgegeben haben könnte?«, fragte sie. Er sah die Zähne in ihrem Gesicht leuchten.

»Natürlich nicht«, sagte er. Jetzt, dachte er. Jetzt. Ich mache fünf Schritte und dann ist es vorbei. Ich habe das doch schon einmal getan. Ich. Habe. Das. Schon. Einmal. Getan. Fünf Schritte, eins, zwei …

»Auf jeden Fall ist es gut«, sagte sie.

Er hielt inne.

»W… was?«

»Es musste doch mal ein Ende haben«, sagte sie. »Ich glaubte schon, ich würde so normal wie möglich funktionieren, aber dann hast du wieder von dir hören lassen. Ich habe versucht, dir zu erklären, dass es unmöglich ist, aber du wolltest nicht hören, Peter. Und nicht verstehen.«

»W… was?«, wiederholte er. Er hatte immer noch nicht den dritten, vierten und fünften Schritt gemacht.

»Du hast uns dazu getrieben«, sagte sie. »Ich habe dich gebeten. Ich habe versucht, dich dazu zu bringen, es zu verstehen. Aber du konntest nicht verstehen. Oder du wolltest nicht.«

Jetzt. Er machte noch einen Schritt. Er konnte sie fast berühren.

»Bisher bedeutete mir das Leben nichts, aber jetzt habe ich wieder Lust zu leben«, sagte sie. »Ich glaube, dass du auch das nicht verstehen kannst. Aber ich kann mich nicht länger auf dich verlassen, Peter. Das Geheimnis ist nicht mehr sicher. Verstehst du, was ich sage?«

Mehr als du denkst, dachte er. Er steckte die Hand in die Jacke und spürte den Griff des Messers. »Auf Wiedersehen, Bri…«

Ein Mann kam hinter der Ecke der Hütte hervor.

»Du bist hierher gekommen, Peter.« Sie sah ihn an und dann zur Seite zu dem Mann, der sich wie ein großer Panther näherte. Im Schatten wirkte er auch schwarz wie ein Panther. »Du bist derjenige, der gekommen ist. Du hast angerufen. Du hast an die Vergangenheit gerührt, mehr und mehr. Hast alles wieder aufgewühlt.«

Er sah zwischen ihr und dem schwarzen Mann hin und her.

»Hast du die Anzeige selbst aufgegeben, Peter?«, sprach sie ihn wieder an.

»W… was?«

»Ich muss es wissen. Hast du die Anzeige aufgegeben?«

Er dachte nach. Er musste das Messer nicht zeigen. Er konnte weggehen, ohne dass sie etwas erfuhr. Wenn er sagte, dass er die Anzeige aufgegeben habe, dann würde sie verstehen, dass er sie einfach treffen und vielleicht wieder mit ihr leben wollte. Das würde sie ihm glauben. Sie würde das glauben. Und es war auch wirklich die Wahrheit, wenn auch nicht die ganze Wahrheit.

Er wusste, er würde noch eine Chance erhalten. Natürlich würde sie auch da diesen Panther mitnehmen können. Er dachte, wohin du gehst, kannst du nichts mitnehmen, aber ihr dürft einander mitnehmen. Der Panther hing jetzt mit drin. Er wusste, dass sie ihm alles erzählt hatte.

»Ja«, sagte er.

»Du hast selbst die Anzeige aufgegeben?«

»Ja. Ich wollte dich so gern wiedersehen.«

Er konnte die Erleichterung in ihrem Gesicht sehen. Es gab keine dritte Partei. Er sah, dass sie das dachte. Kein Zeuge des Vergangenen. Er sah, wie sie dem Panther zunickte, der jetzt näher kam.

Jetzt war es vorbei. Jetzt konnte er gehen. Er zog die Hand aus der Innentasche und machte einen Schritt nach rechts.

»Auf Wiedersehen, Peter«, sagte sie und er bemerkte eine schnelle Bewegung von der Seite. Etwas traf ihn im Gesicht. In seinem Kopf wurde es rot und schwarz. Er spürte, wie er hochgehoben und dann hinuntergelassen wurde. Er spürte, wie er in etwas versank, das schwarz und nass war. Dann spürte er nichts mehr.

Der Steg

Einer der schönsten Tage, die Gott je geschaffen hatte, neigte sich seinem Ende zu. Die Sonne war auf dem Weg zu anderen Orten, doch sie würde in ein paar Stunden wieder zurück sein.

Nach dem zweiten oder dritten Schlag verlor der Junge das Bewusstsein. Er sah ein rotes Dunkel. Er hörte die Stimme nicht mehr, die ihm ins Ohr schrie.

Es gab zwei Gründe, warum an diesem Morgen ausgerechnet Erik Winter, den Wind in den Haaren, auf dem Achterdeck des Polizeibootes stand. Der erste war seine Arbeit:

Er war Kriminalkommissar, und das war eine der Dienstreisen, die zu diesem Job gehörten. Dienstreisen zum Abgrund.

Der andere Grund: Er kannte einen von den Eltern des Jungen, der am Abend vorher misshandelt worden war und jetzt im Koma lag. Oder hatte ihn gekannt.

Winter ging am Anleger von Brännö an Land. Er war nicht der Einzige. Die Fähre durch die Schären, die gleichzeitig anlegte, war voller Menschen, die einen Tag auf den Inseln verbringen wollten: Asperö, Brännö, Styrsö und Vrångö, ganz draußen, wo sich das Meer zu einem weiten, offenen Horizont ausbreitete.

Winter hatte eine Kollegin mitgebracht. Vier Augen waren oft besser als zwei, zwei Köpfe besser als einer, und so weiter.

»Es wird ein heißer Tag werden«, bemerkte Kriminalinspektorin Aneta Djanali.

»Es ist bereits ein heißer Tag«, entgegnete Winter und machte einen letzten Schritt auf die Frau zu, die gekommen war, um sie abzuholen.

Sie standen an einer Bucht auf der anderen Seite der Insel. Die Sonne war noch nicht richtig dorthin gekommen, das Wasser lag im Schatten, und das Bootshaus wirkte schwarz, obwohl es rot angestrichen war. Die Umgebung war abgesperrt. An einem Steg lag ein Schärenkahn. Die Wasseroberfläche war still. Wie leblos, dachte Winter und wandte sich der Frau zu, die ihnen den Weg hierher gezeigt hatte.

Sie hatte einen schwarzen Ring der Erschöpfung unter dem einen Auge, nur unter dem einen, als hätte sie sich während der Nacht in einem Zustand zwischen Wachen und Schlafen befunden. Das wird wohl so gewesen sein, dachte er. Und er dachte auch, dass sie sich nicht verändert hatte, seit sie während eines sehr kurzen Sommermonats vor zwanzig Jahren ein Paar gewesen waren. Ein Sommer wie dieser hier.

Elisabeth Lidner machte eine hilflose Geste zum Bootshaus, das nicht viel größer war als ein Spielhäuschen.

»Da drin hat er gelegen«, sagte sie. »Johan. Hat da drin gelegen.«

»Wer hat ihn gefunden?«, fragte Winter.

»Seine … seine Freundin«, antwortete Elisabeth Lidner. »Liv. Sie heißt Liv.«

»Um vier Uhr morgens?«, fragte Winter. Er hatte einen kurzen Bericht von der Leitzentrale der Wasserschutzpolizei erhalten, die den Notruf entgegengenommen und auch dafür gesorgt hatte, dass der Junge schnell ins Sahlgrenska-Krankenhaus eingeliefert wurde. »Was hat sie um vier Uhr morgens hier gemacht?«

»Ich weiß nicht«, sagte Elisabeth Lidner.

»Waren sie in der Nacht zusammen?«, fragte Winter.

»Sie sagt, sie seien nicht zusammen gewesen«, erwiderte Elisabeth Lidner und fing wieder an zu weinen.

Winter und Aneta Djanali warteten am Bootshaus. Die Mutter von Johan Lidner war auf dem Weg ins Krankenhaus. Ihr Mann wachte bereits dort am Bett des Jungen. Die Freundin, Liv, sollte in ein paar Minuten zum Bootshaus kommen. Die Sonne war schneller als sie, das Häuschen wirkte nicht länger schwarz. Die Sonnenstrahlen beleuchteten den Schuppen wie Scheinwerfer. Winter konnte die Flecken auf dem blank gewetzten Holzfußboden sehen. Es kann sein, dass ich am Tatort eines Mordes stehe, dachte er. Ehe dieser strahlende Tag vorüber ist, werden wir es wissen.

»Ich bin oft hier gewesen«, sagte er und nickte zum Steg hin. »Das dort war unser Steg.« Er sah wieder zum Bootshaus. »Und das da war unser Bootshaus.« Er schaute Aneta Djanali an. »Ist lange her.«

»Wie alt ist Johan?«, fragte Aneta Djanali.

»Achtzehn«, antwortete Winter. Er sah mit zusammengekniffenen Augen über die Bucht, die in der Sonne silbern glitzerte. »Sie hat damals schon davon gesprochen, dass sie Kinder wollte.« Er hielt die Augen immer noch zusammengekniffen. »Aber ich war dafür nicht der Richtige.« Nun zog er die Sonnenbrille aus der Brusttasche. »Jedenfalls nicht damals.«

Hinter den schwarzen Brillengläsern wurde alles, was scharf war, sofort weicher und milder, braun anstelle von rot und weiß.

»Kannten Sie ihren Mann?«, fragte Aneta Djanali. »Den Vater von Johan?«

»Bin ihm nie begegnet«, erwiderte Winter.

»Da kommt Liv«, sagte Aneta Djanali und wies mit dem Kopf zu der Silhouette, die plötzlich auf dem Weg zu sehen war.

»Der Mann von Elisabeth ist tief religiös«, sagte Winter wie zu sich selbst.

»Sie nicht? Ich meine, Elisabeth?«

»Das weiß ich nicht«, meinte Winter.

»Was heißt das eigentlich?«, fragte Aneta Djanali, »dass jemand tief religiös ist?«

»Das weiß ich nicht«, wiederholte Winter. »Aber die Freikirchlichen sind hier auf den Inseln ziemlich stark.«

Das Mädchen hatte einen verschreckten Ausdruck in den Augen. Sie saßen auf dem Steg. Winter wusste, dass er hier irgendwo seinen Namen hineingeritzt hatte. Es war dasselbe Holz, Hunderte von Jahren alt, größer als das Leben: Es war da gewesen, als er hierher gekommen war, und es würde noch da sein, wenn er weg war.

Sie hatten sich eine kleine Weile unterhalten. Das Mädchen sah auf das Holz hinunter oder in das Wasser zwischen den Ritzen.

»Was hat Johan gestern Abend gemacht?«, fragte Aneta Djanali.

»Wir waren unten am Anleger«, erwiderte Liv, »zum Tanzen.«

Tanz auf dem Anleger von Brännö, dachte Winter. Eine alte und liebe Tradition.

Doch er wusste, dass nicht alle so dachten. Es gab Leute, für die war der Tanz ein Werk des Teufels. Der Tanz – und alles Böse, was er mit sich brachte.

»Was ist dann passiert?«, fragte Aneta Djanali.

»Was?«

»Sie haben sich getrennt, oder? Sie waren nicht den ganzen Abend zusammen.«

»Ja.«

Winter studierte Livs Profil, oder Halbprofil. Er konnte sehen, dass sie etwas wusste, was er erfahren musste.

»Das müssen Sie jetzt aber mal erklären«, sagte Aneta Djanali.

Gut, dachte Winter. Offene Fragen.

»Nun ja, es war nach zwölf, und ich war müde und bin nach Hause. Ich dachte, Johan würde auch nach Hause gehen.«

»Er ist nie zu Hause angekommen«, sagte Aneta Djanali.

Sie antwortete nicht. Winter betrachtete weiterhin ihr Profil, das eine Auge, das zwischen dem Steg und dem kohlschwarzen Gesicht von Aneta Djanali hin- und herflatterte. Hinter der kleinen Bucht war das Meer, und Winter konnte die Küstenlinie auf der anderen Seite der Bucht sehen. Den Strand, an dem er für sich selbst und seine Familie ein Haus bauen wollte, konnte er nicht sehen, aber er wusste, dass er dort lag. Erst vorgestern waren sie auf dem Grundstück gewesen und hatten Pfade zum Strand hin getrampelt. Er hatte ein Gefühl verspürt, das vielleicht Glück war.

»Und Sie sind dann ein paar Stunden später hierher gekommen?«, hörte er Aneta Djanali fragen.

Liv nickte schwach.

»Was ist passiert?«

Sie erzählte.

»Und dann haben Sie hier Johan gefunden«, unterbrach Aneta Djanali ihren Bericht.

Liv nickte wieder.

»Warum sind Sie hierher gekommen?«

»Ich ... konnte nicht schlafen. Ich wollte einfach ... ein bisschen rausgehen. Es war ja hell.« Plötzlich sah sie auf, als wäre sie überrascht, dass das Licht an diesem Morgen immer noch da war.

»Aber warum ausgerechnet hierher?«, fragte Aneta Djanali.

»Ich gehe immer hierher«, antwortete das Mädchen.

Am Nachmittag waren sie immer noch auf der Insel. Es gab viele Fragen zu stellen, und viele Menschen, denen man sie stellen musste. Doch die meisten potenziellen Zeugen waren mit den zusätzlich eingesetzten Fähren schon in der Nacht nach Hause gefahren.

Was war in der Nacht geschehen? Im Verlauf des Abends? Wem war Johan begegnet? Waren es mehrere? Hatte es irgendetwas mit dem Tanz zu tun? War er mit jemandem in Streit geraten?

Das schien nicht der Fall gewesen zu sein, zumindest soweit er das den Gesprächen mit älteren, mittelalten und jugendlichen Inselbewohnern entnehmen konnte, die beim Tanz dabei gewesen waren. Winter hatte bei der Kripo mehr Leute angefordert.

Jetzt oder nie.

Er hatte im Sahlgrenska angerufen und mit dem Arzt gesprochen. Vielleicht würde Johan nie wieder aufwachen. Es waren entscheidende Stunden.

In einem Café, ein paar hundert Meter vom Hafen entfernt, arrangierte er schnell ein Gespräch mit vier Jugendlichen, die auf dem Tanz gewesen waren. Sie waren sechzehn, siebzehn und achtzehn Jahre alt.

»Was sagen eure Eltern, wenn ihr da zum Tanzen geht?«, fragte Winter.

Einer grinste etwas verlegen. Das war auch eine Antwort.

»Gibt es Kämpfe mit den Jugendlichen aus der Stadt?«, fragte Winter.

Keine Antwort.

»Ich habe jedenfalls gehört, dass das so sei«, setzte er hinzu und wandte sich dem Jungen zu, der ihm am nächsten saß. »Oder?«

»Na ja«, brummte der Junge.

»Worüber streitet ihr?«

»Ähm«, meinte der Junge.

»Das ist schon etwas mehr als nur Stadtjungs gegen Inselbewohner, oder?«

Winter wandte sich dem Mädchen in der Gruppe zu. Sie schien am ältesten zu sein.

»Da kommen ja wohl welche rüber, um Drogen zu verkaufen, oder?«

Es war Abend und so hell wie immer. Winter und Aneta Djanali parkten vor dem Haupteingang des Krankenhauses. Außerhalb des Autos war es warm. Aneta Djanali schien die starke Abendsonne direkt in die Augen.

»Meine Eltern haben sich nie an dieses Licht im Sommer gewöhnen können«, sagte sie und sah sich nach den langen Schatten um. »An die Nacht, die nie kommt. Ich erinnere mich noch, dass meine Mutter sagte, auf die Dunkelheit hätte man sich in Burkina Faso wenigstens verlassen können.«

Winter sah die Gestalt von Johan Lidner durch eine Glaswand. Er sah auch den Vater, Martin Lidner. Der Mann saß mit wie zum Gebet gefalteten Händen da.

Elisabeth Lidner war wieder auf der Insel.

Winter hatte sie gefragt:

»Habt ihr euch keine Sorgen gemacht, als Johan nicht sofort nach Hause kam?«

»Er hat angerufen und gesagt, dass er bei Liv übernachten würde«, hatte sie geantwortet. »Ich wollte nicht dort anrufen und den Eindruck erwecken, dass ich misstrauisch sei.«

»Aber Martin hat sich dennoch aufgemacht, um nach ihm zu suchen?«

»Das war später«, hatte sie gesagt, »nachdem Liv angerufen hatte.«

»Also, wie war das nun«, hatte Winter noch einmal gefragt, »hat Martin sich aufgemacht, nachdem Liv angerufen hatte?«

»So war es wohl«, hatte sie geantwortet.

»Ah, Sie sind es«, sagte Martin Lidner, der aufsah, als Winter sich im Nebenraum neben ihn gesetzt hatte. Das Licht war so blau und kalt wie ein Tag ohne eigenes Leben.

Winter war für Martin Lidner ein Fremder. Er wusste nicht, ob Elisabeth ihm von ihrer früheren Beziehung erzählt hatte. Sie war es gewesen, die ihn am Morgen angerufen hatte, aber das spielte keine Rolle.

Winter stellte sich vor.

»Ja, ich weiß, wer Sie sind«, sagte Lidner.

Er hatte seine Hände fester verschränkt, wie zu einem Gebet, das niemand unterbrechen konnte. Seine Hände sahen aus wie ein Stück Stein.

»Wann sind Sie zum Bootshaus gekommen?«, fragte Winter.

»Was? Was sagen Sie?«

»Wann sind Sie zum Bootshaus gekommen? Wo Johan lag?«, fragte Winter.

»Nachdem ... nachdem das Mädchen angerufen hatte. Liv. Sie war dort gewesen.«

Lidner sah seinen Sohn an. »Das war danach.«

»Aber Sie haben sich schon früher aufgemacht, oder?«

»Habe ich das?« Lidner hielt seine Hände immer noch gefaltet. Sein Blick schien jetzt nach innen gewandt. »Vielleicht habe ich das. Ich konnte nicht schlafen. Es war eine warme Nacht.«

»Wohin sind Sie gegangen?«

»Wohin ich ... was soll das? Was meinen Sie?«

Winter antwortete nicht. Er sah von Martin Lidner zu seinem Sohn. Das Gesicht des Jungen war so weiß wie das Kissen. Aber sein Zustand hatte sich im Laufe des Abends verändert, er war nun das, was man »kritisch, aber stabil« nannte. Welche Schäden von seinen Schädelverletzungen eventuell zurückbleiben würden, wussten die Ärzte noch nicht, aber Johan würde wahrscheinlich überleben.

»Johan wird es schaffen«, sagte Winter, während er das Gesicht des Jungen immer noch anschaute.

Martin Lidner sagte nichts. Winter wandte sich ihm zu. Lidner schloss die Augen über seinen gefalteten Händen. Betete er? Oder suchte er andere Antworten? Oder wusste er einfach nicht, was er mit seinen Händen anfangen sollte?

Es waren dieselben Hände, dachte Winter jetzt. Es konnten dieselben Hände sein.

Er sah wieder zu dem Jungen. Johan könnte sein eigener Sohn sein.

»Er hatte Amphetamine im Körper«, sagte er und wandte seinen Blick wieder Lidner zu.

Dieser antwortete nicht.

»Nicht viel, aber sie waren nachweisbar«, fuhr Winter fort.

»Diese … diese … Teufel«, sagte Lidner, und das war kein Fluch. Er sah jetzt zu Winter. Sein Blick war klar.

»Die … die kommen hierher«, stieß er hervor, »die kommen hier raus zur Insel, zu uns, mit … mit diesem Zeug.«

»Wie lange hat Johan schon Drogen genommen?«, fragte Winter.

»Ich weiß es nicht«, sagte Lidner jetzt. In seiner Stimme war keine Kraft mehr. Winter konnte ihn kaum hören. »Ich weiß nicht, wie lange das Böse schon in seinem Körper Wohnung genommen hat.«

»Was haben Sie gesagt?« Winter beugte sich etwas vor. »Ich habe Sie nicht richtig verstanden.«

»Das Böse war in seinem Körper«, sagte Lidner. Er öffnete die Hände und schaute sie, wie zum ersten Mal, an, und Winter konnte sehen, wie hart sie waren, wie schwer. Und er konnte auch das eigentümliche Leuchten sehen, das jetzt in Lidners Augen war: »Ich musste ihn von dem Bösen befreien, das in seinem Körper Wohnung genommen hatte!« Er hielt die Hände hoch.

Die Dämmerung hatte sich endlich herabgesenkt, als Winter durch den Ausgang des Krankenhauses ins Freie trat.

Er fuhr in der unentschlossenen Dunkelheit den Hügel hinunter. Wieder ein Tag im Land der Mitternachtssonne, dachte er. Wieder ein Tag im Dienst.

Angela wartete mit gekühltem Wein. Sie würden in der warmen Nacht auf dem Balkon sitzen, über den Lichtern der Stadt.

Er spürte den Geschmack von Stein und Erde im Mund. Plötzlich fühlte er sich sehr müde, kraftlos. Er versuchte daran zu denken, was während der Nachtstunden auf der Insel geschehen war, und versuchte doch gleichzeitig, nicht daran zu denken.

Er hatte kürzlich das Wort »das Böse« in noch einem anderen Zusammenhang gehört, wie aus einem Zusammenhang herausgerissen, ein verwirrter Zusammenhang, und er wusste, dass es mit Menschen zu tun hatte. Es war ein Wort, das immer nur mit den Taten von Menschen zu tun hatte, es schwebte nicht wie ein Wesen über dem Land oder der Stadt oder den Inseln, es war kein böser Geist. Martin Lidner hatte geglaubt, das Böse auszutreiben. Was hatte er für diese Tat benutzt?

Warum war er nicht dort geblieben? Wie viel hatte Elisabeth geahnt? Konnte sie *das* ahnen? Nein. Wie viel hatte Liv gesehen? Oder gewusst?

Er bog auf den Vasaplatz ein. Es würde weitergehen, morgen, es ging immer weiter.

Jetzt aber erst mal: der Balkon.

Besessen

Ich hatte zu Barbro mehr als zwei Jahre lang keinen Kontakt mehr gehabt und hatte das Gefühl, einen großen Teil dieser Zeit in einem schwarzen Loch verloren zu haben. Einfach reinfallen lassen. So wie man etwas Wertvolles verliert, von dem man weiß, dass man es nie wiederfinden wird.

Die letzte Zeit mit Barbro war nicht sonderlich wertvoll gewesen. Sie hätte einen Wert haben können. Wenn sie jemand anders gewesen wäre. Oder ich. Oder das, was wir nicht füreinander erschaffen hatten. Als ich an dieses Letzte denken musste, das Erschaffen, musste ich unwillkürlich lächeln. Mein Gesicht spannte. Hätte ich zu lachen versucht, wäre mein Gesicht gesprungen.

»Warum lächelst du denn so?«, sagte sie in diesem scharfen Ton, mit dem sie die Bäume hätte fällen können, die trübsinnig und schwer vom Regen zu beiden Seiten des Weges standen. Es war Spätherbst, die düstere Zeit. Der Wald war nackt und aller Farben beraubt. Der Abend fiel aus einem Himmel, der bereits schwarz war.

Sie saß mit der Pralinenschachtel neben mir im Auto.

»Nichts«, antwortete ich und wich in den Rinnstein aus,

weil uns ein Holzlaster, aggressiv wie ein Panzer, entgegenkam.

»Wie immer also«, sagte sie und stopfte sich eine Praline in den Mund.

»Was meinst du damit?«, fragte ich.

Sie zuckte mit den Schultern.

»Barbro ...«

»So heiße ich, ja.«

Ob ich einfach in den Wald fahren könnte, einfach geradeaus rein? In voller Fahrt und dann auf der Seite, wo sie saß, gegen die Bäume schleudern, und alles wäre vorbei, und es würde Friede sein, und ich könnte ...

»Ich glaube, es geht an der nächsten Ecke rechts ab«, sagte sie. »Da vorne.«

Wir bogen ab und fuhren auf einer kleineren Straße weiter. Unter dem Auto kratzte es. Die Straße war an einigen Stellen gefroren. Hier im Hochland brachte sich der Winter wie ein kalter Gruß aus der Zukunft früh in Erinnerung.

»Da ist es«, sagte sie.

Wir parkten vor dem Haus, die Scheinwerfer des Autos beleuchteten es grell. Ich war noch nie dort gewesen. Als die Idee aufkam, hatte auch Barbro gesagt, dass sie noch nie dort gewesen sei. Das verfallene Haus gehörte ihrem alten Onkel und hatte lange leer gestanden. Wir hatten es für den Winter gemietet. Sie hatte gesagt, dass sie von dem Onkel nichts wisse, außer dass er Geld habe, ein Einsiedler sei und in einem anderen Teil des Landes lebte. Sie wusste nicht wo.

Vielleicht würden die Leere und die Einsamkeit hier draußen mir helfen, wieder schreiben zu können. Vielleicht würde es uns dazu bringen, wieder miteinander zu reden. Wieder miteinander zu leben. Wir hatten nichts zu verlieren. Aber es war einen Monat her, seit wir uns dazu entschlossen hatten, und seither war alles nur schlimmer geworden. Aber wir waren trotzdem hier und jetzt gerade mit den ersten Taschen auf dem Weg durch die Tür.

»Es ist geheizt«, bemerkte ich.

»Das kann er sich leisten, der Alte.«

Ich ging ein paar Mal zwischen Auto und Haus hin und her und trug alles Gepäck herein. Das meiste schleppte ich in den ersten Stock hinauf, wo das Schlafzimmer lag. Ich kontrollierte auch das Badezimmer und das Arbeitszimmer. In der besten aller Welten hätte Barbro in der Zwischenzeit schon den Herd und den Ofen zum Leben erweckt und mit dem Zubereiten des Abendessens begonnen, das wir seit Stunden nötig hatten.

Aber als ich runterkam, saß sie im Wohnzimmer, den Mantel immer noch an und die Pralinenschachtel auf dem Schoß. Ihr Gesicht glänzte im Licht der alten Deckenlampe. Es sah geschwollen aus, und das war es auch. Ich schätze, dass sie im vergangenen Jahr so um die zehn Kilo zugelegt hatte, vielleicht sogar mehr. Sie behauptete, sie habe abgenommen. Schokolade, Alkohol, und oft auch Schokolade mit Alkohol. Junkfood vor dem Fernseher, Stunde um Stunde um Stunde.

Was hatte ich bloß in ihr gesehen? Was hatte sie in mir gesehen? Um wenigstens etwas gerecht zu sein. Vielleicht war ich nicht gerade Mister Universum, aber ich gab mir doch Mühe.

»Sollten wir nicht mal was essen?«, fragte ich.

»Da steht ein Holzofen«, sagte sie und machte eine lahme Geste zum Herd, der schwarz und kalt war. Es lag kein Brennholz daneben.

»Sollen wir darauf kochen?«, fragte ich.

»Ich habe nur gesagt, dass es einen Holzofen gibt«, sagte sie.

Ich machte einen Schritt nach vorn, blieb dann aber stehen. Nein. Das war es nicht wert. Nicht jetzt, niemals. Aber als ich mich umdrehte und aus der Küche ging, wusste ich, dass dies der letzte Herbst für uns war. Ich dachte daran, dass wir wohl nicht füreinander geschaffen waren. Diesmal lächelte ich nicht.

Am nächsten Morgen schien die Sonne, ein scharfes und helles Licht, wie es zum Spätherbst gehört. Barbro schlief noch, als ich aufstand.

Mitten im Flur gab es eine Tür, ich öffnete sie und sah die Treppe zum Dachboden hinauf.

Die zweite Treppenstufe von oben gab leicht nach, als ich darauf trat. Ich musste mit Hilfe des Geländers balancieren.

Dort oben schien die Sonne durch zwei Dachfenster hinein. Im Lichtstrahl tanzte der Staub. Es roch nach vergangenen Zeiten. Der Dachboden war leer, abgesehen von ein paar Möbeln in der hinteren Ecke. Ich ging dorthin. Etwas abseits stand eine Kommode. Ich zog alle Schubladen heraus, sie waren leer. Vielleicht war ich neugierig, ob dieser Dachboden irgendwelche Erinnerungen von früher bewahrte. Hinter der Kommode stand ein Schreibtisch. Ich zog die Schreibtischschublade heraus. Es lagen einige Papiere darin. Ich holte sie heraus. Es waren zwei Tuschezeichnungen, die ich zum Licht des Dachfensters trug. Zwei Porträts, von derselben Hand gezeichnet, die eine junge Frau oder ein Mädchen darstellten. Es war beide Male dasselbe Gesicht. Das Mädchen war schön, und der Künstler war fraglos geschickt. Auf dem einen Bild schloss das Mädchen die Augen – das war der einzige Unterschied zwischen den Bildern, den ich feststellen konnte.

Ich ging zum Schreibtisch zurück, zog die ganze Schublade heraus und legte sie auf den Tisch.

In der hintersten Ecke war ein sprödes braunes Kuvert eingeklemmt. Ich öffnete es und nahm eine Fotografie heraus. Es handelte sich um dasselbe Mädchen wie auf den Zeichnungen, und die Geschicklichkeit des Künstlers imponierte mir jetzt noch mehr. Die Zeichnungen waren dem Porträt wirklich ähnlich. Das dunkle Haar, die hohe Stirn, die schönen Augen. Die kleinen, feinen Züge, die Durchsichtigkeit um das Kinn herum, aber auch die vollen Lippen. Ein schwaches Lächeln, das an Mona Lisa erinnerte. Ich musste selbst über dieses rätselhafte Lächeln schmunzeln.

Ich drehte die Fotografie um und sah den Namen, der mit einem Stift, der dem Tuschepinsel der Zeichnungen gleich zu sein schien, auf die Rückseite geschrieben war: Elin.

Ich steckte das Foto in die Innentasche meines Jacketts. Wer war Elin? Warum lag ihr Jugendbild auf einem dunklen Dachboden in einem alten dunklen Haus mitten in einem alten dunklen Wald? Wer war sie? Wo war sie jetzt?

Als ich wieder die Treppe hinunterstieg, dachte ich daran, dass ich es rauskriegen wollte. Ich dachte aber nicht daran, auf die zweite Stufe zu achten, und verlor beinahe das Gleichgewicht.

Barbro rief aus dem Schlafzimmer, aber ich antwortete nicht, als ich auf die Veranda heraustrat. Die schwache Sonne versuchte, die Wolkenschichten zu durchbrechen. Auf den Bäumen war noch etwas Laub, aber das würde wahrscheinlich noch vor dem Mittagessen herunterfallen.

Hinter mir hörte ich ihre Stimme, immer noch schläfrig.

»Wie lange willst du denn noch da stehen?«

Sollte ich ihr das Bild von Elin zeigen? Nein. Dieses Geheimnis wollte ich für mich behalten. Elin war das Sinnbild für Jugend, Licht und Hoffnung. Barbro war der Gegensatz. Ich war der Gegensatz.

»Ich fahre in den Ort zurück«, sagte ich. »Wir brauchen eine Menge Sachen.«

»Es müsste eine Ausgabestelle geben«, sagte sie.

»Ausgabestelle?«

»Jetzt stell dich nicht wieder so blöd an. Ein Ort in der Einöde, wo man Alkohol bestellen kann, wenn es kein Systembolaget gibt.«

»Was willst du haben? Wir haben doch so viel mit, dass es reichen sollte.«

»Wollten wir nicht den ganzen Winter hier bleiben?«, fragte sie, ging hinein und schloss die Tür hinter sich.

Die Straße bis zur Abzweigung war jetzt, da ich sie im Tageslicht sah, gar nicht so schlimm. Der Asphalt auf der größeren Straße war immer noch feucht von der Kälte der Nacht. Jetzt war die Sonne draußen, wurde aber von den Bäumen verborgen. Auf dem Weg zum Ort begegneten mir nur wenige Autos. Wieder ein Holzlaster, vielleicht derselbe, den wir am Abend zuvor schon getroffen hatten. Ein zugedeckter Laster, beladen mit was auch immer. Ein Pick-up mit einem bärtigen Mann mit roter Kappe am Steuer. Und plötzlich ein Traktor, der auf der anderen Seite direkt aus dem Wald auf die Straße bog. Das hier war eine Wildwest-Gegend, kaum zivilisiert.

Der Ort war mehr eine Lichtung im Wald, die Durchfahrt von abblätternden grauen Bruchbuden aus den 50er und 60er Jahren gesäumt – die ebenso gut jetzt und hier hätten sein können. Hier bewegte sich die Zeit nicht.

Der Supermarkt lag neben der Tankstelle. Die Frau an der Kasse starrte mich an, als wäre ich da draußen gerade einem Raumschiff entstiegen. War ich etwa der erste Fremde in diesem Jahrzehnt?

Ich nahm einen der quietschenden Einkaufswagen und packte die Waren ein. Ich war der einzige Kunde. Der Mann hinter der Fleischtheke betrachtete mich mit einem großen

Messer in der Hand. Seine Augen waren von einem seltsamen Glanz. Vor ihm lag ein großes Stück Fleisch. Vielleicht war er ein früherer Kunde?

Die Frau an der Kasse war in meinem Alter. Ja, sie hatten eine Ausgabestelle. Zwei Tage würde es dauern. Ich wollte es nur wissen, erklärte ich. Dann holte ich das Bild von Elin raus. »Wissen Sie vielleicht, wer das hier ist?«, fragte ich. Sie schaute das Bild an, als würde ich ihr einen Revolver an die Schläfe drücken und sie zu einer Auskunft zwingen.

»Wer issn das?«, fragte sie und sah mich an.

»Das frage ich Sie«, erwiderte ich.

»Sind Sie so'n Detektiv oder was?«, fragte sie.

»Nein«, sagte ich, »ich bin kein Detektiv. Ich habe ein Stück entfernt von hier ein Haus gemietet und habe dieses Foto auf dem Dachboden gefunden. Ich war einfach neugierig.« Ich lächelte sie an. »Mehr nicht. Ich wollte es nur erfahren, damit die Zeit schneller vergeht.«

Sie sah aus, als wollte sie antworten, dass an diesem Ort die Zeit nie verging, aber stattdessen sagte sie: »Versuchen Sie's mal auffer Post, ich hab se nie geseh'n.« Sie sah noch einmal das Bild an. »Hübsches Mädel.«

Auf der Post sprach ich mit einer Frau, die die Schwester der Kassiererin aus dem Supermarkt hätte sein können. Vielleicht war sie es ja auch. Vielleicht waren hier ja alle verwandt.

»Hübsches Mädel«, sagte sie.

»Könnte es sein, dass sie hier gewohnt hat?«

»Wer weiß«, antwortete sie.

»Aber Sie erkennen sie nicht wieder, oder?«

»Von wann ist denn das Bild?«, fragte sie.

»Ich weiß es nicht. Ich habe es auf dem Dachboden gefunden, in dem Haus, das ich gemietet habe.« Ich erklärte, wo das war. Sie schüttelte den Kopf.

»Da wohnt schon viele Jahre keiner mehr.« Sie schüttelte wieder den Kopf. »Viele, viele Jahre.«

»Trotzdem ist das Haus gut erhalten.«

»Da gibt's ein'n, der sich drum kümmert«, meinte sie.

»Der nach dem Haus schaut?«, fragte ich.

Sie nickte wieder.

»Wer denn?«

Der Mann wohnte in einem der grauen Reihenhäuser. Er öffnete sofort, nachdem ich geklingelt hatte. Offenbar hatte die Frau in der Post ihn kurz angerufen. Das begriff ich, als er sagte:

»Es geht um ein Foto, oder?«

Ich zeigte es ihm. Er schien uralt zu sein, aber gleichzeitig drahtig und stark, wie die Wacholderbüsche, die ich von der Straße aus gesehen hatte. Sein Gesicht war wie aus Pergament, als er das Foto betrachtete.

»Vielleicht war se hier«, sagte er.

»Wie bitte?«

»Hübsches Mädel«, sagte er.

»Sie sind ihr also schon mal begegnet?«

»Vielleicht«, erwiderte er.

»Wann denn?«

»Vor vielen, vielen Jahren.«

»Wer ist sie?«

Er schüttelte den Kopf, das war seine Antwort. Ich stellte noch mehr Fragen, aber er sagte nur, dass er sie wohl »vor vielen, vielen Jahren« gesehen hätte.

»Sie kümmern sich um das Haus?«

Er nickte, ohne zu fragen, welches Haus ich meinte.

»Wann hat dort das letzte Mal jemand gewohnt?«

»Das is viele, viele Jahre her.«

»Wie lange her?«

Er sah wieder das Bild von Elin an.
»Seit Sie dieses Mädchen gesehen haben?«, fragte ich.
»Seit da einer gewohnt hat«, sagte er nach einer Weile.
»Für wen versorgen Sie denn das Haus? Es scheint doch nicht Ihres zu sein.«
Er antwortete nicht.
»Es bittet Sie doch jemand, sich darum zu kümmern. Es ist sehr gut unterhalten, dafür dass es so lange leer gestanden hat.«
»Man tut, was man kann«, sagte er.
Aber sein Blick war jetzt woanders. Der Besuch war beendet.

Barbro sah vom Sessel auf. Ich trug die Tüten in die Küche, verstaute die Waren in Kühlschrank und Speisekammer und dachte darüber nach, dass es doch gelinde gesagt seltsam war, ein leeres Haus jahrzehntelang zu versorgen.
»Wo wohnt dein Onkel?«, fragte ich, als ich ins Wohnzimmer kam. Barbro sah auf. Ihr Haaransatz war von Schweiß verklebt. Sie schien bereits leicht betrunken zu sein. Auf dem Tisch stand eine Flasche Gin, aber sie behauptete, es sei Mineralwasser. Sie hatte schon begonnen, den Tag etwas aufzupeppen.
»Wieso?«
»Ich bin einfach neugierig. Warum lässt er das Haus erhalten, wenn hier doch seit Ewigkeiten niemand gewohnt hat?«
»Wir wohnen doch jetzt hier«, sagte sie.
»Sollte es also die ganze Zeit nur unsretwegen gewesen sein?«, fragte ich und lachte.
Sie sah mich an ohne zu antworten. In ihren Augen war ein Ausdruck, den ich noch nie vorher gesehen hatte. Dann war er plötzlich fort.

»Weißt du, wo er wohnt?«, fragte ich.

»Nein«, erwiderte sie. »Kann man jetzt vielleicht mal was zu essen kriegen? Oder hast du das vergessen, als du draußen herumgefahren bist?«

»Was hast du denn gemacht, während ich weg war?«, fragte ich und sah zu der Flasche auf dem Tisch.

»Versucht, in dieser Bruchbude was zu finden.«

Tage vergingen. Ich versuchte, in dem Zimmer im ersten Stock zu schreiben, aber es kam nichts Gutes aus meinem Kopf und auf das Papier. Manchmal sah ich das Foto und die Zeichnungen von Elin an. Ich phantasierte über sie. Sie war ein Wesen, weich und fein. Sie war ein guter Mensch. Ich stellte mir vor, dass sie ihre Porträts selbst gezeichnet hatte. Sie war begabt. Sie war ... mein. Sie war all das, was Barbro nicht war. Ich betrachtete das Kleid, das sie trug, oder zumindest das, was man auf dem Foto davon sehen konnte. Auf dem Kragen war ein auffälliges Muster, wie zwei Lilien, die sich unter ihrem Kinn trafen. Das Muster war auch auf den Zeichnungen.

Ich fuhr noch ein paar Mal in den Ort und fragte die wenigen Menschen, denen ich begegnete, ob sie ihr Gesicht wiedererkannten. Mein Verhalten hatte etwas Verzweifeltes, und ich sah, dass sie es bemerkten. Ich musste das große Gesprächsthema im Ort sein. Vielleicht sogar das einzige. Und so wollte ich es haben. Am Ende würde sich irgendjemand verplappern.

Ich unternahm lange Spaziergänge durch den Wald, der immer schwärzer und nasser wurde. Eines Morgens lag eine dünne Lage Schnee auf dem Boden. Er verschwand im Laufe des Vormittags, aber der Anblick machte mich doch noch finsterer. Er ließ mich glauben, dass wir »viele, viele Jahre« hier bleiben würden.

Barbro verließ das Wohnzimmer nur selten. Wenn ich etwas sagte, keifte sie mich an. Wir waren wie zwei Menschen auf einer einsamen Insel, die aufeinander angewiesen waren.

Sie ging niemals in den Keller hinunter. Sie fand nicht den Weg zum Dachboden. Ich würde nie auf die Idee kommen dorthin zu gehen, sagte sie. Sie verließ niemals das Haus, ging nicht raus.

Ich erzählte nichts von Elin. Sie hätte mich sowieso nur mit blutunterlaufenen Augen angeschaut und den Kopf geschüttelt.

Ich ging immer öfter hinaus in den Herbst. Fuhr auf den kleinen Sträßchen herum.

Irgendetwas wurde in meinem Kopf geboren und setzte sich fest. Es war Misstrauen, und es sagte mir, dass Elin einem Verbrechen zum Opfer gefallen war. Das Schweigen um sie herum war zu groß. Die Dunkelheit um Elin. Ich war schon mehrere Male auf dem Weg in die Stadt gewesen, um eine groß angelegte Untersuchung zu beginnen. Mir ein Bild von Barbros Verwandtschaft zu machen, um den Onkel zu finden. Alle verfolgen. Elin finden. Darum ging es ja schließlich, Elin zu finden. Meine Elin. Wer hatte ihr etwas Böses angetan?

Ein paar Mal stand ich im Keller und starrte auf den Fußboden. Was lag darunter verborgen?

War ich dabei, verrückt zu werden?

Eines späten Vormittags in der dritten Woche sah ich im Wald in der Nähe des Hauses eine Gestalt. Es war ein Mensch, der ganz still dem Haus zugewandt stand. Ich stand zwanzig Meter entfernt, wieder einmal auf einer Wanderung unterwegs, und die Person hatte mich noch nicht entdeckt. Ich ging näher heran. Er stand immer noch still, den Blick auf das Haus gerichtet. Es war der Hausverwalter. Hier in der passenden Umgebung sah er noch mehr aus wie ein Wacholderbusch. Als ich ihn ansprach, zuckte er zusammen, als würde ich ihn mit den Wurzeln ausziehen.

»Huch«, sagte der Alte.

»Was machen Sie hier?«, fragte ich.

»Ja wollte grade … reingehn«, erwiderte er.

»Warum denn?«

»Der … äh … Sicherungskasten. Da sind ein paar Sicherungen, die man überprüfen muss.«

»Da blinken aber keine Lämpchen oder so«, sagte ich.

»Und nach'm Heizkessel muss man kucken«, sagte er.

»Na, dann gehen wir mal hinein«, erwiderte ich.

Barbro stand in der Küche. Sie musste uns durchs Fenster gesehen haben. Sie trocknete die Hände an einer Schürze ab, die sie zum ersten Mal umgebunden hatte. Ach so. Jetzt spielte sie plötzlich die Hausfrau. Sie sah etwas verloren aus in der Küche, aber ich glaube nicht, dass der Alte das merkte.

»Das ist Barbro«, stellte ich sie vor. »Ihrem Onkel gehört das Haus.«

Der Alte nickte, nahm aber die Hand nicht, die sie ihm entgegenstreckte.

»Guten Tag«, sagte Barbro und trocknete sich wieder die Hände an der Schürze ab.

»Es geht ums Öl«, sagte der Alte.

»Sollten Sie da nicht den Onkel fragen?«, fragte ich mit einer Stimme, die mir selbst fremd war.

»Was sagst du?«, fragte sie.

»Solltest du nicht fragen, ob wir mal mit dem netten Onkel sprechen können?«, fragte ich wieder, und sie starrte mich an.

»Ich sollte nach'm Öl …«, wiederholte der Alte. Da drehte ich mich um und ging schnell aus dem Zimmer.

Als ich eine halbe Stunde später aus dem Fenster meines

Arbeitszimmers schaute, sah ich ihn wieder im Wald verschwinden.

Was dann geschah, geschah schnell. Der Anfang vom Ende kam im Keller, einen Abend, bevor der November in den Dezember hinabsank. Draußen tobte ein Sturm. Ich konnte das Rütteln an den kleinen Fenstern hören, die auf Fußbodenhöhe lagen.

Ich stand mal wieder da unten, betrachtete den Fußboden und dachte darüber nach, wo Elin begraben liegen könnte. Inzwischen glaubte ich fast daran. Vielleicht sogar mehr als nur fast.

Ich begann, an den Wänden zu fühlen. Es gab Sprünge, die schmal und hart waren. Ich fuhr fort, eine Runde durch den großen Heizungskeller, noch eine Runde. Bei der dritten Runde spürte ich die Vertiefung, die unter dem Druck meiner Hand noch weiter zurückwich. Ich drückte etwas fester, und der Putz gab nach. Dahinter war ein Hohlraum, der größer war, als man vermuten konnte. Ich konnte hineinsehen. Ich fuhr mit dem ganzen Arm hinein und zog das Bündel heraus, das dort lag. Es roch nach Staub und trockener Wärme. Und es roch alt. Viele, viele Jahre, dachte ich, als ich die Lumpen auseinander wickelte und das Kleid sah. Es war derselbe Glanz, dasselbe ungewöhnliche Muster auf dem Kragen. Das Einzige, was ich nicht wiedererkannte, war der große schwarze Fleck, der den vorderen Teil von Elins Kleid bedeckte. Ich roch nichts, aber ich wusste, was das war. Mit einem an Panik grenzenden Gefühl schaute ich mich um. Dann sah ich wieder auf den Boden. Sie hatten die Wand wieder zugemauert. Sie mussten einen neuen Fußboden gelegt haben. Da drunter lag sie.

Plötzlich hörte ich Stimmen von oben. Barbros Name. Und ich erkannte die Stimme wieder, die ihn rief.

Sie dachte, ich sei unten im Ort. Das hatte ich ihr gesagt und war dann weggefahren. Das Auto hatte ich aber auf einem kleinen Waldweg stehen lassen, den ich zuvor entdeckt hatte. Er lag auf der anderen Seite der Abzweigung zum Dorf. Dann war ich durch den Wald zurückgegangen, in dem ich mich inzwischen gut zurechtfand, und war vorsichtig durch den hinteren Eingang in den Keller gestiegen. Ich hatte nicht gewusst, warum ich das tat. Irgendetwas hatte mich dazu getrieben – ich redete mir ein, dass es Elins Geist sei.

Jetzt hörte man die Stimmen deutlicher. Ich stellte mich hinter die verschlossene Türe.

»Wo ist er?«

Es war der Alte.

»Unten im Ort.«

»Da komme ich grade her. Da war er nicht. Die Leute schlagen Alarm, sobald der Verrückte auftaucht.«

Der Alte sprach jetzt klar und kalt und präzise. Kein Dialekt mehr.

»Ich kann das hier nicht mehr.«

Die Stimme von Barbro.

»Nur noch kurze Zeit«, meinte der Alte.

»Er weiß es. Ich weiß, dass er es weiß.«

»Er weiß gar nichts«, sagte der Alte. Dann wurden ihre Stimmen schwächer, woraus ich schloss, dass sie die Küche verließen. Vorsichtig öffnete ich die Tür. Ich hörte sie im Wohnzimmer sprechen. Aber es war ganz egal, was sie sagten. Ich hatte alles gehört, was ich brauchte. Jetzt reichte es für ein Gespräch mit der Polizei.

Die beiden bewegten sich da drinnen, und ich lief so leise ich konnte die Treppe zum Obergeschoss hoch. Ich hörte, wie sie hinter mir herkamen. Wahrscheinlich hatten sie mich nicht gehört, aber sie waren auf dem Weg nach oben. Ich öffnete die Tür zum Dachboden und ging die Treppe hinauf. Unten wurde die Tür geöffnet. Ich stellte mich in eine dunkle Ecke. Barbro kam die Treppe hoch, ich sah, wie sie über die zweite Treppenstufe kletterte und sich gleichzeitig am Geländer festhielt. Sie wusste es also. Sie war schon einmal hier oben gewesen, obwohl sie das Gegenteil behauptete.

Der Alte kam hinterher. Barbro hielt etwas in der Hand. Sie wandte sich um und sagte:

»Hier oben hat er es gefunden, Onkel Gösta.«

Der Alte nickte und murmelte etwas. Ich hatte schon begriffen, wer er war, und jetzt wurde mir auch klar, wie das alles zusammenhing. Nach der Tat war er geflohen und war in die Rolle des Hausverwalters geschlüpft. Barbro war ebenfalls geflohen. Diese schreckliche Frau war dabei gewesen. Natürlich war sie damals jünger gewesen, aber ebenso schrecklich.

Dann war alles im Dunkel versunken. Der ganze Ort arbeitete zusammen, um Elin mit Dunkelheit zu umgeben. Verdammt, sie waren ja alle miteinander verwandt. Vielleicht war Elin nur zufällig hier zu Besuch gewesen. Das Einzige, was ich nicht verstand, war, warum Barbro mich hierher gelockt hatte, doch ich begriff es sogleich: Es war, um mich zu testen, um zu sehen, ob ich etwas merken würde! Und wenn ich etwas merkte, dann war es sowieso schon zu spät. Sie waren verrückt, total verrückt. Die dachten, dass man ein Verbrechen verbergen …

»Ich sehe dich«, sagte sie.

Ich verließ die dunkle Ecke. Dann sah ich, was Barbro in der Hand hielt. Es war eine Zeichnung. Sie musste Elins Zeichnungen ganz hinten in der Schreibtischschublade in meinem Arbeitszimmer gefunden haben.

»Hör ma', was stehst du hier und drückst dich rum?«, sagte der Alte.

»Halt die Klappe, Onkel Gösta«, erwiderte ich. »Auf dieses Dorfgerede falle ich nicht länger herein.«

Ich trat näher. Der Alte rückte ab. Ich trat wieder näher. Der Alte rückte weiter zurück. Dann machte er noch einen Schritt zurück und trat in die Leere unter sich. Wild mit den Armen rudernd, fiel er hinab und schlug mit einem grauenhaften Geräusch gegen die Tür. Es klang, als würde ein trockener Wacholderbusch brechen. Ich kann nicht behaupten, dass er mir Leid tat.

»Großer Gott«, sagte Barbro, »was hast du getan?«

»Die Frage ist doch wohl, was du getan hast!«, schrie ich, als ich mich umdrehte. »Was hast du mit Elin gemacht?«

Ich ging auf sie zu, machte einen schnellen Schritt auf sie zu und versuchte, ihr die Zeichnung zu entreißen. Sie hielt dagegen, ich stieß ihr das Knie in den Bauch, sie rang nach Atem und klappte zusammen.

»Ha!«, rief ich, packte die Zeichnung und sah sie an. Ich erstarrte. Ich spürte ihren Schlag gegen meinen Kopf, doch er warf mich nicht um. Ich riss den Arm hoch, um mich zu schützen, schlang ihn um ihren Hals und bog ihren Kopf nach unten. Ich wollte sie nur beruhigen, doch dann bog ich ihr den Kopf zurück, es knackte heftig, wie ein spröder junger Ast, der abbricht, und ihr Körper wurde schlapp und schrecklich schwer.

Ihr Gesicht fiel unter mir zu Boden und wurde plötzlich auf eine eigenartige Weise schmal und durchsichtig, und ich sah die Zeichnung an, die sie kürzlich gemacht haben musste, ein ganz neues Selbstporträt, und ich sah wieder auf das Bild, das das Gesicht war, welches in meinen Armen ruhte, und jetzt wusste ich es, endlich wusste ich, wo Elin war und wer sie war:

Elin war Barbro und Barbro war Elin.

Auf ihrem Weg durchs Leben war ihr irgendetwas zugestoßen. Sie war eine andere geworden, und das war geschehen, ehe wir uns begegneten, und dann war es immer schlimmer geworden. Ich sah mich auf dem stillen Dachboden um. Hier war ihr irgendetwas Schreckliches zugestoßen, vor langer Zeit.

Sie hatte es mir zeigen wollen. Ich hatte nichts verstanden, oder ich hatte es verstanden, aber auf die falsche Weise, in die falsche Richtung.

Ich hielt sie fest an mich gepresst. Wir waren füreinander geschaffen. Es gab niemanden sonst.

Viareggio

Tempel. Dieses Wort hatte er im Kopf gehabt, kaum dass er durch die schwere Eichentür geschritten war. Tempel. Das hier ist ein Tempel.

Die Beleuchtung im Foyer, in dem er jetzt stand, passte dazu. Das Licht floss wie ein gelbes Leichentuch über das Pult, an dem einen sonst der Oberkellner begrüßte. Leichentuch. Noch so ein Wort, das in dieser Nacht wichtig war.

Er ging durch den Speisesaal, der jetzt von einer verlassenen Eleganz zeugte, ganz anders als bei seinem Besuch früher an diesem Abend. Die Eleganz war immer noch da, aber niemand dachte bei diesem Tempel an Einöde. Ganz im Gegenteil. Er war ein Anziehungspunkt der Geselligkeit. Eine Art Heiligtum für die Sinne. Ja, dachte er, als er langsam durch den prächtigen Raum ging, der unter demselben gelblichen Leichentuch ruhte wie das Foyer: Das hier ist ein Tempel für die Sinne. Dies ist der Ort, wo sich alles vereint. Wird das jemals wieder geschehen? Hier? Wird dieser Raum jemals wieder ein Tempel für die ehrbare Wollust sein?

Jetzt stand er in der Küche des Restaurants. Sie war groß,

so groß, dass man sie nicht überschauen konnte. Es hätte das Innere eines Schiffes sein können. Das Licht war bis auf einen blauen Schimmer heruntergedreht, der all den glänzenden Oberflächen einen bleichen Farbton verlieh, der ihn an Knochen denken ließ. Menschenknochen. Und das erinnerte ihn an einen ganz anderen Saal, dem dieser glich, in dem er jetzt stand, wo der harte Stahl matt auf den Bahren glänzte, die ebenso gut Arbeitsflächen sein konnten, an denen Menschen in weißen Kitteln ihre Arbeit verrichteten, so wie auch in dieser Küche Menschen in weißen Kitteln ihre Arbeit verrichteten. Er hatte den Vergleich immer noch im Kopf, als er ein paar Schritte in die Küche machte. Der Unterschied für ihn bestand nur darin, dass ihm das grausige Schimmern und der Geruch des bleichen Todes in einem Obduktionssaal vertraut waren, während er nur selten mitten in einem Arbeitsraum wie diesem stand, und schon gar nicht um diese Uhrzeit, um drei Uhr morgens, wenn das Toben der Geräusche verstummt war, wenn die zahllosen Gerüche zum letzten Mal in die riesigen Abzugshauben eingesaugt worden waren, wenn alle Köche nach Hause gegangen waren.

Alle hatten den Tempel verlassen, bis auf einen.

Deshalb war er hier. Deshalb war er zurückgekommen. Auch hier in der Küche war jetzt der Geruch des bleichen Todes zu verspüren. Er nahm ihn noch nicht wahr, aber er wusste, dass er da war. Im nächsten Moment würde er ihn empfinden.

Er sah auf die Uhr, die mitten in einem der schimmernden Herde tickte. Sie zeigte eine Minute nach drei.

Vor genau vier Stunden hatte er auf eben dieser Uhr gesehen, wie die Zeit sich bewegte, langsam, als wolle sie gleich stillstehen. Er hatte genau da gestanden, wo er jetzt stand. In dem Augenblick hatte er gefunden, dass die Zeit ruhig stehen bleiben könnte und das Leben niemals besser werden würde als genau in diesem Moment. Perfekt, hatte er gedacht und den Lärm um sich herum genossen. Alles war perfekt.

Aber die Zeit war doch fortgeschritten, langsam, aber unerbittlich, durch die Nacht. Und dann war sie für jemanden dort drinnen plötzlich stehen geblieben, und zwar für immer.

Kriminalkommissar Erik Winter hatte gerade die Hälfte seiner Terrine mit Krabben und Doggerscharbe gegessen, als der Küchenmeister an seinem Tisch aufgetaucht war, eine lautlose Bewegung für den groß gewachsenen Mann, der sich ansonsten seinen Weg laut durchs Leben bahnte. Winter hatte soeben die Gabel erhoben.

»Und?«, hatte der Meister gefragt. »Wie wäre es mit einem kleinen Urteil, ehe du dir das da ins Gesicht schiebst?«

Winter hatte die Gabel sinken lassen.

»Das mit dem Safran im Fond ist interessant.«

Der Meister hatte genickt, ohne etwas zu sagen.

»Ich habe kurz überlegt, ob das mit Hundszunge auch gegangen wäre«, hatte Winter fortgesetzt, »aber die Antwort lautet wohl nein.«

»Gut«, hatte der Meister gesagt, »wenn du so weitermachst, dann darfst du bald in die Küche kommen und die Soßenschüsseln spülen. Such dir einfach ein Jahr aus.«

»Das wäre aber eine große Ehre, Lars.«

»Du bist nahe dran, Erik«, hatte Lars Hirschmann geantwortet und in Richtung auf die Schwingtüren zur Küche gewinkt, »sehr nahe.« Er hatte auf Winters Teller und seine Gabel geschaut. »Wie steht es mit dem Spargelsalat?«

Winter hatte seine Gabel betrachtet, die immer noch in der Luft schwebte. Da war der dünne Spargel, den er aufgespießt hatte. Frisch gestochener dünner grüner Spargel. Diese besondere Qualität gab es nur an einigen Tagen im Jahr. Der Spargelsalat war einer der Gründe gewesen, warum er beschlossen hatte, heute hier zu Abend zu essen. »Weißt du eigentlich, dass du Gefahr läufst, für einen Snob gehalten zu werden?«, hatte seine Frau Angela gefragt, als sie durch den Frühling zum Restaurant spaziert waren. »Unter anderem für so etwas«, hatte sie hinzugefügt. »Das ist das Gegenteil von Snobismus«, hatte er entgegnet. »Hier geht es darum, das Leben in so guter Qualität wie möglich zu leben, in jeder Hinsicht. Wenn wir uns darüber einig sind, dass das Leben ungerecht kurz ist, dann dürfen wir ja wohl versuchen, es selbst zu bestimmen, oder?«

»Mit dem Spargelsalat?«, hatte Winter wiederholt und seine Gabel betrachtet. »Zum Beispiel habe ich gemerkt, dass du endlich zu dem Weißweinessig aus diesem anderen Dorf im Elsass, von dem wir vergangene Woche gesprochen haben, übergewechselt bist.«

Angela war auf der anderen Seite des Tisches in Lachen ausgebrochen.

»Sie findet, ich bin ein Snob«, hatte Winter gesagt und Hirschmann angelächelt.

»Wie kommst du denn darauf, Angela?«, hatte Hirschmann gefragt und ihr zugezwinkert.

»Und was den Salat betrifft, möchte ich noch hinzufügen, dass ich die Idee mit dem Spargelpüree im Dressing interessant finde«, war Winter fortgefahren.

»Interessant? Ist das alles, was du dazu zu sagen hast?«

»Es ist einfach verdammt gut«, hatte Angela sich hören lassen und ihre Gabel erhoben.

»So kann man es auch ausdrücken«, hatte Winter zugegeben und endlich das Essen in den Mund geschoben.

»Dann werde ich mal in die Küche gehen und sehen, wie

es weitergeht«, hatte Hirschmann gesagt und auf dem Absatz kehrtgemacht.

Die Fortsetzung war kein bisschen schlechter gewesen.

Gegrillte Austern mit leicht überbrühtem Sellerie und gebratenem Fleisch, im Salzmantel gebackener Hecht mit Sardellenmus und Zwiebel-Soja-Öl. Ein ganzes gegrilltes Steinbuttfilet.

»Ist das nicht das beste Restaurant der Welt hier?«, hatte Winter im Verlauf des Abends irgendwann gefragt. Angela hatte nicht geantwortet. Das war eine rhetorische Frage gewesen, vor allem, was Fisch und Schalentiere anging. In den kalten Wassern um Göteborg gab es Rohwaren von Weltklasse.

Kurz vor elf Uhr war Winter in die Küche gegangen, um sich bei Hirschmann zu bedanken. Angela hatte gesagt, sie könne sich nicht mehr rühren, jedenfalls fürs Erste nicht.

Der Meister hatte aus einem geheimen Regalfach über dem Tresen der Kaltmamsell eine Flasche Calvados geholt.

»Mir bleibt nur, meine Frau zu zitieren«, hatte Winter gesagt und seine Nase an den Flaschenhals gehalten. »Also, was das Abendessen angeht.«

»Und?«

»Es war einfach verdammt gut.«

Hirschmann hatte gelacht und den Alkohol ein paar Zentimeter hoch in große Glaskelche gefüllt. Winter war mitten in der Küche gestanden und hatte sein Glas entgegengenommen. Dann hatte er auf die Uhr geschaut, die an einem der schimmernden Herde tickte. Sie hatte eine Minute nach dreiundzwanzig Uhr gezeigt.

Er hatte immer noch den Geschmack des alten Calvados im Mund. Und er spürte immer noch die Wirkung des Weines im Kopf. Winter sah sich um und betrachtete eine halb geöffnete Tür im Kühlraum. In zehn Sekunden würde er dort hineingehen.

Zwei Stunden zuvor war er mit dem schönen, etwas betäubten Gefühl eingeschlafen, an diesem Abend alles für sich getan zu haben, was er tun konnte. Wenigstens an diesem Abend ein qualitätvolles Leben gelebt zu haben.

Es weckte ihn ein Geräusch wie von Eisen, das nicht aufhörte, obwohl er auf den Wecker geschlagen hatte. Plötzlich wurde das Klingeln doch unterbrochen, und er hörte Angelas Stimme.

»Du musst mal ans Telefon kommen, Erik.«

Er ging quer durch die Küche zum Kühlraum. Der Fußboden glänzte wie ein Spiegel oder eine glatte Wasseroberfläche. In dem Spiegel da unten konnte er sein eigenes Gesicht erahnen, aber er sah geradeaus.

Neben der Tür stand ein Mann in Uniform. Es war kein Polizist. Die Polizisten in Uniform waren noch hinter Winter, er hörte sie im Speisesaal und wusste, dass sie die schmale Straße draußen absperren würden. Der Mann in Uniform kam von einem der vielen Wachdienste in der Stadt. Dieser hier hieß »Securitas«, der Name stand in roten Buchstaben auf die eine Brusttasche der Uniform gedruckt. Winter hatte gehört, dass es einen Vorschlag der Regierung gab, bestimmte Aufgaben der Polizei von Wachdiensten übernehmen zu lassen, da es nicht genügend Polizisten gab, um die Mitbürger in der modernen Welt zu schützen. Aber dieser Wachmann hier wäre bei der Kripo nicht zu gebrauchen. Er zitterte immer noch von der Entdeckung, die er in dem Raum hinter sich gemacht hatte. Sein Gesicht war von einem bläulichen Farbton, der zu dem kalten Licht drinnen passte. Als Winter auf ihn zukam und sich vorstellte, hob er den Kopf.

»Er ... er sitzt da drinnen«, sagte der Wachmann und machte eine Bewegung mit dem Kopf in Richtung Tür, die von Winters Blickwinkel aus plötzlich wie verschlossen aussah.

»Was ist passiert?«, fragte Winter.

»Wie … wie passiert?«

»Wir reden nachher drüber«, sagte Winter und ging an dem Mann vorbei, der sich an der Wand hinter sich abzustützen schien, um überhaupt stehen zu können.

»Und, was gibt es Neues draußen in der wirklichen Welt?«, hatte Hirschmann gefragt und an seinem Calvados genippt.

»Die wirkliche Welt? Die findet ja wohl hier drinnen statt«, hatte Winter geantwortet. »Wirklicher als hier kann es wohl kaum sein.«

»Keine Morde«, hatte Hirschmann gesagt. »Hier drinnen haben wir keine Morde.« Er hatte sein Glas gedreht, und der Alkohol hatte wie durch ein Prisma Reflexe geworfen. »Solche Orte werden ja, wenn man den Zeitungen glauben kann, bald die Ausnahme sein.« Er hatte das Glas erhoben, als wollte er ihm zuprosten. »Mordfreie Zonen.«

»Glaub nur nie den Zeitungen«, hatte Winter gesagt. »Aber … doch, das hier ist ein friedlicher Ort.«

Hirschmann hatte sein Glas wieder gedreht.

»In einer Restaurantküche kann es ganz schön heftig zugehen«, hatte er geantwortet. »Da gibt es ziemlich viele heiße Eisen.«

Er hatte mit seinem Glaskelch auf einen Koch gewiesen, der gerade eine zischende Bratpfanne von einer Gasflamme zog. »Heiße Herde, heißes Essen, heiße Eisen.«

»Aber keine Todesfälle«, hatte Winter hinzugefügt.

»Noch nicht.«

»Das klingt so, als würdest du mit einem rechnen«, hatte Winter gesagt.

»In einer Restaurantküche gibt es viele Tode«, hatte

Hirschmann erwidert, und sein Blick war plötzlich ganz woanders gewesen. Er hatte wie ein Philosoph ausgesehen, ein Philosoph mit einer weißen Jacke. Winter hatte sich umgedreht, um zu sehen, wohin Hirschmann schaute, doch da gab es nichts als Kupferkasserollen, die in langer Reihe über dem Herd hingen, an dem die Soßen zubereitet wurden.

»Eigentlich ist es doch so, dass an diesem Ort der Tod das Einzige ist, worauf es ankommt«, hatte Hirschmann gesagt.

»Ist das eine philosophische Betrachtung?«, hatte Winter gefragt, »oder bist du einfach deprimiert, Lars?«

»Nichts lebt mehr, wenn es hierher kommt«, fuhr Hirschmann fort. »Sieht man mal von den Hummern im Becken ab.«

»Wäre es dir lieber, wenn die Ochsen selbst zum Schlachten hier hereinspazierten?«, hatte Winter gefragt. »Wenn die Schneehühner hereingeflogen kämen und auf Stangen warten würden, bis ihr ihnen den Hals umdreht?«

»Das klingt so brutal und unfreundlich, wenn du es sagst«, hatte Hirschmann sich beklagt. »Dabei weißt du doch ganz gut, was ich meine.«

»Vielleicht bist du ja auf dem Weg zum Vegetarier«, hatte Winter spekuliert.

»Glaubst du, die Mohrrüben schreien nicht, wenn man sie aus der Erde zieht?«, hatte Hirschmann geantwortet. »Siehst du denn nicht, wie die Rote Bete blutet, wenn man hineinschneidet?«

Winter hatte einen Lacher von sich gegeben, und Hirschmann hatte eingestimmt. Dann hatte er den Zeigefinger erhoben:

»Sollte ich Vegetarier werden, was Gott verhüten möge, dann gäbe es nur ein Land auf der Welt, wo ich meinen Wahnsinn ausleben könnte.«

»Und welches?«, hatte Winter gefragt.

»Italien«, hatte Hirschmann geantwortet.

»Natürlich.«

»Da kann man wirklich alles zubereiten, was in der Erde wächst.«

»Wann fährst du?«, hatte Winter gefragt.

»Noch bin ich kein Vegetarier«, war Hirschmanns Antwort gewesen.

»Ich meine zu deinem jährlichen Italienbesuch.«

»Übermorgen.«

Es würde für Hirschmann kein Übermorgen geben, überhaupt keinen Morgen und keinen Tag. Winter musste an das Gespräch denken, das er an diesem Abend mit dem Freund geführt hatte. Die freudige Erwartung, die er vor seiner alljährlichen Reise immer empfand, hatte in Hirschmanns Augen geleuchtet. Wie alle erfolgreichen Köche war er ein weit gereister Mann gewesen, doch Italien hatte ihm immer besonders viel bedeutet, das wusste Winter.

Er zögerte immer noch vor der Tür zum Kühlraum und erinnerte sich an den Telefonanruf, den er vor weniger als einer halben Stunde erhalten hatte. Er war vom Dienst habenden Beamten in der Einsatzzentrale gekommen.

Die Tür zum Kühlraum hatte offen gestanden, das war dem Wachmann verdächtig vorgekommen, und deshalb war er in den Raum hineingegangen. Er hatte Hirschmann identifiziert.

»Wie kann er so sicher sein?«, hatte Winter in den Hörer gefragt und gleichzeitig versucht, sich das Hemd anzuziehen.

»Der Wachmann arbeitet wohl schon seit Jahren dort«, hatte der Beamte geantwortet. »Der Laden ist auf seiner Runde. Er hat sich immer mal wieder mit Hirschmann unterhalten, wenn ich das richtig verstanden habe.«

»Wie das?«

»Hirschmann ist regelmäßig bis spätnachts dort gewesen und hat die Küche aufgeräumt oder was auch immer.«

»Dieser Wachmann hat Ihnen ja schon einiges erzählen können«, sagte Winter und zog sich die Hose an, die er, ebenso wie das Hemd, an diesem Abend schon getragen hatte. Er verspürte den Geruch von Essen und Zigarillos. Den Geruch von Hirschmanns Restaurant.

»Er scheint einen Schock zu haben. Dann reden die Typen ja wie die Bekloppten.«

»Sind Leute von uns auf dem Weg dorthin?«

»Die müssten jetzt schon da sein, Winter.«

»Dann sorgen Sie dafür, dass die den Wachmann festhalten.«

»Natürlich.«

»Und nur noch mal, um das klarzustellen: Hat der Wachmann gesagt, dass der Tote, den er gefunden hat, Lars Hirschmann ist?«

»Nicht in diesen Worten. Aber es ist so.«

»Sie sind sich da vollkommen sicher?«

»Ja. Aber Sie fahren doch selbst hin und sehen nach, oder?«

»Bin schon auf dem Weg«, hatte Winter gesagt und den Hörer aufs Bett geworfen. »Leider.«

Jetzt betrat er den Kühlraum. Die Kälte war trocken und dicht und schlug ihm entgegen wie an einem Wintertag, wenn die Sonne sich andernorts aufhielt. Er konnte Schubladen und Kartons hoch gestapelt sehen. Flaschen waren da. Er konnte Körper sehen. Vögel. Teile von Lamm, Schwein. Fische, die zu Klößchenfarce oder Pasteten verarbeitet werden sollten.

Lars Hirschmann saß ganz hinten in dem langen, schmalen Raum auf einem Stuhl. Als Winter auf ihn zuging, hatte er plötzlich das Gefühl, als sei der Meister im Begriff aufzustehen, um irgendetwas zu sagen oder zu tun. Irgendetwas zuzubereiten. So, als würde er sich nur einen Moment lang ausruhen, um dann die letzten Vorbereitungen für die Nacht zu treffen, sich vielleicht ein letztes Glas Wein zu gönnen und dann für ein paar Stunden Schlaf nach Hause zu gehen. Winter wusste, dass Hirschmann niemals viel schlief. Er zog seine Energie aus der kreativen Nervosität, die immer wie ein Kraftfeld mitten in der Küche des Restaurants schwebte.

Winter machte die letzten Schritte auf den Toten zu. Er schloss die Augen und stand ganz still. Dann öffnete er die Augen wieder und begegnete Hirschmanns gebrochenem Blick, der etwas direkt hinter Winter zu betrachten schien, so, wie er es etwas früher an diesem Abend getan hatte. Winter drehte sich um, aber da war nichts, nur das eiskalte Licht, das aus der Küche hereinsickerte.

Winter sah sich im Raum um. Er betrachtete Hirschmanns Gesicht, seine Stellung auf dem Stuhl. Er versuchte, an seine Arbeit zu denken, fest daran zu denken, dass er wieder einmal dabei war, seine verdammte Arbeit zu machen. Die Arbeit, die er gewählt hatte, um sich und seine Familie versorgen zu können. Er versuchte an all das zu denken, daran, dass Lars Hirschmann jetzt nur eines in der langen Reihe von Opfern war, denen er begegnet war und denen er in Zukunft noch begegnen würde.

Er konnte einfach nicht vergessen, dass es die Leiche eines Freundes war, die hier vor ihm auf einem Stuhl saß. Und er war froh, dass er das nicht vergessen konnte. Wenn ihm das gelungen wäre, dann hätte er einen derartigen Grad an Professionalität erreicht, dass alle Gefühle verschwunden gewesen wären. Das hier war sozusagen ein Test. Wenn ihn dies gefühlsmäßig nicht mehr berührt hätte ... dann wäre seine Karriere praktisch am Ende gewesen, in diesem Moment, in diesem Kühlraum im Herzen des besten Restaurants der Stadt. Dann wäre er nichts als ein Roboter gewesen. Und ein Roboter empfindet kein Mitgefühl. Ein Roboter geht immer geradeaus. Einem Roboter mangelt es an Intuition. Das aber war Winters besondere Stärke beim Lösen von schwierigen Kriminalfällen. Intuition. Ein Gedanke hinter einem Gedanken. Eine Phantasie hinter dem Gedanken. Ein Bild, das es nicht gab, das aber da gewesen war. Ein Ereignis, das in Winters Wachträumen wiederholt werden konnte.

Jetzt hörte er Stimmen von draußen. Er wandte sich um, ging durch den Raum und sah dabei seinen eigenen Atem vor sich. Das Wort bekam plötzlich eine neue Bedeutung für ihn, als hätte er es zum ersten Mal gedacht. Odem. Der Geist, der in ihm lebte. In Hirschmann da hinter ihm war kein Odem mehr, obwohl sein Mund offen stand. Sein Geist war nicht mehr da.

Draußen traf Winter auf seinen Kollegen Bertil Ringmar und die Gerichtsmedizinerin Pia Fröberg. Beide standen mitten in der Küche, neben ihnen zwei Leute von der Spurensicherung. Ein dritter kam gerade mit zwei Kameras aus dem Speisesaal. Winter konnte da draußen Uniformen erkennen. Der Wachmann wartete unverändert neben der Tür zum Kühlraum. Er sah immer noch ziemlich mitgenommen aus und schien sich nach wie vor an die Wand hinter sich zu lehnen, damit er nicht umfiel.

»Bist du da drinnen fertig?«, fragte die Ärztin. »Darf ich rein?« Sie nahm ihre Tasche und machte einen Schritt in den Raum. »Es ist eilig.«

Winter nickte und trat einen Schritt beiseite, als sie vorbeikam. Natürlich hatte sie Recht. Je schneller sie die Leiche untersuchen konnte, und so weiter.

»Sieh du es dir auch mal an«, sagte Winter zu seinem Kollegen und winkte ihn heran.

»Hast du irgendetwas Besonderes gesehen?«, fragte Ringmar. »Gibt es etwas Bestimmtes, worauf ich achten soll?«

»Seine Position«, sagte Winter. »Seine Position auf dem Stuhl.«

Ringmar nickte und ging an ihm vorbei. Winter konnte hören, wie sich Pia Fröberg im Kühlraum bewegte. Er trat beiseite, als der Techniker kam, und wandte sich dann dem jungen Wachmann zu.

»Wie heißen Sie?«

»Be... Bengt Richardsson.«

»Erzählen Sie mir mal, was passiert ist.«

Offene Fragen. In einer Situation wie dieser war es immer am besten, mit offenen Fragen zu beginnen.

»Pa... passiert? Von ... wo ab?«

Richardsson hatte sich von der Wand abgestoßen und schaffte es, ganz allein zu stehen. Die blaue Farbe wich langsam aus seinem Gesicht.

»Von dem Zeitpunkt an, wo Sie von der Straße reingekommen sind«, sagte Winter.

»Ich ... ich habe aufgeschlossen. Wie immer.«

Winter nickte.

»Auch wenn vielleicht noch jemand .... in der Küche war oder so, dann war doch zur Straße hin immer abgeschlossen. Ich glaube, es ist ... der Oberkellner, der immer hinter sich abschließt, wenn er geht.«

»Weiter«, sagte Winter und dachte, dass diese Befragung so verlief wie immer. Er bekam Antwort auf mehr Fragen, als er gestellt hatte.

»Also, dann habe ich aufgeschlossen und die Alarmanlage im Eingang kontrolliert und bin dann durch die Toiletten gegangen ... also, wie immer, und dann bin ich wie immer durch den Speisesaal und durch den anderen kleinen Teil des Restaurants … und dann bin ich hier rein.«

Er machte eine Bewegung mit der Hand, als wolle er deutlich machen, dass sie in der Küche standen.

»Und?«

»Ja … ich habe hier auch die Alarmanlage kontrolliert, und die Sicherungen und die Rauchmelder … und dann habe ich gesehen, dass … dass die Tür offen stand.«

»Die Tür stand offen?«

»Zum Kühlraum«, sagte Richardsson. »Und die ist doch … immer zu.« Er drehte sich um. »Außer, wenn jemand drin ist.«

»Und so hätte es heute Nacht auch sein können«, schlug Winter vor, »dass jemand drin war.«

»So … war es ja auch«, fügte Richardsson hinzu.

Unter normalen Umständen hätte das hier auch ein witziger Dialog sein können, dachte Winter.

»Ist es denn nie passiert, dass diese Tür mal offen stand, als Sie in die Küche kamen?«, fragte Winter.

»Doch, aber da habe ich dann gerufen, und es hat jemand geantwortet. Oder ist rausgekommen. Oder beides.«

»Was haben Sie denn in dieser Nacht gemacht?«

»Ich habe gerufen.« Richardsson machte eine Geste in den Raum hinein. »Aber es hat niemand geantwortet.«

»Erzählen Sie weiter.«

»Dann … bin ich zur Tür vom Kühlraum gegangen und habe hineingeschaut. Und … ich hab nichts gesehen, und da … da habe ich wieder gerufen und kriegte keine Antwort, dann bin ich weiter reingegangen und da … da habe ich ihn … ihn gesehen.«

Richardsson schwankte ein wenig und sah aus, als würde er das Gleichgewicht verlieren. Winter hob einen Arm und stützte ihn.

»Wen haben Sie gesehen?«, fragte Winter. »Diese Frage muss ich Ihnen stellen.«

»Lars ... Lars Hirschmann.«

«Haben Sie ihn wiedererkannt?«

»Ja, natürlich.«

»Wieso natürlich?«

»Wenn ich spätabends ... also nachts ... kam, war er meistens noch da.« Richardsson richtete sich auf. Winter konnte ihn loslassen. »Wir ... haben uns ein paar Mal unterhalten.«

Es gab noch ein paar Fragen, die Winter Richardsson gern stellen wollte. Das hat Zeit, dachte er. Das hier kann eine Ermittlung werden, in der sich die Zeit wie eine Ewigkeit anfühlt. Oder es geht schnell, ganz schnell. Es kann schon vorbei sein, ehe diese Nacht zu Ende ist.

»Erzählen Sie mal, was passiert ist, als Sie so nah herangekommen waren, dass Sie Hirschmann erkannt haben.«

»Nun ... ich habe ihn erkannt.«

»Haben Sie etwas gesagt?«

»Wie?«

»Haben Sie etwas zu ihm gesagt?«, fragte Winter.

»Er ... er war doch tot«, sagte Richardsson.

»War Ihnen das sofort klar?«

»Wie?«

»Wie konnten Sie erkennen, dass Hirschmann tot war?«, fragte Winter.

»Ich ... ging näher ran«, antwortete Richardsson. »Ich habe etwas zu ihm gesagt, und er antwortete nicht, und deshalb bin ich nä... näher ran und ... und da habe ich es ja gesehen.«

»Was haben Sie zu ihm gesagt?«, fragte Winter.

»Ich ... ich erinnere mich nicht. Ich habe wohl ›Hallo‹ oder so etwas gesagt. Seinen Namen, glaube ich.«

»Wie spät war es, als Sie annahmen, dass Hirschmann tot war?«

»Ähm, ich habe auf die Uhr geschaut, als ich anrief ... ich habe bei der Polizei angerufen, fast sofort nachdem ich ihn gesehen ...« Richardsson sah auf seine Armbanduhr, als wolle er kontrollieren, ob sie noch da war. »Es war zehn nach zwei.«

»Genau?«

»Ja ... so weit ich sehen konnte.«

»Wie spät war es denn, als Sie aufgeschlossen haben und von der Straße reinkamen?«

»Ähm ... fünf vor zwei.«

Eine Viertelstunde, dachte Winter. Eine Viertelstunde, um die Alarmanlage, die Toiletten und die Sicherungen zu kontrollieren und durch alle Räume zu gehen. Ja. Das konnte stimmen.

»Haben Sie etwas gehört?«, fragte Winter. »Von dem Augenblick an, in dem Sie die Tür aufgeschlossen haben und bis Sie im Kühlraum standen? Irgendeine Art von Geräusch?«

»Ja, das Übliche.«

»Was ist das Übliche?«

»Das Brummen von der Lüftung, die Kühlschränke und die Gefrierschränke, ja, das alles.«

»Haben Sie etwas Ungewöhnliches gehört?«

»Nein.«

»Ich möchte, dass Sie genau überlegen. Vielleicht erinnern Sie sich an etwas. Denken Sie bitte heute Nacht und morgen noch mal darüber nach.«

Richardsson nickte.

»Sind Sie, bevor Sie hereinkamen, auf der Straße jemandem begegnet?«

»Nein.«

»Haben Sie jemanden gesehen?«

»Nein, da war überhaupt niemand.«
»Kein Auto draußen vorbeigefahren?«
»Nein.«
»Kein Auto draußen geparkt?«
»Nein. Und draußen ist ja auch Parkverbot, aber ...«
»Sie zögern?«
»Es stand doch ein Auto da, dreißig Meter weg, vielleicht vierzig. Es stand nicht unter der Laterne, deshalb wirkte es dunkel, aber es war ein neueres Modell. Ein Volvo, glaube ich, vielleicht ein V70. Er stand auf der anderen Seite der Parkzone ...«
»In welche Richtung?«
»Hm. Rauf zur Aschebergsgatan. Nach Süden.«
»Standen noch mehr Autos da?«
»Nein ... und bis zum nächsten waren auch noch ein paar Parkplätze frei.«
Winter sah auf die Uhr. Es war zwanzig vor vier. Er holte sein Handy aus der Innentasche seines Jacketts und wählte schnell eine Nummer.
»Tord? Hallo.« Das war der Mann, der für die Absperrung vor dem Restaurant zuständig war. »Siehst du da draußen irgendwelche Autos, die außerhalb der Parkzone stehen?«
»Wir haben von allen, die auf der Straße stehen, die Nummern notiert«, antwortete der Polizeiinspektor Tord Nilsén. »Wofür hältst du uns denn?«
»Ich weiß, dass du einen guten Job machst, Tord. Ich habe nur eine Frage. Steht da noch so dreißig Meter in südlicher Richtung ein neueres Modell? Außerhalb der Parkzone?«
»Einen Moment«, sagte Nilsén, und Winter hörte, wie er etwas zu jemandem sagte, und dann war ein kurzes Rauschen zu hören. Die Stimme des Inspektors war wieder da. »Antwort lautet nein.«
»Es steht kein Auto da? Vielleicht ein Volvo V70?«

»Ich bin gerade auf dem Weg da runter«, sagte Nilsén, und Winter konnte seine Schritte auf dem alten Kopfsteinpflaster hören. »Hier steht kein Auto, kein Volvo und nichts.« Kurze Pause. Winter hörte den Kollegen atmen. »Bis zum nächsten sind ein paar Parkplätze leer. Und das ist ein Japaner. Ein kleiner Japaner.«

»Lass den ganzen Weg bis zum Japaner absperren«, sagte Winter. »Und pass auf, dass da keiner rumtrampelt.«

»Ist jemand abgehauen?«, fragte Nilsén.

»Ich weiß es noch nicht. Mach einfach, was ich gesagt habe.«

»Okay«, erwiderte Nilsén.

Winter legte auf.

»Versuchen Sie doch mal, dieses Auto näher zu beschreiben«, sagte er zu Richardsson.

»Ein Volvo, glaube ich, sah aus wie ein V70.«

»Wie sicher sind Sie?«, fragte Winter.

»Tja, in dieser Stadt gibt es ja fast nur V70, deshalb ist man vielleicht schon etwas blind in der Hinsicht.«

Da könnte man fast drüber lachen, dachte Winter. Richardsson hatte Recht. Göteborg war die Heimatstadt des Autokonzerns Volvo, und die Göteborger fuhren das Auto ihrer Heimatstadt. Und die meisten bevorzugten das Kombimodell des V70.

»Es ist sehr wichtig«, sagte Winter.

»Glauben Sie, dass ...«

»Beschreiben Sie das Auto«, unterbrach ihn Winter.

Und Richardsson versuchte es, aber ihm fiel nicht mehr ein, als er schon gesagt hatte. Keine Nummer, und in den düsteren Morgenstunden, in denen alles nur grau war, auch keine Farbe. Keine Gestalten, keine Silhouetten.

»Und es saß niemand in dem Auto?«

»Ich habe niemand gesehen.« Richardssons Gesicht hatte wieder Farbe bekommen, als würde ihn das Verhör beleben. »Ich habe den Wagen ja nur aus dem Augenwinkel gesehen.«

»Aus welchem Augenwinkel?«

»Wie?«

»Aus welchem Augenwinkel?«, wiederholte Winter.

»Äh … das muss links gewesen sein.«

»Okay.«

Immer gut, das noch mal zu kontrollieren, dachte Winter. Stand das Auto wirklich Richtung Süden, oder war es Norden gewesen?

Er holte sein Telefon heraus und rief Nilsén an, und der schickte eine Fahndung nach dem Auto raus. Eine Nadel in einem Heuhaufen zu suchen wäre leichter gewesen, sagte Nilsén zu sich selbst, als er die Zentrale anrief.

Noch ein paar Fragen, dachte Winter, als er die Blitzlichter drinnen im Kühlraum zucken sah. Lars Hirschmann erlebte seine letzte Fotosession. Davon hatte er sicher schon Hunderte oder Tausende gehabt. Er war für den Verband der Köche um die ganze Welt gereist, und das Blitzlichtgewitter hatte es bei jedem Wetter, in jedem Klima und über allen Herden und Arbeitsflächen gegeben.

»Wann sind Sie Lars Hirschmann das letzte Mal begegnet?«, fragte Winter.

»Das … das muss vor ein paar Wochen gewesen sein. Vor zehn Tagen vielleicht.«

»Wo sind Sie sich begegnet?«

»Wo? Hier natürlich.«

»Erzählen Sie.«

»Da gibt es nicht viel zu erzählen. Es passierte einfach manchmal, dass er noch da war, wenn ich kam. Das ist alles.«

»So spät?«

Bengt Richardsson zuckte mit den Schultern.

»Er schien alles noch mal kontrollieren zu wollen. Wenn die anderen nach Hause gegangen waren.«

»Hat er das gesagt?«

»Ja.« Richardsson versuchte zu lächeln. Er fühlte sich jetzt etwas stärker. »Und er wirkte auch ... als wäre er immer ganz Herr der Lage.«

Winter nickte. Hirschmann war ein Mann gewesen, der Autorität ausgestrahlt hatte. Es war ihm schwer gefallen zu delegieren.

»Worüber haben Sie sich denn so unterhalten?«

»Tja, also, wir haben nur ein paar Worte gewechselt. Irgendwas halt. Wie der Abend gelaufen war. Nichts Besonderes.«

»Und das letzte Mal, haben Sie da über etwas Besonderes geredet?«

»Nein. Ich kann mich jedenfalls nicht erinnern.«

»Hat Hirschmann manchmal von anderen Leuten gesprochen?«

»Ja, schon. Aber ich erinnere mich jetzt an niemanden.«

»Hat er jemals etwas darüber gesagt, dass er bedroht würde? Dass er vor irgendjemandem oder irgendetwas Angst hatte?«

»Nein. Jedenfalls nicht zu mir. Aber so gut kannten wir uns ja auch nicht.«

»Haben Sie jemand anders erzählt, dass Hirschmann hier abends allein war? Irgendwann mal nach Dienstschluss?«

Richardsson sah aus, als würde er überlegen.

»Denken Sie ganz genau nach«, sagte Winter.

»Vielleicht habe ich es mal bei der Arbeit erwähnt, so im Vorbeigehen. Ich weiß es nicht. Aber es ist natürlich nichts gewesen, womit ich hausieren gegangen wäre.« Er sah Winter an. »Schließlich geht es bei uns um Sicherheit.« Er sah zum Speisesaal und zum Flur hinaus. »Sind wir bald ... fertig?«

»Wir sind jetzt fertig«, sagte Winter. »Aber wir hören wieder voneinander.«

Richardsson nickte, sammelte sich und ging über den glänzenden Fußboden davon. Sein Körper warf einen verschwommenen Schatten auf den Boden. Winter hörte Bewegungen hinter sich.

Pia Fröberg und Ringmar kamen aus dem Kühlraum.

»Es ist gerade erst passiert«, sagte Pia Fröberg und stellte ihre Tasche auf den Boden. Dann zog sie die Handschuhe aus und warf sie in einen Plastikbehälter. »Irgendwann zwischen zwölf und zwei.«

»Der Wachmann hat ihn zehn nach zwei gefunden«, meinte Winter.

»Vielleicht hat er ihn auch früher gefunden«, sagte Ringmar und sah sich um. »Wo ist er?«

»Auf dem Weg nach Hause«, erwiderte Winter.

»Ist das eine gute Idee?«, fragte Ringmar.

»Das ist eine sehr gute Idee. Er muss sich unbedingt ausruhen.«

»Das habe ich nicht gemeint«, sagte Ringmar.

»Er haut nicht ab«, sagte Winter. »Und wenn er es tut, dann ist der Fall gelöst, oder?«

»Das ist ja auch eine Methode«, gab Ringmar zurück. »Alle Verdächtigen sofort freilassen. Die, die untertauchen, sind schuldig.«

»Also, ich würde unseren jungen Wachmann jetzt nicht gerade einen Verdächtigen nennen«, sagte Winter.

»Wen sollen wir denn dann einen Verdächtigen nennen?«, fragte Ringmar. Winter antwortete nicht. Jetzt fing die Arbeit an, die Ermittlungsarbeit, die lange, schwere, notwendige Arbeit. Plötzlich stand er da mit einem ganzen Leben, dessen Vergangenheit offen gelegt werden musste, weil es keine Zukunft mehr hatte. Die Antwort lag in der Vergangenheit, fast immer verhielt es sich so. Die Vergangenheit warf Schatten, denen zu entkommen fast unmöglich war.

Er wandte sich an Pia Fröberg.

»Ist es so, wie ich denke?«, fragte er.

»Zwei Schnitte«, erwiderte sie.

»Ein Fachmann?«

»Ja, sonst müsste der Täter schon unglaubliches Glück gehabt haben.«

»Manchen Leuten ist das Glück in die Wiege gelegt worden«, sagte Winter, aber er lächelte nicht dabei.

»Aber mehr wage ich vor der Obduktion nicht zu sagen«, meinte Pia Fröberg und beugte sich zu ihrer Tasche hinunter. »Ich nehme ihn jetzt mit.« Sie zögerte und legte dann ihre Hand auf Winters Schulter. »Es tut mir Leid, Erik. Ich weiß, dass er ein Freund von dir war.«

»Danke, Pia. Es ist nett, dass du das sagst.«

Er nickte, drehte sich um und ging zurück in den Kühlraum, wo Hirschmann auf eine Bahre gelegt und dann durch den Speisesaal gerollt werden würde, um seine letzte Reise aus diesem Tempel anzutreten.

»Es tut mir auch Leid«, sagte Ringmar.

»Ich weiß, Bertil.«

»Ich war vor ein paar Monaten hier«, sagte Ringmar. »Also, nicht hier in der Küche, aber draußen im Restaurant.« Er machte eine Bewegung in Richtung Speisesaal, wo jetzt niemand mehr zu sein schien. »Wir haben natürlich sehr gut zu Abend gegessen. Und als wir beim Kaffee saßen, kam Hirschmann heraus und fragte, ob alles in Ordnung sei.«

»Das war seine Gewohnheit.«

»Er wusste nicht, wer ich bin«, sagte Ringmar, »dass wir

Kollegen sind. Ich glaube es jedenfalls nicht. Aber er war trotzdem freundlich.«

Winter musste unwillkürlich lachen.

»Du meinst, Hirschmann war sogar zu Leuten nett, von denen er nicht wusste, dass ich sie kenne?«

»Offenkundig«, sagte Ringmar, und dann wurde seine Miene wieder ernst. »Also, was haben wir hier?«

»Einen Mord.«

»Einen Mord. Welche Art Mord?«

»Die gewaltsame Sorte.«

»Welche Art von Gewalt?«

»Überraschende Gewalttätigkeit.«

»Ja«, sagte Ringmar, »es muss sehr schnell gegangen sein.«

Sie waren in ihrer Routine, warfen sich Fragen und Antworten zu. Seit zehn Jahren arbeiteten sie zusammen bei der Kripo in Göteborg. Das hier war eine ihrer Methoden.

Ihre Spezialität war Mord.

»Er hat jemanden an sich herankommen lassen«, sagte Winter.

»Drinnen im Kühlraum.«

»Ja. Aber warum?«

»Er brauchte Hilfe.«

»Hilfe? Wobei?«

»Etwas anzuheben. Etwas Schweres anzuheben.«

»Oder etwas zu zeigen.«

»Was denn zeigen? Etwas Neues? Etwas Spannendes?«

»Ist es noch da? Das, was er zeigen wollte?«

»Wir müssen die Leute vom Personal befragen und dann ihre Aussagen mit dem abgleichen, was wir hier drinnen finden«, meinte Ringmar.

»Wer ist mit ihm mitgegangen? Ein Kollege? Ein anderer Bekannter?«

»War er wirklich allein zurückgeblieben?«
»Wartete er vielleicht auf jemanden?«
»Wie konnte der sich denn versteckt halten?«
»Vielleicht hat er oder sie sich ja gar nicht versteckt.«
»Jemand vom Personal?«
»Man wird sehen.«
»Einer von den Gästen?«
»Auch das muss man sehen«, meinte Winter. »Wir müssen die Buchungen durchgehen.« Er machte einen Schritt in Richtung Speisesaal. »Ich war ja selbst einer der Gäste.«
»Und du hast niemand gesehen, der verdächtig wirkte?«
»Wenn man sich in einem guten Restaurant für irgendwas nicht interessiert, dann sind es die anderen Gäste«, meinte Winter. »Man hat genug damit zu tun, sich aufs Essen zu konzentrieren.«
Ringmar sah sich in der Küche um. Am hinteren Ende gab es ein schmales Fenster. Dort konnte man die ersten Anzeichen der Morgendämmerung erahnen. Schon bald würde das Licht hier hereinsickern und sich mit der kalten elektrischen Beleuchtung vermischen. Ein neuer Tag würde beginnen.
»Was ist das Motiv?«, sagte Ringmar mehr zu sich selbst.
»Ich kannte ihn nicht besonders gut«, meinte Winter, »nicht gut genug, um ihn von Feinden sprechen zu hören.«
»Wer könnten seine Feinde gewesen sein? Andere Meisterköche?«
»Es gibt eine Konkurrenz, aber die hat für gewöhnlich doch Grenzen«, sagte Winter.
»Worin besteht denn die Konkurrenz?«
»Essen natürlich. Rezepte. Rezepte für die besten Gerichte. Rezepte für Gerichte der Weltklasse.«
»Reicht das aus?«, fragte Ringmar.
»Die Rezepte? Nein. Es genügt nicht, lesen zu können. Du musst auch die richtigen Handgriffe beherrschen. Du

musst der Geschickteste sein, mit den Händen, und mit dem Kopf.«

»Und Hirschmann war offenbar der Geschickteste«, sagte Ringmar.

»Ja.«

»Und irgendjemand neidete ihm das.«

»Ob das ein Motiv ist?«, fragte Winter. »Vielleicht hängt die Geschichte überhaupt nicht mit all dem zusammen«, sagte er und machte eine Geste, die alles einschloss, was er um sich herum sah.

»Oder es gab etwas hier, das es wert war, dafür zu töten«, entgegnete Ringmar.

»Wie meinst du das?«

»Vielleicht besaß Hirschmann etwas, wofür man ihn umbringen wollte«, fuhr Ringmar fort. »Mehr als das, was ... er war. Mehr als nur, dass er der Geschickteste war.«

»Warte mal«, sagte Winter und ging hinüber zum Tisch, an dem sonst die Kaltmamsell arbeitete.

Vor ein paar Stunden hatte er dort gestanden. Hirschmann hatte die alte Flasche Calvados aus einem geheimen Fach über dem Tresen geholt.

Das geheime Fach.

Das war zum Teil Spaß, zum Teil aber auch Ernst gewesen. In dem Fach bewahrte Hirschmann einen Teil seiner Rezeptsammlungen auf, diverse lose Aufzeichnungen, Blätter, schnell hingekritzelte Ideen auf irgendwelchen Zetteln, die gerade zur Hand waren, wenn die Eingebung aus dem Himmel herabgestürzt kam. Wenn man Hirschmann glaubte, dann kannten nicht viele Leute dieses Fach. Außerdem gab es hinter dem Fach noch eines, das hatte er Winter einmal erzählt. Und da würden die echten Geheimnisse verwahrt, hatte er gesagt und Winter zugeblinzelt. Das wissen jetzt nur du und ich.

Das Regal war hoch. Das Einzige, was Winter sehen und

erreichen konnte, war die Calvadosflasche. Er rührte sie nicht an. Dann schaute er sich nach etwas um, worauf er sich stellen konnte. Unter einer der Arbeitsflächen sah er einen Hocker. Doch er entschied, sich nicht darauf zu stellen.

»Sven, kannst du bitte diesen Hocker mitnehmen und in Plastik einpacken?«, sagte er zu einem Kollegen von der Spurensicherung, die in der Restaurantküche arbeiteten.

Er ging in den Speisesaal und trug den Stuhl, auf dem er selbst am Abend gesessen hatte, in die Küche. Er legte ein Stück Plastik über den Stuhl und stellte sich darauf, um in das Fach sehen zu können.

Es war leer. Da war nichts, abgesehen von der Flasche. Nur eine leere glatte Fläche. Soweit er es beurteilen konnte, stand die Flasche ungefähr an derselben Stelle, an die Hirschmann sie etwas früher am Abend gestellt hatte, aber das war eine Sache für die Spurensicherung.

Wer die Papiere und Ordner vom Regal genommen hatte, musste auch die Flasche verrückt haben.

Er stieg wieder vom Stuhl.

»Was machst du da?«, fragte Ringmar.

»Jemand hat das Fach ausgeräumt«, sagte Winter.

»Jetzt verstehe ich gar nichts mehr.«

»Hirschmann hat mir erzählt, er würde da oben ein paar ›Geheimnisse‹ aufbewahren. Jetzt sind sie weg.«

»Ist das nicht eine etwas sehr öffentliche Stelle, um seine Geheimnisse zu verwahren?«, fragte Ringmar.

»Von unten aus konnte man die Sachen nicht sehen«, sagte Winter.

»Trotzdem.«

»Ich weiß nicht, wer sonst noch davon wusste.«

»War es denn etwas, das zu stehlen sich lohnte?«, fragte Ringmar.

»Das weiß ich auch nicht.«

»Hast du irgendwann mal gesehen, was auf diesem Regal lag?«

»Nein.« Winter schaute wieder zu der Öffnung hinauf. Die Ausbuchtung war kaum sichtbar. Wer sie nicht kannte, würde sie nicht bemerken. »Bis gestern Abend hatte ich ja auch keinen Grund, Hirschmanns Aussage zu kontrollieren.«

»Vielleicht war es nur ein Scherz«, meinte Ringmar.

»Das glaube ich nicht.«

»Dann hat ihn also jemand wegen der Dinge umgebracht, die auf dem Regal lagen?«

»Das ist nur eine Hypothese«, erwiderte Winter.

»Wenn überhaupt etwas dort lag«, bemerkte Ringmar.

»Das ist die Frage.«

»Und was lag dann da?«

»Rezepte«, sagte Winter.

»Rezepte?«

»Ja. Geheime Rezepte. Dinge, die nur Hirschmann wusste. Das, was seinem Essen die drei Sterne verlieh.«

»Hatte er denn drei Sterne?«, fragte Ringmar.

»Das einzige Drei-Sterne-Restaurant im ganzen Norden«, erklärte Winter.

»Hätte er diese Rezepte dann nicht in einem Schließfach auf der Bank aufbewahren müssen?«, fragte Ringmar.

»Er brauchte sie«, meinte Winter. »Er brauchte sie hier.«

»Hat ein Meisterkoch so etwas nicht im Kopf?«

»Vielleicht hat er mit neuen Gerichten experimentiert«, meinte Winter. »Er hat sich Aufzeichnungen gemacht und sie da oben aufbewahrt.« Er nickte in Richtung auf das Regal. »Vielleicht war Hirschmann nicht vorsichtig genug.«

»Das ist doch unrealistisch«, wandte Ringmar ein. »Ein Rezept kann doch keine tödliche Gefahr bedeuten.«

»Diese Branche ist von einem tödlichen Ernst«, gab Winter zu bedenken. »Das habe ich schon mitbekommen. Es geht um Leben und Tod, Darwin in Reinkultur. Nur der Stärkste überlebt.«

»Und nicht einmal der«, sagte Ringmar und warf einen Blick Richtung Kühlraum.

»Nein«, meinte Winter, »nicht einmal der.«

»Wenn wir mal davon ausgehen, dass der Mörder irgendetwas von diesem Regal haben wollte, warum hat er es sich dann nicht einfach nur genommen? Zum Beispiel wenn Hirschmann ihm den Rücken zuwandte oder nicht da war?« Ringmar sah zu dem Regalbrett hinauf. »Warum musste der Meister ermordet werden?«

»Vielleicht war es jemand sonst unmöglich, an das Regal und die Sachen dort zu kommen«, meinte Winter. »Hirschmann war schließlich immer hier. Er war der Erste, der kam, und der Letzte, der ging.«

»Aber manchmal verließ er die Küche doch«, sagte Ringmar.

»Wir müssen das Personal verhören«, sagte Winter.

»Das kommt mir alles noch ziemlich dünn vor«, wandte Ringmar ein.

»Hast du eine bessere Idee?«

»Im Moment nicht. Vielleicht ist was mit dem Auto draußen.«

Winter nickte. Es war wie immer. Die ersten Stunden waren wichtig, aber sie vergingen immer viel zu schnell. Die ersten Hypothesen waren wichtig, die Vermutungen, die niemals nur Vermutungen waren. Die ersten Verhöre waren wichtig. Er hatte einen langen Tag vor sich, er musste mit allen sprechen, die sich nur wenige Stunden zuvor in dieser Küche aufgehalten hatten. Die Gästeliste. Sie mussten die Gästeliste durchgehen und mit allen reden, die an diesem Abend im Speisesaal gesessen hatten. Seinen eigenen Namen würde er streichen können und den von Angela auch. Und er glaubte auch nicht, dass irgendein Gast Hirschmann ermordet haben könnte, weil das Essen schlecht gewesen war.

Es würde ein langer Tag mit Überlegungen zu den technischen Hinweisen sein, die die Leute von der Spurensicherung irgendwann im Verlauf des sehr langen Nachmittags präsentieren würden. Er würde über die Obduktion nachgrübeln. Über die Fotografien aus dem Obduktionssaal und über die vom Tatort. Die Bilder vom Tod. Er hatte schon Tausende von solchen Bildern gesehen, aus allen Winkeln. Der Tod war ihm bekannt, in allen Perspektiven. Er wusste alles vom Tod, wie er zu den Menschen kommen konnte, und wie die Menschen auf Fotos aussahen, wenn sie tot waren.

Der Tatort, dachte er. Wenn das hier der Tatort war. Pia Fröberg glaubte es. Er glaubte es selbst.

»Wir nehmen mal Fingerabdrücke von dieser Flasche«, sagte Ringmar.

»Ihr werdet meine darauf finden«, sagte Winter. »Und die von Hirschmann.«

Doch es gab keine Fingerabdrücke von Winter auf der Calvadosflasche und auch keine von Hirschmann.

Es gab überhaupt keine Abdrücke.

»Verdammt noch mal!«, rief Ringmar.

Sie saßen in Winters Arbeitszimmer. Das Fenster stand offen und ließ den milden Frühling herein. Es war früher Nachmittag, und draußen sangen die Vögel. Winter wusste nicht, wie sie hießen.

Gerade war das Ergebnis von der Spurensicherung gekommen.

»Sauber abgewischt«, sagte Winter. »Ich habe diese Flasche in der Hand gehabt, und Lars ebenso.«

»Unter diesen Umständen möchte ich vielleicht doch etwas mehr über deine an den Haaren herbeigezogene Hypothese wissen«, sagte Ringmar.

»Sieh an.«

»Wenn wir es hier nicht mit einer übereifrigen Putzfrau zu tun haben.«

»Bergenhem hat mit ihr geredet«, sagte Winter. »Sie ist sicher eifrig genug, aber ihre Schicht hätte erst um fünf Uhr morgens begonnen. Bergenhem hat sie im Restaurant abgefangen.«

Kriminalinspektor Lars Bergenhem war der jüngste der Kripobeamten in der Abteilung. Er war Spezialist für die Arbeit in den frühen Morgenstunden – oder wenigstens versuchten seine Kollegen immer, ihm das einzureden.

»Also hat nach euch noch jemand anders die Flasche in der Hand gehalten«, sagte Ringmar.

»Das klingt doch logisch«, sagte Winter ungerührt. »Oder jemand hat sie vorher in der Hand gehalten, und jetzt musste sie noch abgewischt werden.«

»Warum?«

»Ich weiß es nicht, Bertil.«

»Musste die Flasche nicht weggenommen werden, damit man an das herankam, was dahinter lag, in dem Fach?«

»Da bin ich sicher.«

Winter zog sich ein Papier heran, das auf einem der Stapel auf seinem großen Schreibtisch lag. Er sah kurz darauf. Es war eine Liste mit ungefähr zehn Namen.

»Haben wir sie alle durch?«, fragte er und sah auf.

»Ja«, erwiderte Ringmar, »und keiner der Köche ist untergetaucht. Leider.«

»Das Leben ist hart«, sagte Winter und legte das Papier wieder auf den Tisch.

»Ja«, ergänzte Ringmar, »und der Tod auch. Leider.«

»Dann legen wir mal los«, sagte Winter.

Doch bevor er sich an die Verhöre machte, nahm er den Aufzug in die Tiefgarage der Wache, setzte sich in seinen Mercedes und fuhr Richtung Westen. Die Sonne stand schon recht tief, und er klappte die Sonnenblende herunter. Die ausrangierten Werftkräne auf der anderen Seite des Flusses glühten orange, als hätten sie nach fünfzig Jahren Dienst und zehn Jahren Pause plötzlich Feuer gefangen. Ihre Zeit war vorbei.

Er fuhr am Fischereihafen vorbei und nahm den starken Geruch wahr. Hier wurde schon seit ein paar Stunden nicht mehr gearbeitet. Ein Möwenschwarm schwebte immer noch auf der Suche nach den letzten Resten über dem Hafenbecken. Die Fischkisten standen zu hohen Pyramiden an der Vorderseite der langen Holzbuden gestapelt, in denen die Fischereibetriebe ihre Büros hatten. Auf einer von ihnen war eine große Krabbe als Logo auf die Wand gemalt. Es sah aus, als würde die riesenhafte Zange der Krabbe nach einem Lastwagen greifen, der etwas weiter unten auf dem Weg geparkt war. In der nächsten Sekunde würde die Krabbe den Lastwagen packen und ihn quer über den Hafen und den Fluss schleudern, direkt zu den orangefarbenen Skeletten der Kräne hinüber.

Winter dachte an Lars Hirschmann. An zwei oder drei Morgen in der Woche hatte der Freund zeitig da unten gestanden, wenn die Fischauktion begann.

Einmal war Winter mitgekommen. Er war einfach neugierig gewesen. In neun von zehn Fällen hatte er Fisch und Schalentiere auf seinem Teller. Er wollte sehen, wie das Gold des Meeres hereinkam, das Gold und das Silber.

Und es hatte in der Tat wie von Gold und Silber und von Diamanten da unten geglitzert. Nur ein halbes Jahr war es her, kurz vor Weihnachten. Es war sehr kalt gewesen, und die Eisstücke, die überall gelegen hatten, hatten mehr wie eine überflüssige Dekoration gewirkt.

Winter fuhr um ein weiteres neu angelegtes sinnloses Rondell herum und passierte den westlichen Teil des Fischereihafens. Einige kleinere Trawler waren auf dem Weg aus dem Hafenbecken. Sie waren älteren Typs, vielleicht schon zu Kriegszeiten im Einsatz. Er kannte die Geschichten der waghalsigen jungen Fischer von den Inseln im südlichen Schärengarten, die geradewegs durch die Nordsee über die Minenfelder nach Schottland gefahren waren und dort ihre Netze ausgeworfen hatten. Und ihr Vermögen gemacht hatten. Und auf halbem Weg nach Hause den Tod gefunden hatten. Das war allzu oft geschehen. Diejenigen, die den Krieg überlebt hatten, hatten sich auf den Inseln neue Holzhäuser gebaut und die Fischerei ihren Söhnen vererbt, und die Söhne brachten jetzt ihren Fang in diesen Fischereihafen nach Göteborg, der einer der wichtigsten der Welt war, denn hier wurden die besten Früchte des kalten Meeres unter den blitzschnellen Rufen der Auktionatoren in die flachen Holzkisten geschüttet.

Winter hatte neben Hirschmann gestanden und den Rausch von den Fischen in den Kisten, den Fischen selbst und dem weiten Meer gespürt. Die Männer um sie herum trugen die Zeichen des weiten Meeres in ihren Gesichtern, die rot waren und glühten und gleichsam von einem Netz feiner Runzeln überzogen waren, als ob das Gesicht Jahrzehnte schneller alterte als der restliche Körper.

Er hatte in den Hunderten von Holzkisten die langsamen Bewegungen der riesigen Krebse gesehen, einige von ihnen groß wie Hummer oder Langusten. Und die Hummer selbst, die nur vom 20. September bis zum 30. April gefischt werden durften. Und die Krabben, die zu dieser Zeit, im Dezember, am besten waren. Die Miesmuscheln, die etwas später im Frühjahr noch besser sein würden. Die Nordseekrabben, die in der kalten Jahreszeit am besten und am billigsten waren. Sie rochen nach Meer, einfach nur nach Meer. An einem späten Freitagnachmittag trug sicher mehr als die Hälfte der Leute in Göteborg nach der Arbeit eine Papiertüte mit frischen Krabben nach Hause, für das traditionelle Abendessen mit Krabben, Zitrone, Toastbrot, selbst gemachter Mayonnaise, Dill, vielleicht etwas Kaviar und ein oder zwei Flaschen gutem Weißwein. Einfach, delikat, Weltklasse. Winter stand freitags auf dem Weg nach Hause oft vor einem kleinen Fischauto. Diese Fischautos waren das Besondere an Göteborg, es gab sie in allen Stadtteilen, kleine Kioske auf Rädern, in denen Schalentiere und einige ausgewählte fangfrische Fische verkauft wurden.

Winter hatte neben Hirschmann gestanden und die verschiedenen Dorscharten angesehen, Schellfisch, ein paar wenige Seehechte, Köhler – der Dorsch, schon gefährdet, der außergewöhnliche Weißling, der zu Winters Favoriten gehörte. Dazu die wunderbaren Plattfische wie Doggerscharbe, Hundszunge, Scholle und natürlich Seezunge. Steinbutt, ein exklusiver Fisch, und der riesige Heilbutt.

Da gab es Lachsarten, fette Heringe und die wohlschmeckenden Austernfische Seewolf und Anglerfisch, die wirklich gruselig aussahen.

»Dass etwas so Hässliches so gut sein kann«, hatte Hirschmann an jenem kalten Dezembermorgen gesagt, und der eisige Atem wehte wie ein eigenes Wesen durch die Fischhalle. Er hatte auf einen Anglerfisch gezeigt, der mit seinem riesigen Maul und den schrecklichen Zähnen zu ihnen heraufgegrinst hatte. »Siehst du, Erik, er versucht zu lächeln«, hatte Hirschmann gesagt, »aber das Lächeln schafft es nie bis zu den Augen.«

Winter erinnerte sich sehr gut an Hirschmanns Worte, als er jetzt am Fischereihafen vorbeifuhr, der nur noch eine entschwindende Kulisse in seinem Rückspiegel war.

Er durchquerte die westlichen Stadtteile und nach fünf Minuten konnte er links zwischen den Häusern das offene Meer sehen. Die Sonnenreflexe machten die Wasseroberfläche zu einem Spiegel aus Silber oder Fischschuppen. Das Wasser blitzte noch vor Winters Augen, als er seine Sonnenbrille aufsetzte und in eine kleine Straße abbog, die er dann hundert Meter hinunterfuhr. Er fuhr so dicht wie möglich an den Straßenrand und machte den Motor aus. Vor ihm, ungefähr vierzig Meter entfernt, konnte er einen Wald von Bootsmasten erkennen. Hätte er einige Wochen zuvor hier gestanden, dann hätte es dort noch keinen Wald gegeben. Aber jetzt waren alle Boote eingesetzt. In dieser Stadt gab es mehr Segelboote als Autos. Wer immer das feste Land verlassen konnte, tat es auch. Die Menschen in dieser Stadt fühlten sich auf und im Wasser einfach wohler als an Land. Es war, als hätten sie das amphibische Lebensstadium nie ganz hinter sich gelassen, als wäre die Evolution hier nicht vollendet worden. Darwin, da war er wieder.

Winter stieg aus dem Auto und sah zu dem Haus hinauf, vor dem er geparkt hatte. Es war eins von den für diesen Stadtteil typischen Häusern. Anfang des 19. Jahrhunderts als Strandhäuser für die reichen Bürger gebaut, die in den großen Wohnungen im Stadtzentrum wohnten. Wenn der Sommer endlich da war, zogen sie mit ihrem ganzen Haushalt in diese Holzhäuser um. Sie erinnerten Winter an mittelalterliche Burgen, die als Schutz gegen eine unbekannte und bedrohliche Umgebung errichtet worden waren. Das Haus von Lars Hirschmann war eines der kleineren, als wäre es nur eine Hütte zu einem der Strandhäuser gewesen. Doch diese Hütte war geräumig, und da sie den Besucher mit ihrer breiten Seite begrüßte, wirkte sie doppelt so groß, als sie eigentlich war, was man feststellte, sobald man den Flur betrat, der sich nach Backbord und Steuerbord fortsetzte.

Hirschmann hatte allein gelebt. Er gehörte zu der Sorte Männer, die nie geheiratet und nie Kinder bekommen hatten.

Winter war drauf und dran gewesen, genauso zu werden.

Er war reifer geworden. Ja, so sah er es. Er hatte gelernt zu leben, ein soziales Leben zu leben, das die Verantwortung für eine Beziehung beinhaltete. Das hatte er nicht gekonnt, als er noch völlig auf seine Karriere fixiert gewesen war.

Hirschmann war nicht auf dieselbe Weise gereift, aber vielleicht konnte man das auch nicht vergleichen. Winter wusste nur wenig über die private Vergangenheit des Freundes, doch das erstaunte ihn kaum. Es war sehr schwer, wirklich etwas über die Vergangenheit eines Menschen zu wissen. Seine Arbeit hatte ihn gelehrt, dass nichts so war, wie es auf den ersten Blick schien. Und am allerwenigsten die Leben der Menschen. Erst im Tod trat die Vergangenheit zutage, als würde sie rufen: Sieh mich an! So war ich! Das ist der Grund!

Dieser Gedanke traf ihn wie ein kalter Wind. Der Schlosser, der wenige Minuten nach ihm angekommen war, hatte ihn hereingelassen, und jetzt stand er allein im Flur. Winter hatte Hirschmanns Schlüssel, die sie in seiner Tasche gefunden hatten, nicht benutzen wollen, nicht einmal, nachdem sie auf mögliche Abdrücke untersucht worden waren. Das war eine Frage des Respekts.

Er ging durch die Zimmer. Es waren weniger, als der Betrachter von außen vermuten würde. Winter war im Laufe der Jahre ungefähr ein halbes Dutzend Mal hier gewesen. Hirschmann war einfach nicht der Typ gewesen, der oft zu einem Mittagessen zu Hause einlud. Das lag vor allem daran, dass er so gut wie nie zu Hause war. Und wenn er es einmal war und Winter war auch da gewesen, hatte es nur ganz wenig Arbeit in der Küche gegeben, vielleicht ein paar

Dutzend Austern von den Austernbänken in der Nordsee, ein gedämpfter Hummer, vielleicht Krabben mit einer milden Aioli – einfache Dinge, die innerhalb von wenigen Minuten auf dem Tisch standen.

Winter stand im Esszimmer. Das Licht schnitt mit zwei Strahlen durch das große Fenster, das aufs Meer hinausging, und teilte den Tisch in zwei Teile. Er spürte wieder, wie die Kälte in ihm hochkroch. Zwei Schnitte. Hirschmann hatte sein Leben wegen zweier Schnitte lassen müssen. Winter schloss die Augen, machte sie wieder auf, und die Strahlen waren verschwunden.

Vor dem Esszimmer lag der Raum, den Hirschmann sein Arbeitszimmer nannte. Er enthielt einen schweren Eichenschreibtisch, einen breiten Ledersessel und vom Boden bis zur Decke reichende Bücherregale, in denen Literatur und Papierordner jede Lücke ausfüllten. Hirschmann war ein Sammler kulinarischer Literatur in allen Sprachen gewesen. Er hatte sie nicht alle gesprochen, aber er kannte die einheimischen Namen der Gerichte von Portugal bis Sri Lanka, vom Fischeintopf *Caldeirade de peixe* bis zum Fischcurry *Kiri malu*, von dem mexikanischen Krabbengericht *Canarones en frio* bis zum japanischen Fisch-Suriyaki *Chirinabe*. Alles wie immer Gerichte, deren Zutaten aus dem Meer stammten.

Winter blieb vor den Bücherregalen stehen. Morgen hätte Hirschmann wieder in Italien sein sollen. Hatte er nicht von einer der kleinen Städte an der toskanischen Küste gesprochen? Doch von welcher? Winter sah sich um. Irgendwo in diesem Haus mussten doch die Flugtickets liegen, vielleicht nach Florenz oder Rom. Irgendwo gab es einen Hotelgutschein oder eine Reisebestätigung. Eigentlich spielte es keine Rolle. Oder doch? Hatte Hirschmanns bevorstehende Reise etwas mit dem Mord zu tun? Winter wandte sich um. Die

Sonne schien nicht mehr durchs Fenster. Er meinte zu sehen, wie sich da draußen ein Segel im Wind bewegte, als würde es zu einem Geisterschiff gehören. Hirschmann hatte auch Segelboote besessen, doch im Augenblick nicht mehr. Er hatte sich Boote gemietet, so auch in Italien. Winter dachte wieder an die bevorstehende Reise. Im Laufe der Jahre hatte er gelernt, dass man nichts ausschließen durfte. Wenn er nun anfing, in Hirschmanns Vergangenheit zu suchen, dann würde es ein Fehler sein, die Reise unberücksichtigt zu lassen. Doch sie lag nicht in der Vergangenheit, sondern in der Zukunft und war zugleich plötzlich ein Teil der Vergangenheit geworden. Alles gehörte zusammen.

Winters Handy klingelte. Er zuckte unwillkürlich zusammen. Der Ton klang in dem stillen Haus geradezu unanständig laut.

»Ja?«

»Wir haben das Auto gefunden.«

Es war Ringmars Stimme.

»Wie bitte?«

»Das Auto. Der Volvo, der vor dem Restaurant stand. Der Kombi.«

»Bist du sicher?« Das klang wie Wunschdenken, dachte Winter. Eine falsche Spur. »Wir wissen doch nicht einmal ob es überhaupt ein Volvo war. Wir wissen nicht einmal, ob da überhaupt irgendein Auto stand.«

»Also, heute Nacht schienst du dem Wachmann noch zu vertrauen«, meinte Ringmar.

»Erzähl.«

»Wie du weißt, haben wir heute Morgen die Autos vom Personal gecheckt, und einer der Köche besitzt einen Volvo V70, das Vorjahresmodell, und wir haben ihn gefragt, ob er es heute Nacht vor dem Laden geparkt hatte, und er hat ja gesagt.«

»Dann wäre das Problem gelöst«, meinte Winter.

»Ich habe ja gesagt, wir haben das Auto.«

»Hast du ihn gefragt, warum er es dort geparkt hatte?«

»Ich war nicht bei dem Verhör dabei. Aneta hat ihn angerufen. Nein, sie ist zu ihm hingefahren.«

»Und was hat er ihr geantwortet?«

»Dass er es immer dort hinstellen würde. Diese Nacht sei keine Ausnahme gewesen.«

»Da ist doch irgendetwas seltsam mit dieser Geschichte«, sagte Winter. »Richardsson, der Wachmann, hat das Auto gesehen, als er kam, aber als wir eine Stunde später danach gesucht haben, war es weg.«

»Stimmt.«

»Die Erklärung dafür könnte sein, dass dieser Koch noch bis nach zwei geblieben ist. Richardsson hat gesagt, dass er die Außentür fünf Minuten vor zwei aufgeschlossen hat. Da stand das Auto also dort, wenn es derselbe Wagen ist. Das würde doch bedeuten, dass der Koch noch da war. Wie heißt er eigentlich?«

»Dinter. Erland Dinter.«

»Auffälliger Name, Dinter.«

»Nicht auffälliger als Winter«, sagte Ringmar.

»Dinter war noch da, weil sein Auto noch da war«, sagte Winter, ohne auf Ringmars Bemerkung einzugehen. »Aber Richardsson hat ihn nicht angetroffen. Nach seiner Beschreibung war Hirschmann als Einziger noch da. Wo befand sich dann dieser Dinter? Warum blieb er noch so lange? Warum hat ihn niemand gesehen?«

»Das sind Fragen, die du ihm stellen solltest«, schlug Ringmar vor.

»Worauf du dich, verdammt noch mal, verlassen kannst«, erwiderte Winter.

Erland Dinter war ein Mann mittleren Alters und mittelgroß. Sein dunkles Haar trug er halblang, und er hatte dunkle Ringe unter den Augen, die verrieten, was er in den vergangenen Stunden gemacht hatte.

Nun saß er Winter in einem Raum auf der Polizeiwache gegenüber. Winter konnte sich nicht entsinnen, Dinters Gesicht am Abend zuvor in der Restaurantküche gesehen zu haben. Doch er hatte auch gar nicht auf andere geachtet. Jetzt bereute er es.

Dinter hatte sich als Sous-Chef vorgestellt. Das hieß, er war der stellvertretende Chef in der Küche, wie Winter wusste. Hirschmann hatte seinen Namen nicht erwähnt. Doch Winter hatte in den Wochen vor seinem letzten Besuch im Restaurant gar nicht mit Hirschmann gesprochen. Plötzlich musste er daran denken, dass es wirklich der letzte Besuch gewesen war. Nie wieder. Mit einem Mal war ihm, als ob er in der Zukunft nie wieder richtig gut in einem Restaurant essen würde und dass er es auch nie wieder wollen würde. Das gehörte auch der Vergangenheit an.

»Sind Sie neu angestellt?«, fragte er.

»Tja, seit ein paar Wochen.« Dinter hatte sich ein wenig vorgelehnt. »In dieser Branche nennt man das vielleicht nicht gerade neu.«

»Wie meinen Sie das?«

»Es gibt in der Restaurantbranche eine große Fluktuation. Den einen Monat hier, den anderen dort. Die Läden machen zu und woanders wieder auf. Man weiß es nie.«

»Wie sind Sie zu Hirschmann gekommen?«, fragte Winter.

»Er hat mich angerufen«, sagte Dinter. »Hat mich gefragt, ob ich zu ihm kommen wolle. Es war eine Stelle frei geworden.« Dinter lächelte etwas matt. »Und man kann schließlich nicht nein sagen, wenn der große Lars Hirschmann anruft.«

»Haben Sie beide schon früher einmal zusammengearbeitet?«, fragte Winter.

»Nein.«

»Nein?«

»Es hat sich einfach nicht ergeben.«

»Ist das nicht ungewöhnlich? Zwei so begabte Köche wie Sie? Und die Stadt ist ja auch nicht so groß, und die richtig guten Restaurants nicht so zahlreich.«

»Es werden immer mehr«, sagte Dinter.

»Wo haben Sie denn gearbeitet, als Hirschmann von sich hören ließ?«

Dinter sagte den Namen des Restaurants. Es war auf jeden Fall eines der besseren.

»Ich war Küchenmeister.«

»Und doch haben Sie sich entschieden, eine Treppe auf der Karriereleiter hinunterzusteigen?«

»Als Sous-Chef unter Lars Hirschmann zu arbeiten heißt nicht, abzusteigen«, antwortete Dinter.

»Und das, obwohl Sie nie mit ihm zusammengearbeitet haben?«

»Man kennt doch seinen Ruf.«

»In welchem anderen Zusammenhang sind Sie ihm denn schon mal begegnet?«, fragte Winter.

»Überhaupt nicht«, sagte Dinter und lehnte sich wieder vor. Winter konnte sehen, wie sich seine Hände bewegten. Er sah die Narben auf Dinters Fingern. Das waren die Kennzeichen eines Kochs. »Klingt vielleicht komisch, aber ich habe die meisten Jahre meiner Laufbahn im Ausland gearbeitet, und da, ja, da hat es sich einfach nicht ergeben, dass wir uns begegneten.«

»Und trotzdem ruft er Sie an und bietet Ihnen den Job als Sous-Chef an?«

»Na ja, ich habe es wohl auch geschafft, mir einen gewissen Ruf zu erwerben«, sagte Dinter, und Winter meinte, wieder den Ansatz eines kleinen Lächelns zu sehen.

»Und wie hat es funktioniert?«, fragte Winter.

»Was denn?«

»Wie hat es funktioniert, als Sie bei Hirschmann anfingen? Konnten Sie gut miteinander?«

»Ja. Aber das sollten Sie vielleicht auch die anderen vom Personal fragen.«

»Wie lief es denn gestern Abend?«, fragte Winter.

Er suchte in Dinters Gesicht nach einer Spur von Überraschung, aber das Einzige, was er sah, war wieder dieser Schatten eines Lächelns. Das gefiel Winter nicht. Es war fast, als fehlte Dinter die Fähigkeit zu trauern. Oder als stünde er immer noch unter Schock. Oder als dächte er jetzt schon über seine weitere Karriere nach.

»Ich habe Sie ... gestern in der Küche gesehen«, sagte Dinter jetzt.

»Ich habe Sie aber nicht gesehen«, meinte Winter.

»Nein. In der letzten Stunde lief alles ein wenig chaotisch. Hirschmann hat die Küche ja eine Stunde länger geöffnet als die meisten anderen Lokale.« Dinter lehnte sich auf dem Stuhl zurück. Winter bemerkte, dass er immer noch von Hirschmann in der Gegenwart sprach. »Für einen Besucher sind wir meist nur eine Gruppe von weiß gekleideten Leuten.«

»Sehen Sie es so?«, fragte Winter.

Dinter zuckte mit den Schultern.

»Ich habe vorhin gefragt, wie es denn gestern lief.«

»Wie immer«, antwortete Dinter. »Stressig, aber ohne Probleme.«

»Nichts Unerwartetes?«

»Wie meinen Sie?«

»Ich weiß nicht«, gab Winter zurück. »Da Ihr Chef kurz

darauf in derselben Nacht ermordet wurde, kann man ja vielleicht mal darüber nachdenken, ob im Laufe des Abends irgendetwas Ungewöhnliches geschehen ist, oder?«

»Ich … hatte einfach keine Zeit, an etwas anderes als meine Arbeit zu denken.«

»Wann haben Sie Schluss gemacht?«, fragte Winter und suchte wieder nach einer Spur von Zögern in Dinters Gesicht. Das Einzige, was er sah, war ein Blinzeln, aber der Mann musste ja auch schließlich müde sein. Wer jetzt nach irgendwelchen Spuren in Winters Gesicht suchte, würde dasselbe Blinzeln sehen.

»Zur üblichen Zeit«, antwortete Dinter.

»Und wann war das?«

»Halb eins.«

»Wer war zu der Zeit noch da?«

»Die Leute vom Spüldienst. Die hören um eins auf.«

»Sonst niemand?«

»Meinen Sie im ganzen Restaurant oder nur in der Küche?«

»Überall«, sagte Winter.

»Der Oberkellner ging ungefähr zehn Minuten vor mir. Er war der Letzte vom Service.«

»Waren außer den Spülern noch mehr Leute in der Küche?«

»Außer Hirschmann niemand.« Dinter lehnte sich wieder vor. Es fiel ihm schwer, stillzusitzen. Aber Winter wusste auch, dass das kein bequemer Stuhl war. »Er war immer der Letzte.«

»Haben Sie miteinander geredet?«

»Wann? Meinen Sie gestern Abend?«

»Ja.«

»Nee, nur ein paar Worte. Das Übliche. Etwas über den Abend und den nächsten Tag.«

»Was haben Sie über den nächsten Tag geredet?«, fragte Winter.

»Ja, mein Gott ... was haben wir geredet ... es ging ums Menü. Wir wollten etwas mit Kohlfisch ausprobieren, wenn wir ein paar gute Exemplare kriegen könnten. Hirschmann sagte irgendwas in der Richtung, es sei an der Zeit, den Leuten beizubringen, Kohlfisch zu essen. Dass er einen unverdient schlechten Ruf habe.«

»Der Ansicht bin ich auch«, sagte Winter.

»Jetzt wird nichts daraus«, fuhr Dinter fort. Winter sagte nichts, sondern wartete, ob er noch etwas hinzufügen würde. »Wir wissen schließlich nicht, was jetzt wird.«

»Wie sehen Ihre Pläne aus?«, fragte Winter.

»Ich weiß nicht«, antwortete Dinter.

»Kann das Restaurant weitergeführt werden?«

»Das weiß ich auch nicht.«

Winter stand auf, ging zum Fenster und öffnete es. Hinter den Häusern auf der anderen Seite des Fattighusån ging die Sonne unter. Er hörte mehrere Vögel singen und kannte ihre Namen nicht. Das war eine Bildungslücke. Er hatte oft schon gedacht, er müsste etwas über Vögel lernen, sich vielleicht eine CD mit Vogelstimmen kaufen, mit einem Kommentator dazu, aber es war immer etwas dazwischengekommen. Direkt in seiner Nähe sang einer der Vögel jetzt so laut, dass es fast wie eine Botschaft klang. Vielleicht gab es ja irgendeine CD, auf der die Vogelstimmen übersetzt wurden.

Er drehte sich um.

»Warum sind Sie nicht mit dem Auto nach Hause gefahren, Dinter?«

»Wie ... bitte?«

Von dort, wo er stand, konnte Winter kein Lächeln in Dinters Gesicht erkennen, und die Entfernung war auch zu groß, um irgendein Erstaunen zu bemerken. Aber manchmal war es gut, aus einer gewissen Distanz heraus einen Überraschungsangriff zu starten.

»Sie haben gesagt, dass Sie um halb eins Schluss gemacht haben. Ihr Auto ist aber viel später noch vor dem Restaurant gesehen worden.«

»Ach, wirklich?«

»Hat nicht eine meiner Kolleginnen mit Ihnen darüber gesprochen?«, fragte Winter.

»Nicht über irgendwelche Uhrzeiten. Sie hat nur nach dem Volvo gefragt, und ich habe gesagt, das sei meiner.«

»Warum sind Sie nicht direkt nach Hause gefahren, nachdem Sie Schluss gemacht hatten?«

»Wer sagt denn, dass ich das nicht gemacht habe?«

»Wir haben Zeugen, die das Auto später in der Nacht noch gesehen haben.« Winter achtete gut darauf, keine exakte Zeit zu nennen. »Es war auf der Straße geparkt.«

»Ja, das stimmt«, sagte Dinter.

»Was stimmt?«

»Ich bin erst später ... mit dem Auto weggefahren. Das war wohl so gegen zwei.«

»Warum denn?«

»Ich brauchte einen kleinen Spaziergang. Ich wollte nicht sofort nach Hause fahren.«

»Warum nicht?«

»Das war nicht das erste Mal«, antwortete Dinter. »Wenn man einen ganzen Abend in einer großen Restaurantküche gearbeitet hat, dann ist einem einfach nicht danach, sofort ins Bett zu gehen.«

»Warum nicht? Ist man da denn nicht müde?«

»Müde ... das ist nicht das richtige Wort. Man ist erschöpft, aber gleichzeitig aufgedreht. Das Tempo ist den ganzen Abend so hoch, dass man nicht einfach nach Hause fahren und die Nachttischlampe ausknipsen kann. Das wäre, als würde man nach einem stressigen Bürotag am Nachmittag nach Hause fahren und sich sofort ins Bett legen.« Dinter machte eine Bewegung mit der Hand. »Aber in einer Restaurantküche ist es zehnmal stressiger als im stressigsten Büro.«

»Was haben Sie gemacht?«

»Als ich fertig war? Ich habe einen Spaziergang durchs Stadtzentrum gemacht. Das ist die beste Methode, wieder auf den Teppich zu kommen.« Dinter winkte wieder mit der Hand. »Besser als trinken.«

»Wäre das die Alternative?«, fragte Winter.

»Mit einem oder zwei Gläschen sitzen bleiben? Definitiv.«

»Ist das in der Branche üblich?«

»Absolut üblich.«

»Aber Sie gehen stattdessen spazieren?«

»Das ist besser.«

»Gehen Sie immer allein?«

»Ja.«

»Haben Sie irgendwann mal jemanden gefragt, ob er mitgehen möchte?«

»Nein. Dann könnte ich ja nicht zur Ruhe kommen.«

»Lars Hirschmann ist also nie mitgekommen?«

»Nein. Er wollte da drinnen bleiben. Ich glaube, er genoss die Stille, einfach nur, weil kurz vorher in denselben Räumen noch so ein unglaublicher Trubel war.«

»Also haben Sie gestern Abend einen Spaziergang gemacht«, sagte Winter.

»Ja.«

»Sind Sie jemandem begegnet?«

»Ja, ein paar schrägen Gestalten aus irgendeiner Kneipe. Etwas jünger. Von denen halte ich mich fern. Ich habe die

Straßenseite gewechselt. Ein paar Taxis sind vorbeigefahren. Das war alles.«

»Was ist dann passiert?«

»Wie dann?«

»Als Sie Ihren Spaziergang beendet hatten. Als Sie zur Ruhe gekommen waren.«

»Dann bin ich zu meinem Auto zurückgegangen und nach Hause gefahren.«

»Wie spät war es da?«, fragte Winter.

»Hm, ja, ich habe auf die Uhr im Armaturenbrett geschaut, als ich auf die Allén einbog. Ich glaube, es war kurz nach zwei. Ein paar Minuten nach zwei.«

Fünf vor zwei hatte der Wachmann das leere Auto gesehen. Ob es wirklich leer gewesen war? Ein paar Minuten später war der Wachmann drinnen im Restaurant herumgegangen, während Dinter weggefahren war. Ob er es gewesen war? Pia Fröberg hatte in der Nacht gesagt, dass Hirschmann zwischen zwölf und zwei ermordet worden sei. Sie hatte ihn nachmittags angerufen und die Zeit auf ein Uhr bis halb zwei eingegrenzt. Wenn man Dinter glaubte, dann waren die Spülleute bis ein Uhr da gewesen. Es gab kaum einen Grund für ihn, in dieser Sache zu lügen, und alle diese Zeiten würden sie im Laufe des Tages sowieso bestätigt bekommen. Zwischen eins und halb zwei. Zu der Zeit war Hirschmann in seinem Restaurant allein gewesen. Dinter war draußen auf seinem beruhigenden Spaziergang. Hirschmann war gestorben.

»Beschreiben Sie mal ganz genau, welchen Weg Sie gelaufen sind«, sagte Winter.

Sie saßen in Ringmars Zimmer. Am Horizont ging die Sonne unter. Winter dachte an die Worte von Dinter, dass man sich nicht einfach nach Büroschluss zu Hause ins Bett legen konnte. Im Moment würde er nichts dagegen haben. Er hatte in dieser Nacht anderthalb Stunden geschlafen und hatte immer noch einen leichten Kater von Hirschmanns uraltem Calvados. So hatte er immer noch eine Erinnerung an Hirschmann, es gab etwas in Winters Körper, das wie eine physische Erinnerung greifbar war. Bald würde auch das vergangen sein.

»Wie wirkte er?«, fragte Ringmar. »Nervös?«

»Im Gegenteil.«

»Verdächtig ruhig?«

»Du weißt ja, wie das ist, Bertil. Die Unruhigsten können die Unschuldigsten sein, und der ruhige Blick ist im Grunde der des Psychopathen.«

»Was ist denn dieser Dinter für einer?«

»Vielleicht ein müder Koch, der einen Spaziergang macht, um sich zu entspannen«, sagte Winter.

»Glaubst du das?«

»Es scheint doch glaubwürdig.«

»Wir müssen überprüfen, ob ihn in der Nacht nicht jemand getroffen oder gesehen hat«, sagte Ringmar.

»Und wir müssen seinen Hintergrund checken«, meinte Winter.

»Wenn er so gut ist, wie er zu sein scheint, dann dürfte das nicht schwer sein«, sagte Ringmar.

»Das ist zu einfach«, sagte Winter.

»Was denn?«

»Dass Dinter unser Mann sein sollte.«

»Glauben wir das denn?«

»Ich sage ja, es ist zu einfach«, sagte Winter.

»Hast du ihn nach dem geheimen Rezeptfach gefragt?«, fragte Ringmar.

»Natürlich nicht.«

»Vielleicht hätte er reagiert. Die Maske fallen lassen.«

»Das glaube ich nicht.«

»Ist das nicht etwas komisch, dass Hirschmann und Dinter sich früher nie begegnet sind?«

»Das kann man wohl sagen«, sagte Winter.

»Auf der anderen Seite gibt es ja keinen Grund für ihn, in der Sache zu lügen.«

»Warum nicht?«

»Wäre es nicht völlig natürlich, dass sie einander schon kannten? Wenn das die Wahrheit wäre?«

»Schon.«

»Warum also lügen? Selbst wenn er Hirschmann ermordet hätte.«

Winter antwortete nicht. Er saß mit dem Gesicht zum Fenster und sah, wie der Rest des Tages nur widerwillig das Licht losließ und zum Abend wurde. Es war noch nicht einmal ein Tag vergangen, seit er das Restaurant mit Angela betreten hatte. Jetzt waren keine Vögel mehr zu hören. Auch sie waren im Dunkel verschwunden.

»Warum lügen … wenn er lügt.«

Winter sah zu Ringmar. Sie hatten im Raum noch kein Licht gemacht. Ringmars Gesicht war ein heller Schatten.

»Weil sie durchaus eine gemeinsame Vergangenheit haben«, sagte Winter. »Eine Vergangenheit, von der er nicht will, dass wir sie entdecken.«

»Mach weiter«, forderte Ringmar ihn auf.

»Sie haben etwas zusammen … erlebt … das letztendlich zu Hirschmanns Tod geführt hat.«

»Hat es mit der Arbeit zu tun?«

»Vielleicht. Vielleicht auch nicht.«

»Betrifft es ihr Erwachsenenleben?«

»Vielleicht, vielleicht auch nicht.«

»Ihre Jugend?«

»Kann auch sein.«

»In diesem Land? Oder im Ausland?«

»Im Ausland sind Spuren nur schwer zu verfolgen«, sagte Winter.

»Also sagen wir mal im Ausland«, sagte Ringmar. »Dinter und Hirschmann haben im Ausland irgendetwas gemeinsam erlebt. Vielleicht vor vielen Jahren schon. Ein Geheimnis.«

»Ein Geheimnis für wen? Für beide? Oder nur für den einen?«

»Ein Geheimnis in einem Regalfach?«

»Ein geheimes Rezept, das sie beide kannten? Oder das einer gestohlen hat? Hirschmann vielleicht? Von Dinter gestohlen?«

»Warum nicht?«, meinte Ringmar. »Lassen wir doch einfach mal unserer Phantasie die Zügel schießen.«

»Oder etwas ganz anderes«, sagte Winter. »Etwas, das überhaupt nichts mit Rezepten zu tun hat, wobei es gar nicht um Essen geht.«

»In dieser Geschichte dreht sich alles ums Essen«, sagte Ringmar.

»Wir dürfen nicht vergessen, dass Hirschmann Dinter eingestellt hat.«

»Die Umstände dieser Anstellung sollten wir noch untersuchen.«

»Warum?«

»Wollte Hirschmann ihn einstellen? Warum sollte man jemanden einstellen, mit dem man irgendeine dunkle Vergangenheit teilt?«

»Dasselbe gilt für Dinter«, sagte Winter. »Warum sollte er sich von so jemandem einstellen lassen?«

Ringmar streckte plötzlich die Hand aus und schaltete die Schreibtischlampe ein.

»Komm, Erik, wir tappen hier im Dunkeln.«

Winter konnte Ringmars Gesicht außerhalb des Lichtkegels nicht erkennen. Das Licht fiel auf all die Papiere und Fotografien, die in diversen Stapeln auf Ringmars Schreibtisch lagen. Nur er wusste, nach welchem System sie geordnet waren.

»Wir halten uns mit Dinter auf, weil wir nichts anderes oder keinen anderen haben.«

»Wir haben durchaus etwas«, sagte Winter. »Es ist noch nicht einmal ein Tag vergangen. Alle Routinearbeiten sind in Gang.« Er lächelte. »Und wir zwei lassen unserer Phantasie freien Lauf.«

»Das hat etwas von einem *locked-room mystery*«, sagte Ringmar. »Wir haben hier ein einsames Opfer in einem geschlossenen Raum, und darum herum liegt ein Netz von Geheimnissen.«

»In einem geschlossenen Raum«, echote Winter. »Da hast du etwas Wichtiges gesagt, Bertil.« Er stand auf. »Wir fahren noch mal ins Restaurant. Ich glaube, dass wir nicht aufmerksam genug waren.«

Sie standen wieder in der Küche. Das blaue Licht sah jetzt aus wie ein Leichentuch. Die Flächen wirkten wie Knochen.

»Der zweite Teilhaber hat heute Vormittag angerufen«, sagte Ringmar. »Erst hat er versucht, noch einmal seiner Trauer Ausdruck zu verleihen, aber dann hat er gesagt, sie hätten beschlossen, so schnell wie möglich wieder aufzumachen.«

»Das kann ich verstehen«, sagte Winter. »In der Restaurantbranche ist Zeit in höchstem Maße Geld.«

»Er fragte, wann wir das Restaurant freigeben, so dass es wieder eröffnet werden kann.«

»Und was hast du geantwortet?«

»Das sei deine Entscheidung.«

»Sag ihm schöne Grüße, das kann noch eine Weile dauern«, sagte Winter, der mit seinem Blick den Abstand zwischen der Tür zum Speisesaal und der Tür zum Kühlraum abzumessen versuchte.

»Was machen sie denn jetzt mit all den Sternen?«, fragte Ringmar und machte eine Bewegung mit der Hand von oben nach unten, die möglicherweise eine Sternschnuppe darstellen sollte.

»Die Sterne? Du meinst die Sterne vom Guide? Guide Rouge?«

»Wie auch immer der heißt. Du weißt ja, was ich meine.«

»Hm. Die gibt es noch bis zum nächsten Test, und dann gibt es sie nicht mehr.«

»Deshalb haben sie es so eilig, wieder aufzumachen.«

»Was wirklich sinnlos ist«, bemerkte Winter.

»Alles stand und fiel also mit Lars Hirschmann?«

»Er war der Einzige hier oben im Norden, der drei Sterne verdiente«, sagte Winter.

»Und sein Stellvertreter? Dinter?«

»Er hat nicht dieselbe Klasse wie Hirschmann. Wenn das so wäre, dann hätte er schon lange einen eigenen Laden.«

»Jetzt hat er ihn«, sagte Ringmar und wandte sich Winter zu. »Jetzt hat er den besten Laden im kalten Norden.«

»Das ist eine völlig korrekte Schlussfolgerung«, gab Winter zu.

»Du hast Recht«, meinte Ringmar. »Wir sollten uns diesen Soup-Chef etwas näher ansehen.«

»Sous-Chef«, verbesserte Winter, »es heißt Sous-Chef.«

»Gibt es da einen Unterschied?«

»Ungefähr so wie zwischen Ihnen, Herr Kommissar, und dem Wachmann Richardsson.«

»Aha«, sagte Ringmar, »Richardsson hat eine Uniform und ich nicht.«

Winter kommentierte Ringmars kleinen Scherz nicht. Er

ging vorsichtig durch den Raum. Wenn alle technischen Routinearbeiten richtig durchgeführt worden waren, dann konnten sich die beiden Ermittler in allen Räumen relativ frei bewegen. Aber Winter war nicht der Typ, der unnötige Risiken einging. Er riskierte oft etwas, doch auf einer anderen und größeren Ebene.

»Wir werden das hier drinnen mal etwas rekonstruieren«, sagte er. »Du bist der Wachmann Richardsson.«

»Und wer bist du?«

»Ich bin Hirschmann«, sagte Winter und begab sich zu der kleinen Nische unter dem geheimen Fach. »Ich stehe hier.«

Er dachte an das Verhör mit dem Wachmann zurück. Immer wieder hatte er Richardsson gefragt, wo genau Hirschmann gestanden hatte, als Richardsson hereinkam, welchen Weg Richardsson gegangen war und wie Hirschmann sich bewegt hatte.

Plötzlich fiel ihm ein, dass er Richardsson nicht gefragt hatte, ob Hirschmann etwas von dem geheimen Regal genommen hatte. Oder etwas dorthin gelegt hatte. Das musste an seiner persönlichen Einbindung in den Fall gelegen haben. Die aufwühlenden Umstände. Daran, dass er, Kriminalkommissar Erik Winter, trotz allem auch nur ein Mensch war.

Jetzt lernte er auf neue Weise, wie Menschen von aufwühlenden und schrecklichen Geschehnissen in ihrer eigenen Umgebung beeinflusst werden. Bei diesem Fall war Winter nicht nur ein Beobachter. Nicht nur ein Außenstehender, wie sonst. Das war sowohl eine Schwäche als auch eine Stärke. Er spürte sie jetzt.

»Es ist jetzt ein paar Minuten nach eins«, sagte er und drehte sich zu Ringmar um, der am anderen Ende der Küche stand. Winter sprach lauter. »Die beiden Typen an der Spülmaschine haben sich die Hände abgetrocknet und sind nach Hause gegangen. Der Oberkellner ist vor zwanzig Minuten gegangen. Dinter vor einer halben Stunde. Noch eine Stunde, bis Richardsson kommt. Hirschmann ist allein hier. Was macht er?«

»Soll ich jetzt noch eine Stunde hier stehen und Maulaffen feilhalten?«, rief Ringmar. »Ich meine, ehe ich meinen Auftritt habe?«

»Bleib, wo du bist«, rief Winter zurück.

Er dachte nach. Hirschmann ist allein. Er ist nicht allein. Er ist allein. Er ist nicht allein. Er ist allein. Nehmen wir mal an, er ist allein. Er hört etwas. Jemand kommt herein, dort, wo Ringmar steht. Es ist jemand, den er kennt. Jemand geht durch die Küche. Hirschmann sagt etwas und bekommt eine Antwort. Nimmt er die Calvadosflasche vom Regal? Oder steht sie bereits auf der Arbeitsfläche vor ihm?

Winter besah sich die Fläche. Ob seine Leute kontrolliert hatten, wo die Flasche im Laufe des vergangenen Tages gestanden haben konnte?

Er wandte sich wieder seiner Rekonstruktion der Nacht zu. Hirschmann steht mit dem Besucher zusammen. Der Besucher ist gekommen, um ihn zu ermorden. Bisher hat er sich noch nicht als Gefahr für Hirschmann entpuppt. Der Meister fühlt sich sicher. Steht er neben einem Kollegen? Einem alten Freund? Jemandem vom Personal? Es ist jemand, den er kennt oder wiedererkennt. Es ist kein Einbrecher.

Es könnte ein Einbrecher sein, denkt Winter jetzt, aber einer mit einem Schlüssel. Die Schlösser weisen keinen Schaden auf. Der Fremde schleicht hinter Hirschmann her, als der im Kühlraum ist, und überrascht ihn dort. Hirschmann hat keine Chance. Nur ein paar Sekunden, dann ist es vorbei.

Es ist wie ein Schlachten.

Winter rief sich wieder das Bild vor Augen: Hirschmann spricht mit jemandem, den er kennt. Sie stehen hier. Aus irgendeinem Grund geht Hirschmann in den Kühlraum. Will er etwas holen? Will er etwas kontrollieren? Hatte er das nicht schon getan? Ging er denn um diese Zeit noch einmal in den Kühlraum? Nein. Danach hatte Winter sich erkundigt. Aber in dieser Nacht ging Hirschmann noch einmal hinein. Sein Besucher kam mit. Oder folgte ihm. Warum sind sie da reingegangen?, fragte sich Winter wieder. Was wollte Hirschmann holen? Oder kontrollieren?

Oder hinlegen.

Vielleicht hatte er etwas dort hinlegen wollen.

Gibt es eine aktuelle Inventarliste vom Kühlraum? Das müssen wir checken. Gibt es da drinnen etwas, was vorher nicht da war? Vor dem Mord? Hat der Mörder es mitgenommen? War das der Grund dafür, dass Hirschmann ermordet wurde?

Ein Wust von Fragen. Winter lebte ein Leben voller Fragen und ohne Antworten. Das ganze Leben war eine einzige Frage. Die große Frage lautete »Warum?«, das war die ewige Frage, die fast niemand beantworten konnte.

Er sah auf. Ringmar stand noch hinten an der Tür. Er schien in seine eigenen Gedanken versunken.

Plötzlich verlor Winter jedes Interesse daran, hineinzugehen und sich im Kühlraum auf den Stuhl zu setzen. Es war ein anderer Stuhl. Der, auf dem Hirschmann gesessen hatte, lag in einer Plastiktüte oben bei der Spurensicherung.

»Du bist jetzt nicht mehr Richardsson«, rief er quer durch die Küche. »Du bist jetzt wieder Kommissar Ringmar.«

Ringmar kam zum Kühlraum. Winter sah seinen bleichen Schatten auf dem Fußboden. Hirschmann hatte hier gestanden und einen anderen Schatten über den Fußboden auf sich zugleiten sehen. Der Fußboden hatte den Schatten registriert, aber nur für ein paar Sekunden, oder für eine Minute. Er hatte keinen Abdruck auf dem Boden hinterlassen. Für einen Moment wünschte sich Winter hundert Jahre in die Zukunft, wo die Spurensicherung eine Technik erfunden hatte, Schatten von einem glatten Fußboden abzunehmen. Wie ein Negativ bei einer Fotografie. Jemand ging über den frisch gebohnerten Fußboden, und der Abdruck blieb. Ein Negativ. Eine Fotografie. Winter sah den Blitz vor seinem inneren Auge. Hirschmanns letzte Fotosession. Eine von Hunderten, Tausenden. Hirschmann war wahrscheinlich einer der meistfotografierten Männer Europas gewesen. Es musste Tausende von Fotos von ihm in aller Welt geben. Fotografien. Hirschmann auf Fotografien.

Winter sah zu dem leeren Fach hoch. Er ging in den Speisesaal hinaus und holte einen Stuhl, stellte ihn vor das Regal und sah hinein, doch es war genauso leer wie zuvor.

»Woran denkst du?«, fragte Ringmar.

»Fotos«, antwortete Winter und kletterte wieder hinunter.

»Was für Fotos?«

»Wenn es nun kein Rezept war oder irgendetwas anderes, was mit seiner Arbeit zusammenhing?«, sagte Winter, ohne Ringmar anzusehen. »Nichts, was so konkret war.« Er sah Ringmar an. »Ich meine, die Sache, hinter der der Mörder her war. Wenn er überhaupt hinter irgendwas her war. Vielleicht suchte er ja gar keine Aufzeichnungen oder so etwas.«

»Was dann?«

»Vielleicht ein Foto.«

»Wovon?«

»Vom Mörder.« Winter packte Ringmar am Ärmel. »Eine Fotografie vom Mörder und Hirschmann zusammen.«

»Von der er nicht wollte, dass wir sie finden?«

»Ja.«

»Warum denn?«

»Weil sie ihn verraten würde natürlich.«

»Aber das ist doch unsinnig«, sagte Ringmar.

»Wie meinst du das?«

»Nun, wenn er den Mord nicht begangen hätte, dann könnte das Foto doch liegen bleiben, wo es war.«

»Vielleicht brauchte er es«, meinte Winter.

»Wofür?«

»Die Frage kommt mir irgendwie bekannt vor, Bertil.«

»Es kann durchaus noch andere Motive geben«, meinte Ringmar. »Aber als der Mord begangen wurde, war es lebenswichtig, Beweise oder Indizien, wie zum Beispiel eine Fotografie, zu beseitigen.«

»Lebenswichtig«, sagte Winter.

»Noch so eine wilde Hypothese«, sagte Ringmar. »Die Fotohypothese.«

»Freut dich das nicht?«

»Wir sollten mal langsam ans Sortieren gehen«, gab Ringmar zu bedenken. »Ich meine, ehe wir ernsthaft anfangen zu arbeiten.«

»Haben wir noch nicht ernsthaft angefangen?«, fragte Winter. »Wie viel hast du in den letzten vierundzwanzig Stunden geschlafen?«

»Ich habe heimlich ein Nickerchen gemacht, als ich dahinten Richardsson sein sollte«, sagte Ringmar.

»Du sahst aus, als würdest du nachdenken«, sagte Winter.

»Das ist einer meiner Tricks.«

»Ich habe gerade an Hirschmann gedacht und daran, wie es möglicherweise in dieser Nacht und in dieser Küche vor sich gegangen sein könnte«, sagte Winter und machte einen Schritt auf den Fußboden, als wolle er ihn austesten. »Irgendetwas stimmt hier nicht. Wir haben die Zeugenaussagen, aber irgendetwas stimmt nicht.« Er drehte sich zu Ringmar um. »Es klingt alles logisch, aber wir haben nicht aufmerksam genug zugehört. Irgendwas ist falsch.«

»Dann müssen wir die Zeugenaussagen noch mal lesen«, sagte Ringmar und zuckte mit den Schultern. »Das ist doch Routine. Wie viele Dutzend Mal hast du nicht schon ein und dieselbe Aussage gelesen?«

»Krabben werden im Dutzend gewogen«, sagte Winter zu sich selbst.

»Uns fehlt es nie an Abendlektüre«, fuhr Ringmar fort, »das kann ruhig ...«

Er wurde vom Klingeln von Winters Handy unterbrochen. Winter nahm das Telefon aus der Innentasche des Jacketts und antwortete.

Es war Möllerström, der Mann in der Zentrale auf der Wache.

»Ich habe einen Anruf von einem Mann von der Securitas erhalten«, sagte er.

»Und?«

»Ich habe den Namen, er heißt ... Richardsson. Wachmann. Er wollte mit Ihnen reden.«

»Aber er hat doch meine Handynummer«, meinte Winter.

»Bestimmt hat er sie verschlampt.«

»Hat er irgendeine Nummer hinterlassen, auf der ich ihn jetzt erreichen kann?«, fragte Winter.

»Ja, einen Moment«, sagte Möllerström.

Winter wählte die Nummer.

»Wenn man vom Teufel spricht«, sagte Ringmar, während Winter auf eine Antwort wartete.

»Richardsson? Hallo. Sie wollten mich sprechen?«

Winter hörte zu.

»Ach so.«

Er hörte wieder.

»Sind Sie da ganz sicher?«

Ringmar hörte das Geräusch von der Stimme des anderen in der Leitung, aber keine Worte. Das konnte irgendeine Sprache sein.

»Wie oft?«, hörte er Winter fragen. »Und Sie sind sicher, dass Sie sich richtig erinnern? Was? Ja, das kann einem schon seltsam vorkommen. Was? Ja, ich verstehe. Sie waren verwirrt? Okay. Denken Sie mal noch etwas nach, dann treffen wir uns morgen und gehen das Ganze zusammen durch. Was sagen Sie? Nein, so weit sind wir noch nicht. Okay. Okay. Mein Kollege, mit dem Sie vorhin gesprochen haben, wird Sie anrufen und Ihnen einen Besuchstermin für morgen geben. Auf Wiederhören.«

Winter legte auf und steckte das Telefon in die Jackentasche zurück.

»Was ist los?«, fragte Ringmar.

»Richardsson ist plötzlich eingefallen, dass er letzte Nacht in den Straßen um das Restaurant jemanden hat gehen sehen«, sagte Winter.

Ringmar gab einen Pfiff von sich.

»Jetzt fehlt nur noch, dass er diese Person auch identifizieren konnte«, sagte Ringmar.

»Erland Dinter«, antwortete Winter.

Jetzt pfiff Ringmar nicht. Das konnte er nicht, denn ihm war die Kinnlade heruntergeklappt.

»Jetzt mal von vorne«, bat er.

»Richardssons Runde geht ja durch dieses Viertel. Als er heute Nacht nach Hause gekommen war und sich etwas beruhigt hatte, so sagt er jedenfalls, und nachdem er geschlafen und heute etwas herumgelaufen war, konnte er sich etwas deutlicher erinnern.«

»Das kann man wohl sagen«, sagte Ringmar.

»Er ist bei der Runde, die an Hirschmanns Restaurant endete, dreimal an einem Mann vorbeigekommen. Jetzt erinnert er sich, dass er ihn wiedererkannt hat.«

»Wie kann er denn Dinter wiedererkennen?«, fragte Ringmar.

»Er hat ihn im Restaurant gesehen.«

»Aber Dinter arbeitet doch erst seit ein paar Wochen dort.«

»Würdest du den Mann nicht schon nach einem Tag wiedererkennen?«, fragte Winter.

»Kann sein«, antwortete Ringmar, »wenn ich ihm je begegnet wäre. Aber wie konnte Richardsson Dinter begegnen, wenn Dinter immer schon Schluss hatte, ehe Richardsson dort aufkreuzte?«

»Das ist eine gute Frage, Bertil, aber Richardsson hat eine Antwort darauf. Schon als ich das erste Mal mit ihm geredet habe, hat er gesagt, dass er zu unterschiedlichen Zeiten kam. Mal später, mal früher. Meistens war es aber spät, wie auch in dieser Nacht.«

»Dann hat er also Dinter auf seinem Spaziergang gesehen«, meinte Ringmar. »Aber er hat ihn nicht zufällig so gegen halb zwei vor dem Laden hier gesehen?«

»Im Gegenteil, wenn ich die Geographie dieser Stadt richtig vor Augen habe. Laut Richardsson war Dinter zur Zeit des Mordes so weit von Hirschmann entfernt, wie er es zum Zeitpunkt des Mordes nur sein konnte, wenn er zu Fuß unterwegs war.«

»Hat er sich so ausgedrückt?«, fragte Ringmar.

»Das sind meine Worte«, sagte Winter, »aber du weißt ja, was ich meine.«

»Das kommt ja passend für Dinter«, bemerkte Ringmar.

»Richardsson hätte das doch schon sagen können, als ich ihn verhört habe«, sagte Winter. »Vielleicht hatte er wirklich einen Schock. Oder er ist ein guter Schauspieler.«

»Wie vielen guten Schauspielern sind wir in diesem Job nicht schon begegnet?«, seufzte Ringmar.

»Vielen«, antwortete Winter.

»Wir haben nie für teures Geld in die Vorstellungen im Stadttheater gehen müssen.«

Winter musste lächeln.

»Haben wir jetzt die Runde von Richardsson rekonstruiert?«, fragte Ringmar und sah sich um, als wäre Richardssons Runde mit Pfeilen auf dem glänzenden Küchenboden markiert.

»Noch nicht ganz«, antwortete Winter.

»Er könnte doch lügen«, sagte Ringmar.

»In dem Fall stehen wir vor einem weiteren großen Fragezeichen«, sagte Winter.

»Irgendwas gab es noch, was mich stutzig gemacht hat, als du eben mit Richardsson geredet hast«, sagte Ringmar. »Du hast etwas gesagt von ›im Moment sind wir nicht da‹, oder? Worum ging es dabei?«

»Richardsson fragte, ob wir hier seien.«

»Warum hat er das gefragt?«

»Ich weiß es nicht, Bertil. Ich werde darüber nachdenken, wenn ich hier wegkomme.«

»Du hast gelogen«, sagte Ringmar.

»Ja, ich habe gelogen«, erwiderte Winter, »und ich hatte das dringende Gefühl, als würde er das wissen.«

»Er weiß, dass wir hier sind?«

Winter nickte.

»We've gotta get out of this place«, sagte er und ging Richtung Speisesaal.

»Das sind die *Animals*«, meinte Ringmar.

»Das passt doch gut hier«, entgegnete Winter.

Winter versuchte, sich auf die *caponata* zu konzentrieren. Er legte sie in eine Servierschüssel, damit sie ausdampfen konnte. Er verspürte den süßsauren Duft. Auch Angela roch es.

Sie stand hinter ihm, die Arme um seinen Bauch geschlungen.

»Ist lange her, dass du das gemacht hast«, sagte sie.

»Das mache ich ... Lars zu Ehren«, sagte Winter.

»Siehst du es so?«

»Ja, allerdings. Noch vor einem halben Tag glaubte ich, nie wieder an einem Herd stehen zu wollen, aber jetzt denke ich schon wieder anders.«

»Du hast einfach Hunger«, sagte Angela und lächelte.

»Nicht nur das.«

Sie sog noch einmal die satten Düfte des sizilianischen Auflaufs aus Auberginen, Tomaten und Paprika ein.

»Hast du Kapern drin?«, fragte sie.

»Kapern und Rosinen und gehackte Oliven und Zucker und Rotweinessig und etwas Salz und geröstete Pinienkerne«, zählte Winter auf.

»Er riecht nach ... Italien«, sagte Angela.

»Das soll es auch«, sagte Winter.

Angela ließ ihn los, brach sich ein Stück von dem toskanischen Bauernbrot ab und tauchte es in eine Schale mit warmem *bagna cauda* in einem kleinen Fonduetopf, der über einer Spiritusflamme warm gehalten wurde. Sie schmeckte das charakteristische Aroma des Sardellen- und Knoblauchdips.

»Ich decke mal den Tisch«, sagte sie.

»Wahrscheinlich konntest du Elsa nicht wach halten, oder?«, meinte Winter.

Er hätte gern mit seiner dreijährigen Tochter zu Abend gegessen. In den letzten vierundzwanzig Stunden hatte er sie nur ein paar Minuten gesehen.

»Sie mochte die Sardellenpaste sehr gern«, sagte er, und Angela hörte den Stolz in seiner Stimme.

»Kinder mögen Salziges«, sagte sie.

»Wir müssen für morgen etwas aufheben«, sagte er.

Angela nickte, ging zu einem Regal und nahm zwei tiefe Teller heraus.

»Wahrscheinlich möchtest du diese für die Pasta, oder?«, fragte sie.

Winter nickte, beugte sich über den Mörser und roch an dem Pesto. Es war fertig. Er setzte einen großen Topf mit Wasser auf den Herd und schaltete ein. Wenn sie die *caponata* gegessen hatten, würde er Kartoffelscheiben und frische Brechbohnen acht Minuten kochen und sie dann mit dem Pesto und den frisch gekochten Linguine zu einem einfachen, aber sehr guten *trenette al pesto* vermischen.

Er fühlte sich ruhig, oder ruhiger, das war oft so, wenn er kochte. Das war eine beruhigende Tätigkeit. Es wirkte irgendwie heilend. Ein heilender Prozess, musste er denken, etwas zu verbinden, das zunächst einmal geteilt war. Hatte Lars Hirschmann seine Kunst so betrachtet? Winter wusste es nicht. Darüber hatten sie nie geredet. Jedenfalls nicht in dieser Weise.

Er hatte ein Glas Chianti zur Pasta getrunken, Wasser zur *caponata* und zu *bagna cauda*. Durch das Küchenfenster drangen Geräusche aus der Nacht. Vier Stockwerke waren es bis unten. Sie konnten Wortfetzen hören, die aus dem Garten herauftönten. Das war ein sicheres Zeichen für den Frühling, Stimmen in der Nacht und Menschen, die beschlossen, draußen zu sitzen, wenn der Wind auch nach Einbruch der Dunkelheit noch etwas wärmer war. Als er am Wein nippte, musste er an den Ausdruck »Einbruch der Dunkelheit« denken. Bei wem wurde eingebrochen? In was? Plötzlich fiel ihm Dylan Thomas ein, don't go gently into that good night, rage, rage, against the dying of the light, aber das Absterben des Lichts konnte manchmal auch wie eine sanfte Befreiung sein, wie ein Streicheln nach dem scharfen Licht am Himmel.

Heute brauchte er Dunkelheit. Er wollte hier sitzen, nur mit den beiden Kerzen auf dem Tisch, die fast wie ein Teil der Dunkelheit wirkten.

Doch es sollte anders kommen.

Angela war die Ursache dafür.

»Kürzlich habe ich ein Bild von Lars Hirschmann gesehen«, sagte sie und drehte ihr Glas. Der rote Wein schimmerte schwarz in dem Kelch, als sie ihn gegen eine Kerzenflamme hielt. »Das war in der *Elle*, glaube ich. Oder? Ich weiß nicht genau.« Sie stellte das Glas ab. »Habe ich dir das nicht erzählt?«

»Nein.«

»Auf jeden Fall war er es. Von seinen Schülern und ein paar anderen Lehrern umgeben.«

»Schüler? Lehrer?«

»Ja, in seiner Schule in Italien.«

»Hatte er eine Schule in Italien?«, fragte Winter und verspürte mit einem Mal den kalten Zug des Windes von draußen. Er konnte sehen, wie sich die Gardinen am Fenster bewegten.

»Erik, also wirklich, habt ihr nie darüber geredet?«

»Nein.«

»Warum nicht?«

»Wir haben über viele andere Sachen geredet. Ich hatte ja auch keinen Anlass, ihn nach etwas zu fragen, wovon ich nichts wusste, und er hatte offenkundig keine Lust, davon zu erzählen.«

»Manchmal verstehe ich euch Männer nicht«, sagte sie.

»Und was soll das jetzt heißen?«

»Dass ihr immer so viel ausspart, wenn ihr miteinander redet. Oder was ihr macht.«

»Wir haben über Italien gesprochen«, sagte Winter. »Und wenn er da irgendeinen Kochkurs gemacht hat, dann fand er das wohl nicht so wichtig.« Winter goss sich noch mehr Wein ein. »Es scheint mir jedenfalls nicht so wichtig.« Er trank einen kleinen Schluck. »Es klingt gar nicht interessant. Oder lustig.«

»Auf dem Bild sah er nicht gerade so aus, als würde er sich nicht wohl fühlen«, sagte Angela.

»Hast du die Zeitung hier?«, fragte Winter und stellte sein Glas ab.

»Ich glaube schon«, sagte sie und stand auf. »Ich muss mal in dem Stapel im Schlafzimmer nachsehen.«

Nach ein paar Minuten kam sie zurück. Winter war in der Zwischenzeit aufgestanden und hatte das Fenster geschlossen. Die Stimmen von unten waren verstummt. Die Geräusche der Stadt waren jetzt wie ein leises Summen, und er musste an die Klimaanlage in Hirschmanns Restaurant denken. Die hörte man nur, wenn Stille und Dunkelheit einkehrten.

Angela blätterte in der Zeitschrift und blickte auf.

»Hier ist es«, sagte sie und drehte die Seite um.

Winter beugte sich vor und betrachtete das Bild. Er sah Hirschmann an einem Tisch voller Gemüse und Käse und Flaschen stehen. Er stand inmitten von ungefähr zehn Personen, doch es gab gar keinen Zweifel, wer hier im Zentrum stand. Hinter ihnen war eine Art Mauer oder Wand zu sehen. Und über den Köpfen hing an der Mauer ein eingerahmtes Schild. Winter las *Viareggio*.

Einige der Leute hielten Weingläser hoch, als würden sie dem Fotografen zuprosten. Hirschmann war einer von ihnen.

Winter las die Bildunterschrift. Dort wurde kurz berichtet, dass der berühmte Sternekoch Lars Hirschmann seit einigen Jahren in dem italienischen Küstenstädtchen einen sehr begehrten zweiwöchigen Workshop betreibe. Die Schüler kämen aus ganz Europa.

»Workshop«, sagte Winter. »Das klingt, als würde er Kurse in Säge- und Hobelarbeiten geben.«

»Scheint aber ein ziemlich exklusiver Kurs gewesen zu sein«, meinte Angela.

»Seltsam, dass er nie ein Wort darüber verloren hat.«

»Vielleicht ist es so, wie du sagst«, meinte Angela, »für ihn war es nichts Besonderes.«

»Aber ich wusste, dass er oft an die toskanische Küste reiste«, sagte Winter.

»Na also. Das war das Wichtige daran für ihn.«

»Viareggio. Diese Stadt ist schon seit dem 18. Jahrhundert ein Badeort«, sagte Winter. »Ich war in meiner Jugendzeit einmal dort. Ehe ich reif genug war, dich kennen zu lernen. Aber ich denke, die Belle-Époque-Häuser der Stadt würden dir gut gefallen.«

»Mit gefällt alles, was schön ist«, sagte Angela und erhob ihr Weinglas wie die Leute auf dem Foto in der Zeitschrift, die Winter jetzt auf den Tisch legte.

»Viareggio«, wiederholte Winter.

»Ließ Lars sich eigentlich gerne fotografieren?«, fragte Angela und sah wieder das Bild an. »Er sieht so aus, als würde er sich in dieser Rolle ganz wohl fühlen.«

»Ich glaube nicht, dass es ein Problem für ihn war«, antwortete Winter. »Er war durchaus ein wenig eitel.«

»Vielleicht hat er alle Fotos aufbewahrt, auf denen er zu sehen ist.«

»Meinst du?«

»Ich denke da an die Fotos vom Workshop«, sagte Angela. »Wenn er das schon mehrere Jahre lang gemacht hat, dann gibt es doch sicher viele solche Bilder.« Sie zeigte wieder auf die Zeitschrift. »Dieses Bild sieht ja ein bisschen ... gestellt aus. Du weißt schon, ›so und jetzt stellt ihr euch mal alle schön da hin und lächelt‹.«

»Und lächelt«, echote Winter.

Er stand auf und blieb stehen.

»Was ist los, Erik?«

»Irgendwas, was du gesagt hast«, antwortete er. »Über Fotografien. Und Italien. Und Hirschmann.« Er setzte sich wieder. »Ich war heute ganz kurz bei Hirschmann, in seinem Haus am Meer. Und ich habe darüber nachgedacht, was es bei ihm zu Hause geben könnte, das uns bei der Suche nach seinem Mörder helfen könnte. Ich dachte an Aufzeichnungen oder irgendwelche Geheimnisse, vielleicht kulinarische Geheimnisse, die so wertvoll waren, dass man dafür töten würde.«

»Gibt es so was?«, fragte Angela.

»Ich weiß es nicht. Könnte schon sein. Mich kann nichts mehr erstaunen, wenn es um Menschen geht.«

»Und, hast du bei Hirschmann etwas gefunden?«

»Ich bin gar nicht zum Suchen gekommen. Kaum war ich im Haus, da hat mich Ringmar wegen einer Spur angerufen.«

Winter stand abrupt auf.

»Was hast du vor, Erik?«

»Noch mal zu seinem Haus fahren.«

»Jetzt?« Sie sah auf die Uhr über dem Herd. »Es ist fünf nach elf.«

»Dann ist es jetzt genau vierundzwanzig Stunden her, dass ich in Hirschmanns Küche stand und mich bei einem Glas Calvados mit ihm unterhalten habe.«

»Du hast heute Abend auch etwas getrunken«, gab sie zu bedenken.

»Nur ein Glas«, sagte er. »Das ist im Rahmen.«

»Aber jetzt noch, wo es fast Mitternacht ist, zu Hirschmanns Haus zu fahren, das scheint mir ein bisschen zu weit zu gehen.«

»Deine Schuld«, sagte er und zeigte auf die Zeitschrift, die immer noch auf dem Küchentisch aufgeschlagen lag. »Wenn du mir dieses Bild nicht gezeigt hättest, dann wäre das jetzt kein Thema.«

»Mein Fehler«, sagte Angela.

»Das war kein Fehler.« Er schob seinen Stuhl unter den Tisch. »Vielleicht hat es ja etwas zu bedeuten.«

»Erik«, sagte sie zögernd und sah in die dichte Dunkelheit auf der Rückseite des Hauses hinaus, »es ist doch wohl nicht ... gefährlich, da rauszufahren?«

»Gefährlich? Warum sollte es gefährlich sein?«

»Nun tu doch nicht so. Ihr seid doch hinter einem Mörder her, oder? Der ist ja wohl noch auf freiem Fuß. Und er weiß, dass ihr ihm auf den Fersen seid.«

»Das Letzte, was er tun würde, wäre, sich zu Hirschmanns Haus zu begeben«, sagte Winter. »Der Mörder ist weit davon entfernt. Wahrscheinlich ist er schon lange nicht mehr in dieser Stadt.«

Zum zweiten Mal an diesem langen Tag fuhr er über den Fluss. Der Himmel war klar und schwer, er konnte die Sterne über dem Meer sehen. Es waren mehr als drei. Da verlief auch die Grenze für die besten Restaurants der Welt. Er fragte sich warum. Nur drei. Der Himmel war schließlich voller Sterne, Millionen von Sternen.

Die toten Werftkräne auf der anderen Seite des Flusses wurden von starken Scheinwerfern beleuchtet, die sie aussehen ließen wie die Skelette von seit langem ausgestorbenen Dinosauriern. Die Sterne waren es, die zum Tod der Dinosaurier geführt hatten, dachte er, oder zumindest ein großer Meteorit, der auf die Erde geknallt war. Vielleicht kein Stern im wissenschaftlichen Sinne, aber dennoch ein kosmischer Körper, der sich in die Erdatmosphäre drängte und den Tod mit sich brachte.

Wir brauchen keine Sterne hier auf der Erde, dachte er. Lass sie am Himmel stehen. Lars Hirschmann hatte Sterne, und vielleicht hatte ihm das den Tod gebracht.

Der Fischereihafen war still und dunkel, keine Geräusche, kein Licht. Er konnte die Konturen von ein paar Trawlern erkennen, die am Kai schlummerten. Die Uhr im Armaturenbrett zeigte zwanzig vor zwölf.

Er meinte, das Wasser plätschern zu hören, als er vor Hirschmanns Haus parkte. Wahrscheinlich waren es die Segelboote, die sanft auf den Wellen schaukelten, die ein unsichtbares Schiff weit draußen auf dem Meer verursacht hatte. Er konnte die Masten der Segelboote gegen den helleren Himmel über der Stadt ausmachen. Wie ein Wald von toten Bäumen standen sie da. Das war paradox. In den letzten Monaten war die Natur in ganz Göteborg explodiert, und gleichzeitig waren Tausende von Segelbooten ins Wasser gelassen worden, deren Masten nackt waren, wie die Natur im Winter. Sie sollten wenigstens Laub umgehängt bekommen, dachte er. Einen Kranz aus Ästen und Blättern, wie um den Frühling und die Rückkehr des Lebens zu feiern. Als kleine, aber wichtige Geste.

Winter sperrte das Auto per Fernbedienung ab. In der Nacht wirkte das Geräusch fast so laut wie ein Pistolenschuss. Er war allein. Aus einigen Fenstern in den Häusern weiter unten am Wasser fiel Licht. Auf dem letzten schmalen Weg nach Långedrag war ihm kein Auto begegnet. Nur, als er in den kleinen Weg eingebogen war, der zu Hirschmanns Haus führte, hatte er hinten am Fähranleger Autoscheinwerfer gesehen. Als der Fahrer wendete, hatte es ausgesehen, als würden die Lichter einen Kreis beschreiben.

Winter öffnete die Tür mit dem Nachschlüssel, den er sich hatte anfertigen lassen.

Er ging durch den Flur, ohne das Licht einzuschalten. Die

schwache Beleuchtung von der Straßenlaterne schräg vor dem Haus ließ drinnen alles wie silbrig schimmern. Selbst wenn er noch nie hier gewesen wäre, wäre es nicht schwer gewesen, sich in dem Haus zurechtzufinden.

Er stand im Esszimmer, das plötzlich einen anderen Glanz bekam, wie von mattem Gold. Draußen fuhr ein Auto vorbei, und der Lichtkegel der Scheinwerfer wurde an die Wand geworfen. Er dachte an fallende Sterne. Das Licht war so schnell verschwunden, wie es gekommen war, und ein paar Sekunden später hörte Winter auch kein Motorengeräusch mehr.

Er ging durchs Esszimmer in Hirschmanns Arbeitszimmer. Hier hatte er gestanden, als Ringmar ihn wegen Dinters Auto angerufen hatte und er das Haus schnell wieder hatte verlassen müssen. Er hatte vor Hirschmanns Bücherregalen gestanden, die mit kulinarischer Literatur und kulinarischen Aufzeichnungen voll gestopft waren. Seltsamerweise hatte er da genau an das gedacht, was ihn nun so spät am Abend hatte zurückkehren lassen: Die kleinen Städte an der toskanischen Mittelmeerküste mit ihren aus Fisch und Schalentieren zubereiteten Gerichten waren einfach verwandt mit dieser Stadt hoch an der Nordsee. Hier hatte er am späten Nachmittag gestanden, vor den Bücherregalen. Woran hatte er gedacht? Er hatte gedacht, dass doch irgendwo die Flugtickets nach Italien liegen müssten, dass es einen Hotelgutschein oder eine Buchungsbestätigung geben müsse. Morgen würden sie wahrscheinlich bei irgendeiner der Fluglinien etwas über Hirschmanns geplante Reise erfahren, aber Winter war nicht sicher, dass ihnen das weiterhelfen würde.

Er wusste, wohin Hirschmann fahren wollte.

Viareggio.

Irgendwo in diesen Regalen befand sich Viareggio.

Vielleicht Fotos.

Vielleicht eine Geschichte über Hirschmanns Zeit in diesem Kochinstitut oder was es auch immer war. Auch dazu würden sie Ermittlungen anstellen, aber Winter wollte es jetzt und hier wissen. Er wollte jetzt eine Antwort, als ob alles davon abhinge, was er hier erfuhr, an diesem Abend, der gerade zur Nacht geworden war. Er sah auf seine Armbanduhr, es war nach zwölf.

Der Zeitpunkt, an dem Hirschmann tags zuvor sein Leben verloren hatte, rückte wieder heran. Ein Tag nur. Winter kam es bereits wie eine Woche, ein Monat, ein Jahr vor. Der Wein, den er zum Essen getrunken hatte, hatte ihn noch schläfriger, noch müder gemacht. Aber plötzlich war alle Müdigkeit wie weggeblasen. Mit einem Mal war er wieder Jäger.

Er stand immer noch im Dunkeln, die Papiere und die Buchrücken leuchteten diskret im Silber der Beleuchtung von draußen. Winter sah sich um, ging zum Schreibtisch und schaltete die starke Lampe ein.

Gerade als er das Licht auf die Bücherregale richten wollte, fiel ihm auf, dass das schon jemand getan hatte.

Der breite Schirm war bereits in Richtung auf die Regale gedreht.

Er sah sich nach weiteren Lichtquellen um, fand aber keine.

War das Hirschmanns Methode gewesen, seine Bücher zu beleuchten? Das schien ihm unwahrscheinlich. Plötzlich erinnerte er sich, dass Hirschmann hinter dem linken Regal einen versteckten Schalter gehabt hatte, der eine elegante Regalbeleuchtung geregelt hatte. Der geheime Knopf, wie Hirschmann es genannt hatte. Geheimes Fach, geheimer Knopf.

Winter ging zu den Regalen und schob die Hand hinter das linke und fand den Knopf ungefähr siebzig Zentimeter weiter innen an der Wand. Er drehte ihn, und das Licht fiel von oben über die Bücher. Winter zog die Hand zurück, sah zum Schreibtisch und wieder zur Lampe.

Heute Nachmittag hatte er in diesem Raum gestanden. Denk nach. Denk nach, Erik. Hatte die Lampe so ausgesehen wie jetzt? Denk nach. Er war ein paar Schritte auf den Schreibtisch zugegangen. Dann hatte er aus dem Fenster gesehen und ein paar Möwen über ein paar Masten kreisen sehen. Wo hatte er gestanden?

Winter ging ein paar Schritte vor. Ungefähr hier. Hier hatte er gestanden. Er sah zum Schreibtisch, zur Lampe und dann zum Fenster.

Er konnte nur einen kleinen Teil des Fensters sehen.

Den Rest verdeckte die Lampe. Es war eine bestimmte Perspektive. Als er am Tag zuvor hier gewesen war, war die Lampe nicht so eingestellt gewesen, wie sie jetzt war. Da war er sicher. Jetzt erinnerte er sich, wie es auf dem Schreibtisch ausgesehen hatte. Das konnte er gut. Das war sein Job, und er war ein Star in seinem Job.

Winter drehte sich langsam den Büchern und den Türen zum Esszimmer zu.

Jemand war an diesem Abend hier gewesen.

Jemand hatte etwas gesucht.

Vielleicht dasselbe, was er jetzt auch suchte, das zu suchen er nachmittags hergekommen war, bevor ihn Ringmars Telefonanruf unterbrach.

Das Telefon klingelte in seiner Jackentasche. Er spürte die Vibration.

Die Nummer auf dem Display kannte er.

»Mein Gott, Bertil, du schon wieder. Ich stehe hier und versuche nachzudenken.«

»Wo stehst du?«

»In Hirschmanns Arbeitszimmer. In seinem Haus.«

»Um diese Uhrzeit?«

»Warum rufst du zu dieser Uhrzeit an?«

»Also, hör mal ...«

»Es war jemand hier«, unterbrach ihn Winter.

»Was?«

»Ich glaube, dass jemand hier war und nach etwas gesucht hat.«

»Nach dem besten Rezept der Welt«, sagte Ringmar.

»Ich glaube, nach einer Fotografie.« Winter stand wieder dem Fenster zugewandt. Er meinte, den Reflex eines Scheinwerfers sich im Wasser auf der anderen Seite der Bucht spiegeln zu sehen. »Warum rufst du an, Bertil? Du solltest schlafen.«

»Also, so furchtbar alt bin ich nun auch noch nicht. Und du hast mich unterbrochen. Ich sitze nämlich hier über den Zeugenaussagen. Wir haben doch heute Nachmittag darüber geredet, wie wichtig es ist, alles immer noch mal zu lesen, um etwas Neues zu entdecken. Und das habe ich heute Abend gemacht.«

»Und?«

»Ich sitze hier über dem Verhör mit dem einen der Tellerwäscher. Einer von den neuen Leuten bei der Kripo hat mit dem Mann geredet. Die Sachen sind erst nach sechs Uhr zur Registrierung reingekommen, deshalb hat sie noch keiner von uns lesen können. Also habe ich sie zusammen mit dem ganzen anderen Scheiß nach Hause genommen. Okay. Es geht um einen gewissen Johan Stridh. Du erinnerst dich doch, dass die Tellerwäscher um eins Schluss gemacht haben.«

»Ja, das weiß ich.«

»Dieser Johan Stridh wird jetzt also gefragt, wann er das Restaurant verlassen habe, und er sagt, er sei kurz nach eins draußen gewesen.« Winter hörte Ringmars Atem in der Leitung. Es war, als würden bei Nacht auch alle Laute im Telefon noch verstärkt.

»Dann wird er gefragt, wie er denn da weggekommen sei, und er sagt, er habe sein Auto zirka hundertfünfzig Meter weit entfernt geparkt gehabt und sei dann dorthin gegangen.«

»Und?«, fragte Winter und strich mit der Hand über einige der Buchrücken. Sie fühlten sich weich an.

»Dann wird er gefragt, ob er in der Nähe des Restaurants, beziehungsweise außerhalb der Parkverbotszone, noch andere Autos gesehen habe, und da sagt er nein.«

»Worauf willst du denn hinaus, Bertil?«

»Jetzt hör gut zu, Erik. Weißt du, was er dann sagt? Er sagt, das einzige Auto, das in der Nähe gestanden habe, würde ja nicht zählen.« Ringmar atmete wieder hörbar, vielleicht etwas stärker, angespannter. »Er sagt, das würde ja nicht zählen.«

»Ich kann dir nicht folgen«, sagte Winter.

»Er spricht von dem Auto des Wachmanns«, sagte Ringmar. »Der Wagen von Securitas. Das Auto von Bengt Richardsson. Das Auto, das, wenn wir Richardsson glauben können, zu dieser Zeit in einer anderen Richtung durch die Straßen der Stadt patrouilliert sein sollte. Stridh sagt, er habe es kurz gesehen, als es langsam auf einer Parallelstraße fuhr. Und er hat ganz sicher gesehen, wie es stehen blieb.«

»Hast du mit diesem Stridh geredet?«, fragte Winter.

»Bei ihm zu Hause nimmt keiner ab.«

»Hast du mit Richardsson geredet?«

»Nein. Ich wollte mich zuerst mit dir besprechen. Aber ich habe es nachprüfen lassen, und Richardsson hat heute Abend Dienst.«

»Das heißt, dass ein Stück weiter entfernt ein Auto von Securitas auf einer Straße fährt. Könnte das nicht ganz normal sein? Es gibt doch noch mehr Wagen von Securitas in der Stadt.«

»Nicht in diesem Viertel.«

»Es könnte ein Kollege von Richardsson gewesen sein, der auf dem Weg zu seinem Gebiet war. Vielleicht ist er nur durchgefahren.«

»Das habe ich natürlich auch schon bedacht«, sagte Ringmar. »Du musst also keine Angst haben, dass du mich irgendwie enttäuschen könntest.«

»Vielleicht ist Richardsson selbst nur durch das Viertel hindurchgefahren«, meinte Winter. »Ohne richtig darüber nachzudenken. Und deshalb hat er uns nichts davon erzählt.«

»Ich habe mir den Stadtplan angeschaut und ihn mit Richardssons Beschreibung von seiner Route in dieser Nacht verglichen«, sagte Ringmar. »Er war nicht in der Nähe dieser Parallelstraße.«

»Wie ich schon sagte. Er hat einfach nicht darüber nachgedacht.«

»Hm. Ich weiß nicht.«

»Er wird morgen wohl auch noch da sein«, meinte Winter. »Und Stridh wird die Stadt ebenso wenig verlassen haben.«

»Morgen? Können wir nicht heute Nacht noch mit Richardsson plaudern?«

»Ich ... bin gerade beschäftigt, Bertil.« Winter befühlte wieder die Buchrücken. »Das hier könnte auch ... sehr wichtig sein. Wenn du mit Richardsson sprechen willst, dann hole ihn dir. Falls du ein paar Autos brauchst, ruf Nilsén von der Einsatzzentrale an.«

»Mal sehen, was ich mache«, antwortete Ringmar. »Ich muss noch kurz nachdenken.«

»Wir sprechen uns wieder«, sagte Winter und legte auf.

Er hatte Bücher und Papiere aus den Regalen geräumt. Zwanzig Minuten waren seit dem Gespräch mit Ringmar vergangen. Winter hatte Literatur und Aufzeichnungen über die Kochkunst der ganzen Welt gefunden, aber keine Fotografien.

Er stand auf und dachte nach.

Hirschmann hatte doch viel für Geheimnisse übrig gehabt, halb im Spaß und halb im Ernst.

Ob es hier auch ein geheimes Fach gab?

Mehr im Ernst als im Spaß?

Winter nahm so viele Bücher von dem linken Regal herunter, dass er es verrücken konnte. Dann zog er das Regal einen halben Meter von der Wand weg. Dahinter konnte er den Schalter für die Beleuchtung sehen.

Daneben war ein anderer Knopf, etwas kleiner und fast hinter dem Lichtschalter verborgen. Wer die Hand und den Arm nur von außen hineinsteckte, konnte ihn unmöglich erreichen.

Winter drückte darauf.

Nichts geschah.

Er sah sich um. Nichts rührte sich in dem Arbeitszimmer, das von der Regalbeleuchtung in einen blauen Schimmer getaucht wurde. Es erinnerte an die Beleuchtung in Hirschmanns Restaurantküche, wo vor genau vierundzwanzig Stunden das Schreckliche geschehen war.

Winter drückte etwas fester.

Er hörte einen seltsamen Laut, der wie Vogelgesang klang. Das Geräusch kam von der anderen Seite des Raumes, wo auch eine Wand mit Bücherregalen war. Er drückte wieder, und der Laut war wieder zu hören. Es war kein Vogel. Es war ein Schloss, das sich geöffnet hatte, eine nicht geölte Tür, die widerwillig aufgegangen war.

Winter ging zur anderen Seite des Raumes hinüber. Er holte von dem ersten Regal so viele Bücher, dass er auch dieses Regal vorziehen konnte.

Der Tresor stand offen. Es war eines der einfacheren Modelle. Jeder noch so dürftig ausgebildete Einbrecher hätte ihn ohne Schwierigkeiten aufgekriegt.

Aber dazu musste man wissen, wo er war, dachte Winter, beugte sich herab und sah hinein. Zuerst konnte er nichts erkennen, doch nach kurzer Zeit hatten sich seine Augen an die Dunkelheit gewöhnt. Er steckte niemals seine Hand in einen unbekannten Raum. Das war eine gute Grundregel.

In dem kleinen Räumchen konnte er einen Ordner erkennen. Er nahm ihn heraus. Ansonsten lag nichts in dem Tresor. Er hielt den Ordner vor sich. Quer darüber stand nur ein einziges Wort geschrieben:

Viareggio.

Er öffnete den Ordner vorsichtig. Der erste Teil enthielt ein paar Rezepte. Rechts war eine Kolumne mit Jahreszahlen, die fünfzehn Jahre zurück reichten, allerdings zwei oder drei Jahre übersprangen.

Die nächste Abteilung enthielt noch mehr Rezepte.

Dort gab es eine Rubrik: »Die besten Rezepte der Welt«.

Winter blätterte vorsichtig zur nächsten Abteilung, ohne die Rezepte zu lesen. Eine neue Rubrik: »Forts. Die besten Rezepte der Welt«.

In anderem Zusammenhang hätte das komisch wirken können, doch Winter fand nichts an dem, was er jetzt tat oder sah, komisch. Er spürte plötzlich eine Kälte im Körper aufsteigen, als ob seine Temperatur innerhalb von zwanzig Sekunden um zwanzig Grad gesunken wäre. War da ein Geräusch im Haus zu hören? Er sah auf, doch da draußen war alles still. Alte Häuser gaben manchmal Laute von sich, eigentlich ständig, sie knurrten wie alte knorrige Kerle. Oder auch wie jüngere knorrige Kerle.

Winter wandte sich der nächsten Abteilung zu, wo er eine

Sammlung Fotos fand, immer fein säuberlich vier auf eine Seite geklebt.

Und er blätterte weiter und weiter und weiter.

Die Umgebung auf den Fotos war immer dieselbe.

Er erkannte sie von dem Bild in Angelas Zeitschrift.

Auf allen Bildern war Hirschmann von Menschen umgeben, doch waren es auf jedem Bild andere Leute. Winter betrachtete das erste Blatt. Nur Lars Hirschmann war immer gleich unter all den Gesichtern, die er hier sah. Hirschmann und die Mauer hinter ihm mit dem Namen der Stadt, in der sie sich befanden.

Winter blätterte vor und zurück. So viele Gesichter. Männer, Frauen, jüngere, ältere. Ein paar mit weißen Mützen, andere nicht, alle in weißen Schürzen, manche in weißen Kochjacken. An den Frisuren konnte er erkennen, dass seit diesen Aufnahmen einige Zeit vergangen war. Auf einigen Bildern, von denen er vermutete, dass sie in den achtziger Jahren aufgenommen worden waren, hatten die Männer längere Haare. Auf den Seiten im Ordner war kein Datum eingetragen. Es war, als hätte Hirschmann diese Fotos ebenso wie die Rezepte für sich selbst sprechen lassen wollen. Winter versuchte, ein Rezept zu lesen, doch plötzlich empfand er Trauer über das Schicksal seines Freundes, war verzweifelt über das, was geschehen war. Was wie blanchiert wurde und wie lange und womit, all das verlor im Schatten des vergangenen Tages seine Bedeutung. In der nahen Vergangenheit.

Es knarrte wieder in dem alten Haus, irgendwo auf diesem Stockwerk. Sekunden später hörte Winter den Wind draußen, der aufgefrischt hatte. Wahrscheinlich hatte eine Bö an der Tür gerüttelt, doch Winter hatte ja hinter sich abgeschlossen.

Er blätterte eine weitere Seite um. Das Papier war steifer Karton. Diesmal waren es nur drei Bilder, das waren viel weniger Gesichter als auf den vorangegangenen Seiten. Er betrachtete das mittlere Bild. Es war etwas größer als die anderen. Hirschmann stand wie immer inmitten einer Gruppe von Menschen. Hirschmanns Frisur verriet, dass das Foto aus der Vergangenheit stammte, wenngleich einige Friseure es sicher schon als steinzeitlich bezeichnet hätten. Sein Gesicht war im Halbprofil zu sehen, als würde er gerade etwas zu dem Mann sagen, der rechts von ihm stand. Winter folgte Hirschmanns Profil, folgte seinem Blick. Der Mann rechts von Hirschmann blickte gerade in die Kamera.

Es war Erland Dinter.

Winter spürte wieder die Kälte im Körper.

Mein Gott, das war Erland Dinter, ein vielleicht zehn Jahre jüngerer Dinter, aber er war es. Die Zeit hatte ihn verändert, aber nicht stark.

Dinter, der vor weniger als einem Tag noch gesagt hatte, dass er noch nie zuvor mit Lars Hirschmann gearbeitet hätte. Ihn nie kennen gelernt habe.

Hier standen sie beide zusammen, in einer Kochschule in Italien.

Winter begann die anderen Gesichter auf dem Foto zu betrachten.

Er musste nicht lange suchen.

Schräg hinter Dinter stand Bengt Richardsson.

Winter schauderte.

Das Licht fiel so auf Richardsson, dass er von allen in der kleinen Gruppe am besten beleuchtet war.

Sein Gesicht hatte sich im Laufe der Jahre nicht verändert. Für ihn war die Zeit stehen geblieben. Das jugendliche Gesicht war auf seltsame Weise unverändert, als gäbe es für Richardsson keine Vergangenheit und keine Zukunft.

Dinter und Richardsson. Der Koch und der Wachmann. Das klang wie der Titel eines Dramas. Einer Tragödie.

Die beiden zusammen auf demselben Bild irgendwo in der Vergangenheit.

Und die beiden zusammen im selben Lokal in der Zukunft. Das war gestern. Der eine mit einer Zeugenaussage über den anderen. Beide in selbstverständlichen Rollen in einem echten Drama.

Die Rollen der Unschuldigen. Da hatte Winter den Koch einen Moment lang verdächtigt, so wie er alle einen Moment lang verdächtigt hatte, aber der rechtschaffene Wächter hatte Dinter so gut wie reingewaschen.

Aber beide hatten eine alte Verbindung zu Lars Hirschmann.

In diesem Augenblick spielte es keine Rolle, warum. Nicht einmal, wie viele Warums es überhaupt gab. Es genügte, dass Winter es wusste, dass er hier in dem alten Haus an der kalten Nordsee die Mörder auf ein und demselben Bild gefunden hatte.

»Ähm … Entschuldigung«, war eine Stimme zu hören.

Er sah von dem Ordner auf.

In der Tür stand Bengt Richardsson.

Er trug seine Uniform und hatte eine Pistole in der Hand. Winters erster Gedanke war, dass ein Wachmann keine Handfeuerwaffen tragen darf. Aber die Pistole war nicht auf Winter gerichtet. Richardsson sah nicht gefährlich aus. Er sah nicht so aus, als ob er gleich über ihn herfallen würde.

Er weiß nicht, dass ich es weiß, dachte Winter.

Er weiß nicht, was auf der Seite ist, die ich hier aufgeschlagen halte.

Er wird es nicht wagen, das Risiko einzugehen, nicht jetzt. Er weiß nicht, ob es noch Beweise gibt, Bilder, die die alte

Verbindung offenbaren. Er hat auch gesucht, hat aber diesen Ordner nicht gefunden. Also weiß er nicht, dass dies hier der besondere Ordner ist. Sowie er das kapiert, schießt er mir in den Kopf.

»Ich habe gesehen, dass … das Licht an war«, stotterte Richardsson.

»Haben Sie das Gebiet gewechselt?«, fragte Winter.

»Wir wechseln immer ab«, antwortete Richardsson. »Das hier ist mein … mein erster Abend hier draußen.«

Die erste Nacht, dachte Winter. Es ist wieder Nacht.

»Ich habe das Absperrband draußen gesehen«, sagte Richardsson, »und ein Auto.«

»Und da haben Sie die Pistole gezogen«, sagte Winter und nickte zu der Waffe hin, die Richardsson in der Hand hielt. »Die hat ja wohl nichts mit dem Dienst zu tun, oder?«

»Ich hoffe, Sie verraten mich nicht.« Richardsson steckte die Pistole wieder ins Halfter. »Die brauche ich einfach als Schutz. Ich weiß nicht, was die glauben, wie wir uns ohne Waffe schützen sollen.«

Winter antwortete nicht darauf. Er klappte den Ordner zu, trat einen Schritt vor und legte ihn auf den Schreibtisch.

»Was ist das da?«, fragte Richardsson. Sein Gesicht sah genauso jung aus wie auf der Fotografie. Seine Augen verrieten nichts von dem, was er wusste oder getan hatte. Es waren die Augen eines Psychopathen.

»Nur ein paar Rezepte«, sagte Winter und deutete auf die Bücherregale hinter sich. »Davon gibt es jede Menge. Hunderttausende, glaube ich.« Als er den Arm nach hinten bewegte, spürte er das Pistolenhalfter unter der Achselhöhle drücken. Es war leer. Die SigSauer lag noch auf dem Fußboden hinter dem Regal, beim Tresor. Er hatte seine Waffe herausgeholt, als er das seltsame Geräusch von der Tresortür gehört hatte, und als er sich dann hinter das Regal geschoben hatte, hatte er die Pistole auf den Fußboden gelegt. Da lag sie nun, außer Sichtweite von Richardsson, aber auch ohne Wert für Winter.

»Suchen Sie etwas ... Besonderes?«, fragte Richardsson und machte ein paar Schritte in den Raum. Er zeigte auf die beiden Regale, die von der Wand abgerückt waren. »Sie haben ja gründlich gearbeitet.«

»Ach ja«, meinte Winter und zuckte mit den Schultern. »Für mich kann alles etwas Besonderes sein.«

»Wie das?«

»Wenn man eine Voruntersuchung beginnt, dann kann alles interessant sein«, sagte Winter.

»Zum Beispiel dieser Ordner da«, sagte Richardsson und nickte zum Schreibtisch.

»Der leider nicht«, sagte Winter.

»Darf man hineinsehen?«, fragte Richardsson.

Noch ehe Winter antworten konnte, klingelte das Handy, das Richardsson am Gürtel trug. Er schien es nicht zu hören.

»Sollten Sie nicht rangehen?«, fragte Winter.

»Es ist nicht wichtig«, sagte Richardsson.

»Woher wollen Sie das wissen?«

Aber Richardsson ging nicht ran. Er trat noch einen Schritt vor, den blassen Blick auf den Schreibtisch gerichtet.

Plötzlich klingelte Winters Handy. Richardsson sah auf. Winters Handy war in seiner Brusttasche zu sehen. Richardsson nickte. Winter ging ran. Er hielt die Hand übers Telefon.

»Ja?«

»Wir können Richardsson nicht erwischen«, sagte Ringmar. »Ich glaube, es wäre gut, wenn wir ihn heute Nacht noch verhörten.«

»Sucht weiter«, sagte Winter.

»Er geht nicht ans Telefon«, sagte Ringmar. »Ich frage mich, wo er gerade ist.«

Winter sah zu Richardsson, der jetzt am Schreibtisch stand und ohne Winter anzusehen den Ordner aufnahm. Richardsson konnte Ringmars Stimme nicht hören, nicht aus der Entfernung.

»Hirschmanns Haus«, sagte Winter und behielt den Blick auf Richardsson gerichtet, der die erste Seite mit den besten Rezepten der Welt aufgeschlagen hatte.

»Wie bitte?«, fragte Ringmar.

»Ja, Hirschmanns Haus«, wiederholte Winter in neutralem Ton.

»Bist du immer noch da?«, fragte Ringmar.

»Ja.«

»Ist er ... auch da?«

»Definitiv.«

»Bist du in Gefahr?«

»Ja, danke dir«, sagte Winter und versuchte unbeschwert zu klingen.

Richardsson sah auf und lächelte. Er war inzwischen bis zur Rezeptseite Nummer zwei gekommen.

»Wir sind auf dem Weg«, sagte Ringmar und legte auf.

Winter steckte das Handy wieder in die Brusttasche.

»Ihnen geht es wohl wie mir«, sagte Richardsson, »die ganze Nacht im Dienst.«

»Der Unterschied ist nur, dass ich ans Telefon gehe, wenn ich im Dienst bin«, sagte Winter.

Richardsson zuckte nur mit den Schultern.

»Ich möchte nicht, dass Sie hier irgendetwas anfassen«, sagte Winter. »Reine Routine.«

»Aber ich bin doch so gut wie von der Polizei«, sagte Richardsson. »Und bald werden wir sowieso das meiste von Ihrem Job mit erledigen.«

»Ja, das wird gut, wenn es etwas Entlastung gibt«, erwiderte Winter. Er versuchte, die Entfernung im Verhältnis zur Zeit zu berechnen, die er brauchen würde, um bei Richardsson zu sein und ihn mit einem Schlag bewusstlos zu schlagen, ehe der Kerl die Pistole aus seinem nicht verschlossenen Halfter herausbekäme. »Wir können alle Hilfe gebrauchen.«

Richardsson blätterte durch den Ordner. Er schien nicht zuzuhören, sondern hatte sich in eine Seite vertieft. Winter wusste, welche es war. Richardsson bewegte wie in Zeitlupe seine Hand zum Halfter, als würde sein Gehirn ganz langsam anfangen, etwas zu begreifen. Winter trat einen Schritt näher, und Richardsson sah auf, mit einem Mal schnell wie ein Reptil.

»Gehen Sie?«, fragte er.

»Es wird Zeit«, sagte Winter.

»Sie werden schön warten«, sagte Richardsson, zog die Pistole und ließ den Ordner auf den Tisch fallen. Er landete mit einem hässlichen Knall auf der Tischplatte. »Bleiben Sie stehen!«

»Legen Sie die Pistole weg«, sagte Winter.

»Damit Sie Ihre eigene herausholen können, was?«

»Ich habe keine«, sagte Winter. »Sie ist gerade beim Service.«

»Das können Sie mir doch nicht erzählen.«

Winter streckte die Arme vom Körper.

»Wenn ich die linke Seite meiner Jacke hochziehen darf, dann werden Sie sehen, dass das Halfter leer ist«, sagte er.

Richardsson hob die Pistole und zielte direkt auf Winters Kopf.

»Tun Sie es langsam«, sagte er. »Wenn Sie lügen, dann war das Ihre letzte Lüge.«

Winter entblößte das leere Halfter.

»*All right*«, sagte Richardsson, doch er richtete die Waffe immer noch auf Winter. »Und die Arme schön vom Körper weg.«

»Sie sehen sich auf dem Foto ziemlich ähnlich«, sagte Winter und nickte zu dem Ordner auf dem Tisch.

»Es war mir klar, dass Sie es gesehen haben«, sagte Richardsson, »das habe ich sofort begriffen, als ich hier reinkam.«

»Sie könnten ein guter Detektiv sein«, sagte Winter.

»Ich bin ja so gut wie ein Detektiv«, sagte Richardsson.

»Dann sollten wir uns jetzt vielleicht mal mit diesem Beweismaterial zusammen aufmachen, oder?«

»Welches Beweismaterial?«, fragte Richardsson.

»Das wissen Sie besser als ich«, erwiderte Winter.

»Ich bin ein besserer Detektiv«, sagte Richardsson und lächelte. Es war ein unheimliches Lächeln. »Ich kann Herrn Kommissar Winter alles erklären.«

»Gerne«, sagte Winter und ließ die Arme hängen.

»Bewegen Sie sich bloß nicht!«

»Ich bin nicht geübt«, sagte Winter, »das tut weh.«

»Dann nehmen Sie die Arme langsam runter«, sagte Richardsson und hob wieder die Pistole.

»Nun erklären Sie mal diesen Fall hier«, forderte Winter ihn auf und ließ die Arme sinken.

»Ja ... genau. Erklären ...«

»Wer hat Hirschmann ermordet?«, fragte Winter.

»Haben Sie sich das noch nicht ausgerechnet? Was sind Sie denn für ein Detektiv?«

»Ich habe die Wahl zwischen zwei Verdächtigen«, sagte Winter.

»Das ist schon mal ein guter Anfang. Eine Chance von fünfzig Prozent.«

»Aber beide sind gleich schuldig«, sagte Winter und nickte Richardsson zu. »Wenn nicht einer von ihnen mit uns zusammenarbeitet.«

»Zusammenarbeitet? Versuchen Sie nicht, mich zu bluffen. Wir sind hier nicht in Amerika.«

»Ich bin immer an Zusammenarbeit interessiert«, sagte Winter.

»Ich habe es nicht getan«, sagte Richardsson.

»Gut«, erwiderte Winter.

»Ich habe mich nur um das Drumherum gekümmert.«

»Okay.«

»Messer machen mir keinen Spaß«, sagte Richardsson und lächelte. Winter konnte den Wahnsinn in seinen Augen erkennen. Er hielt immer noch die Pistole in der Hand. Vielleicht hatte er keinen Spaß an Messern, aber mit Pistolen hatte er offenkundig kein Problem. Er würde Winter mit derselben lässigen Art erschießen, mit der man an einer Schießbude auf Scheiben ballerte. »Nee, mit Messern konnte ich nie so gut umgehen.«

»Aber Sie haben dennoch versucht, Koch zu werden.«

»Zu stressig«, erwiderte Richardsson. »Erland passte besser auf den Job.«

»Warum hat Erland Hirschmann getötet?«

»Was spielt das noch für eine Rolle? Er ist doch tot, oder? Wer schert sich noch darum, wieso?«

Richardsson hob wieder die Pistole. Winter war klar, dass er vielleicht binnen einer oder zwei Minuten tot war. Richardsson glaubte offenbar, dass alle seine Probleme aus der Welt geschafft wären, wenn er Winter erschoss.

»Ich schere mich drum«, sagte Winter. »Es ist das Einzige, was ich wissen will. Warum?« Er sah auf. »Das können Sie sich doch leisten zu erzählen, Richardsson.«

»Geld«, sagte der Wachmann, »unter anderem.«

»Inwiefern?«

»Erland schuldete Hirschmann eine Menge Geld. Sie hatten zuvor gemeinsame Geschäfte gemacht.« Richardssons Hand zitterte ein wenig. »Sie hatten allerhand Sachen am Laufen.«

»Erland hat doch bei Hirschmann gearbeitet«, sagte Winter.

»Gratis«, erwiderte Richardsson.

Winter sagte nichts.

»Hirschmann war ein Schwein«, sagte Richardsson. »Er verdiente es, wie ein Schwein zu sterben.«

Und so war er auch gestorben. In den Hals gestochen wie ein Schlachtschwein. Zwei Schnitte. Das Leben aus ihm rausgelaufen.

»Erland ist ein Meister im Umgang mit Messern«, sagte Richardsson.

»Woher kennen Sie ihn?«, fragte Winter.

»Er ist mein Bruder«, sagte Richardsson.

»Keine große Ähnlichkeit«, meinte Winter.

»Weil er mein Stiefbruder ist«, sagte Richardsson und lächelte auf eine Weise, die die Kälte in Winter wieder aufsteigen ließ. »Und seinem Bruder muss man doch helfen, nicht wahr?« Er hob die Pistole. »Nicht wahr?«

»Und wie ist es vor sich gegangen?«, fragte Winter schnell. »Hatte Erland es schon lange geplant?«

»Nein, nein. Er ist länger geblieben, um mit Hirschmann über die Schulden zu reden, aber Hirschmann hat ihn nur ausgelacht.« Plötzlich gab Richardsson auch ein Lachen von sich. »Und dann hat er irgendwann nicht mehr gelacht.« Richardsson zeigte mit der freien Hand auf sich selbst. »Und dann hat er mich angerufen, und ich durfte kommen und mich um alles kümmern.« Er wies mit der Pistole auf Winter. »Genau, wie ich mich jetzt auch um alles kümmern darf. Erland macht gar nichts. Alles darf ich machen.«

»Und was werden Sie dann tun?«, fragte Winter. »Fahren Sie wieder nach Italien?«

»Italien? Ja, vielleicht. Mir hat es in Italien gefallen.«

Richardsson sah aus, als würde er sich weit weg träumen und in einem eigenen Raum, einem eigenen Universum schweben.

Er blinzelte und richtete den Blick auf Winter.

Ich muss Zeit gewinnen, dachte Winter. Zeit ist alles, was mir bleibt, aber sie verrinnt schrecklich schnell.

»Und was werden Sie jetzt tun, Bengt?«, fragte er.

»Ich werde Sie wohl erschießen müssen«, sagte Richardsson.

»Das müssen Sie doch nicht.«

»Warum nicht?«, fragte Richardsson.

Warum, warum nicht. Winter verspürte plötzlich eine seltsame Verzweiflung, als ob dieses Warum, mit dem er in seiner Arbeit ständig beschäftigt war, auf das er immer wieder zurückkam, nun das letzte Wort sein würde, das er einen Menschen aussprechen hörte, und das letzte Wort, das er selbst dachte.

»Ich werde niemandem etwas sagen«, sagte Winter.

Für den Bruchteil einer Sekunde sah er in dem Fenster schräg hinter Richardsson einen Reflex.

»Ich glaube Ihnen nicht«, sagte Richardsson.

Plötzlich sah er ängstlich aus. Ängstlich und lebensgefährlich.

»Ich verspreche es«, sagte Winter. »Mein Ehrenwort.«

»Ehrenwort?«

»Ich schwöre, dass ich unser Geheimnis nie verraten werde«, sagte Winter.

»Aber warum sollte ich Ihnen glauben?«, schrie Richardsson und hob die Pistole, so dass sie direkt auf Winters Kopf gerichtet war. »Waru...«, und das war das Letzte, was er rief, denn eine Kugel aus einer anderen Dienstwaffe durchschlug das Fenster und traf ihn in den Hinterkopf. Richardssons blasse Augen wandten sich nach innen, und er wurde zu Boden geschleudert, einen Meter entfernt von dem Ordner mit den besten Rezepten der Welt.